道

AIZHIMING

爱之名

Coca-Cola
POPCORN

爱之名

AIZHIMING

明晓溪 著

北方联合出版传媒（集团）股份有限公司
春风文艺出版社

图书在版编目（CIP）数据

爱之名/明晓溪著. —沈阳：春风文艺出版社，2011.9

ISBN 978-7-5313-4004-1

Ⅰ. ①爱… Ⅱ. ①明… Ⅲ. ①长篇小说—中国—当代 Ⅳ. ①I247. 5

中国版本图书馆 CIP 数据核字（2011）第 073020 号

爱之名

责任编辑 王 平 王晓娣
责任校对 张 斌
封面设计 嫁衣工舍
版式设计 冯晓驰
幅面尺寸 145mm×210mm
字 数 355 千字
印 张 11.5
版 次 2011 年 9 月第 1 版
印 次 2011 年 9 月第 1 次

出版发行 北方联合出版传媒（集团）股份有限公司
春风文艺出版社
地 址 沈阳市和平区十一纬路 25 号
邮 编 110003
网 址 www.chinachunfeng.net
购书热线 024-23284402
印 刷 沈阳新华印刷厂

ISBN 978-7-5313-4004-1 定价：24.80 元

常年法律顾问：陈光

爱之名

CHAPTER 1

周日晚上。

亮如白昼的体育馆，热烈呐喊的加油声从四面观众席传来，各媒体记者的闪光灯将赛台中央的两个少女映照着，如同在星海中一般。通过十几台摄像机，激烈沸腾的比赛场面被转播到电视画面中。

世界美少女跆拳道大赛！

这原本是个半娱乐的竞技节目，但是随着跆拳道明星方婷宜的出赛、胜利和落败，节目的收视率一路高涨。尤其当来自日本的美少女加藤银百合，名不见经传却战胜了方婷宜，并且连胜六场，接连战胜韩国、泰国和中国跆拳道国家队的多位选手，成为所有媒体关注的焦点。

这节目随之成为同档收视率最高的节目。

每周的比赛直播，都引来无数观众守在电视机前，日本和韩国的一些电视台也进行了转播。

究竟加藤银百合的神话会不会被终结。

在中国的国土上，能否会有中国的跆拳道选手战胜加藤银百合，捍卫中国跆拳道的尊严！

今晚，加藤银百合第七场出战，遇上的又是一位中国选手——

戚百草！

对于绝大多数的电视观众、体育迷，甚至跆拳道爱好者来讲，戚百草是一个十分陌生的名字。她没有参加过国际大赛，也不是国家队队员，节目主持人在介绍她出场的时候，着重介绍的是，她是方婷宜的师妹，同样来自金牌教练沈柠的门下。

镜头给了她一个特写。

那是一个清新可爱的女孩子，身材修长，一头短发，一双大眼睛像小鹿般又黑又亮，炯炯有神。她站在赛台上，看着有点沉静，却有种说不出的气势。

她能打败加藤银百合吗？

在电视机的前面，观众们虽然心怀期待，却很是忐忑。方婷宜已经败了，国家队的几位在国际比赛取得过名次的选手也败了，这个小姑娘又能有多大的希望？

“呀——”

“喝——”

比赛开始，两声清喝同时响起！

加藤银百合像燕子般跃出一个前踢，道服雪白，她动作轻盈，腿法又快又漂亮，似是进攻又似是试探，见戚百草好像早有防备后退一步，她也并不恋战，顺势将腿收了回来。

这是加藤银百合的标准战术。

看过了前六场的比赛，所有的观众都很熟悉，这是加藤银百合在考量对手的反应速度和速度程度。加藤银百合是个聪明的选手，她并不贸然进攻，而是会先考察对手，再调整自己的战术。

电视机前的观众们默默地看着。

开场不过是热身，凡是加藤银百合的比赛，决胜的关键局都在第三局，只希望这次的戚百草能够在第三局撑住。

然而就在刚刚开场的这一刻，就在加藤银百合将腿收回的这一刻——

"喝——"

后退一步的戚百草旋身而起，厉喝一声，体育馆明亮的灯光下，她的左腿旋踢而出，向着加藤银百合的前胸追踢过去！

加藤银百合一惊。

她迅速后避，心中诧异。一般而言，比赛刚开场双方都是试探阶段，而戚百草这一腿却……

带着无比的杀气！

将将闪开那踢来的第一腿，那腿风的力量却汹涌而来，滞得加藤银百合胸口一闷，她刚眼前略黑，想再退后一步——

"啪——"

又是一腿裂空踢来，带着旋转的力量，仿佛能将全身骨骼踢碎一般，重重踢在加藤银百合的前胸！

"噔、噔、噔。"

眼前发黑，加藤银百合踉跄着后退三步。

全场惊呆。

鸦雀无声。

就连转播席上各电视台的解说员都傻住了。

"砰。"

跌坐在赛垫上，加藤银百合脑中蒙蒙，完全不知道究竟发生了什么，胸口被踢中的剧痛随之铺天盖地涌来，痛得她眼前发黑，一口气接不上来，只感觉要晕过去了一样！

如同漫画中定格的画面。

裁判弯腰探看加藤银百合是否还能继续比赛，然后直起身做出手势宣布——

“0：1”。

戚百草得分。

短暂的寂静后。

“轰——”的一声，体育馆炸开了！

从观众席传来的嘶吼的呐喊声将馆内变成一锅沸腾的热水，媒体席的解说员们激动万分，向电视机前的观众们兴奋地解说着突然发生的这一切，刚刚开场十几秒，我国选手戚百草就率先得分了！

1：0!

戚百草率先得分了！

“百草——”

“百草——”

趴在场边的围板上，晓萤和梅玲一声声地尖叫着！她们不敢相信自己的眼睛，天哪，就这么简单，就这么容易，就得分了?！她们知道百草很强，她们相信百草能胜，可是，这么快，才刚刚一开场，百草就将连胜六场的加藤银百合踢倒了吗?!

体育馆强烈的灯光下。

百草的胸口也在剧烈地起伏着，耳膜有血液轰轰流动的声音，她将目光从勉力站起的加藤银百合身上移开，望向场边。

若白就站在那里。

…………

“一开场她会试探你，你直接进攻，不要犹豫，”深夜的练功厅，若白一边为训练后的她放松肩膀，一边告诉她战术，“一击成功，你就可以打乱她的布局。”

“同时我也想知道，你跟云岳宗师学习一个月，究竟进境如何。”手指用力地揉动她肩部酸胀的肌肉，若白静静说。

…………

满场兴奋的呐喊声中。

站在赛垫中央，望着依旧静然立在场边的若白，百草克制不住心中的激动，朝他绽放出一个大大的笑容！她成功了，她真的一击成功，率先得分了！

看到她那充满孩子气的笑容。

若白向她点了点头。

接下来的局面，果然是如同若白在赛前分析的那样发展。加藤银百合在开场失利之后，无法再像前面几场一样沉着应战。急于将比分扳回来的心态，使得加藤的防守出现了漏洞。

“喝——”

第一局临近结束的时候，戚百草一记反击后踢，再次踢中加藤银百合！

0：2！

第二局的第二分钟，加藤银百合虽然偷袭得手，踢中戚百草得到一分，但是戚百草很快用一个旋风下劈，踢中加藤银百合的头部，一举赢得两分！

1：4！

那一晚，无论是现场的观众们，还是电视机前的观众们，全身的血液都沸腾了！这是一场怎样酣畅淋漓的比赛啊！那个小鹿一般的女孩子，仿佛浑身有使不完的力量，进攻如同大海的波浪般，一波强过一波！虽然她出腿的动作快如闪电，观众们有时无法看清，然而那旋转矫健的身姿、重如山岳的腿劲、凌厉破空的腿风一次次使得观众们折服崇拜！

那一晚。

贤武道馆，万老馆主和婷宜也守在电视机前。审视着戚百草腾空的高度和出腿的力道，万老馆主的神情越来越凝重，婷宜也抿紧嘴唇。难道云岳宗师的功力真的已经到了高深莫测的地步，短短一个月的时间，就可以使戚百草进境到这样的地步。

同一时间。

沈柠也打开了电视。

距离第三局结束还有最后十几秒，在体育馆内震耳欲聋的加油助威声中，戚百草再一次旋身进攻！强烈的灯光下，那一腿原本是向加藤银百合的前胸踢去，电光火石那一瞬，加藤银百合无力还击，上身略仰，戚百草竟立时脚尖上扬，一个上钩踢！

再次踢中加藤的头部！

两分！

1：6！

“哔——”

电视屏幕里，观众们激动地纷纷站立起来！镜头特写带过戚百草的脸，满脸汗水，胸口也在剧烈地起伏着，她继续全神贯注地盯着加藤，直到裁判宣布比赛结束，她才转过头来看了眼电子记分牌。

唇角扬起一个稚气的笑容。

她的眼睛亮得令人动容。

望着屏幕上戚百草那个充满稚气的笑容，沈柠笑了笑，又皱了皱眉，关上了电视。

比赛结束了！

这是一场怎样的比赛啊！这胜利是完全压倒性的！就仿佛百草的实力是完全凌驾于加藤银百合之上的，完全不是同一水平之上的对决！

在依旧持续加温的热浪中，晓萤和梅玲尖叫着冲过来，紧紧抱住浑身汗水的百草，一迭声地喊叫着——

“啊——百草——”

“百草你太帅了！”

“百草，我爱死你了我爱死你了——”

汗水蒸腾着，被晓萤和梅玲紧紧拥抱着旋转着，百草挣扎地望出去，去寻找若白的身影。等她俩终于平静一点下来，百草急忙朝若白奔去，身上披着胜者的黄袍，她的心脏跳得要蹦出来，奔到若白的身边，她激动地仰脸望着他，喉咙里堵着热热的东西。

若白对她笑了笑。

伸出手，递给她一瓶水。

不够！

还是不够！

“师兄……”

胸中涌动着滚烫的血液，百草紧紧握住若白的那只手，用足了力气，她紧紧握住他的手。仰脸屏息地望着他，她知道，师兄想让她胜，不仅要胜，还要以绝对优势地胜！她做到了吗，她做到师兄所希望的程度了吗？

“打得很好。”

看懂了她满脸的稚气、激动与不安，若白对她说。然后，望着她明亮至极的那双眼睛，若白胸口一热，忍不住抱了抱她，她身上有着强烈的汗味，将他的呼吸充满。

被若白拥抱住。

虽然那是一个队友间经常可能发生的拥抱，百草的心跳却陡然停止了一般，然后，又心脏病发似的剧烈跳起来，跳得仿佛要从喉咙里蹦出来，脸也烫得要烧起来。不知怎么，她不想从这个拥抱中醒来，只觉得眼前迷蒙一片，耳膜突突突地狂跳。

直到她的眼睛好像看到了什么。

视线渐渐变清——

在观众席后排的角落，有一个修长秀雅的身影，隔着远远的距离，初原含笑望着她，他一直在那里，只是她并没有发现。

*** ***

深夜。

回松柏道馆的路上。

“嘿嘿，看初原师兄多贴心啊，”夜空中的圆月金黄如盘，丢下亦枫，晓萤从百草和初原之间挤进来，对百草小声地说，“初原师兄可是从不来看比赛的，这次是为你破例了哦！而且，初原师兄还买了好吃的蛋挞来呢，哎呀，真是让人羡慕嫉妒恨啊！”

从不来看比赛……

百草怔了怔，忍不住看向那边的初原。月光中，初原似乎并没有听到晓萤的话，只是同另一旁的若白低声谈论着比赛当中的一些细节。

她想起，以前她曾经想要初原师兄来看她同婷宜的比赛，初原师兄没有到。难道并不是那次有事情忙所以没来，而是所有比赛都不去看吗？心脏收紧了一下，是难以彻底忘却跆拳道，他才会想要避开那比赛时热烈的场面吧。

“嗯？”

察觉到她的目光，初原扭头过来，温和地看她。

“嘿嘿。”

在初原与百草眼神交流的那一刻，晓萤窃笑着蹑手蹑脚跑开了，她蹿到亦枫身边得意地笑，惹得亦枫沉下脸，重重敲了一记她的脑袋。

“你干吗打我?!”

晓萤委屈地捂住脑袋。

“往后少多管闲事!”看了眼沉默地独自走在一旁的若白，亦枫沉了脸，低声教训晓萤。

晓萤嘟嘴抗议：“我哪里多管闲事了，我是让有情人……”

“住口!”

亦枫用凶恶的眼神将她镇压了下去。

“你……”

怔怔地看着身边的初原，百草将心头的话压了下去，低下头，她有些局促地说：

“……你今晚不用值班吗?”

“医院里我请了假，”走得比众人落后了几步，宁静的夜风中，初原轻轻握住她的手，将她的手纳入他温热的掌心，“开场打得很好，但第一局的最后一分钟你似乎有点分心，是因为什么?”

百草顿时窘红了脸，结结巴巴地说：

“因为……因为睫毛……”

“睫毛?”初原不解，侧首看她。

“……睫毛太长了，又黑糊糊的，”她低垂着头，一张脸窘得通红，“一抬眼就好像，有乌云在视线上面，不太习惯……”

“哈哈!”

初原一愣，笑了起来。

无论是以前的女同学，还是在医院实习后的女同事，很多平时都会或浓或淡地化妆，染睫毛更是寻常。但今晚的比赛中，百草应该是生平第一次化妆，而且是带妆进行比赛，难怪会觉得不自在。他当时却想不到竟是因为这个。

宁静的路上。

百草的低语和初原的笑声时隐时现，亦枫皱了皱眉，看了看依旧沉默独行的若白，扭头便又瞪向居然面露喜色的晓萤。

*** ***

从当天的晚间新闻开始，戚百草的名字就开始一轮轮地在各档新闻节目中出现！戚百草以压倒性的优势打败六连胜的加藤银百合！戚百草大振我国跆拳道神威！第二天，几乎所有的报纸上，都有关于比赛的大幅报道！百草旋风飞踢时的飒爽身姿，更是刊登在各大媒体的首页！

训练中心，梅玲和晓萤关注的焦点却在另一方面，梅玲指着报纸图片上百草的面容，得意地说：

“哇，果然是我画出来的妆容，美呆了！”

“是啊是啊，超漂亮的！”晓萤看得喜滋滋，连忙把将林凤也拉过来，指着新闻里的文字说，“你看，这里说百草长得清新脱俗，灵气四溢，还说有导演看中百草的身手，有意让百草出演动作片呢！”

“受不了你们，”林凤白她们一眼，“要那么漂亮干什么，百草要进娱乐圈吗?！百草靠的是跆拳道的身手，又不是脸蛋！”

“哎呀，百草的身手那还用说吗？关键是漂亮！嘿嘿，终于有人注意到百草的美色了！”晓萤激动得泪流满面，继续跟梅玲兴奋地凑在一起，商量下次给百草弄个什么风格的彩妆。

至于事件的中心人物百草，早已在训练厅里跪着开始擦垫子了。光雅一边帮她擦，一边开心地说，昨晚的比赛爸爸和她在电视机前面看了直播，看到百草胜了加藤，爸爸高兴地在院子的梅花树下喝了好几盅酒。

“只是……”

兴高采烈地说着，光雅忽然又想到什么，神色暗淡下来，忐忑地欲言又止。

“怎么了？”

百草察觉到她的不对。

“百草，”揪着手中的抹布，光雅犹豫地说，“虽然战胜了加藤，我觉得……你还是别抱太大的希望，”看到百草一脸迷茫地望着自己，她咬了咬牙，“我是说世锦赛的事情，你不要抱太大的希望，婷宜她……”

声音顿了下来。

想到那天无意中看到的场景，光雅避开百草的视线，闷闷地说：“反正婷宜是肯定会参加世锦赛的，你要有心理准备。”

“为什么？”

百草有点蒙。她打败了加藤，她证明了自己的实力，她应该有同婷宜竞争的机会了啊。

“别问了。”

光雅沉闷地用力擦拭垫子。

百草怔忡地望着她。如果是以前，这届的世锦赛无法参加，她会难过一阵子，然后加倍地练习去努力争取参加下一个大赛就好了。可是，现在不可以，她知道若白师兄是多么渴盼她能进入这届的世锦赛，她不想让若白师兄失望。为了若白师兄，她会拼了命去争取这次机会，谁都不可以阻挡她，哪怕是同为队友的婷宜！

队友们陆陆续续进到训练厅开始热身。

大家纷纷围过来跟百草讨论昨晚的比赛，被包围在队友们的中间，听着队友们对自己的肯定和赞扬，百草的脸又红了起来，回答着每一个关于昨晚比赛的战术细节问题。

婷宜走进来的时候。

训练厅静了一下，然后大家就悄悄散开了，梅玲亲热地跑过去跟婷宜说话，好像昨晚的比赛根本没有发生过。

没有理会梅玲，婷宜冷冷看了百草一眼。

“哼，看什么看！”

晓萤小声嘀咕着，气愤为什么直到现在大家还要这么顾及婷宜的心情，明明一直都是婷宜在为难百草，这世道还有没有黑白公正了！

百草拽了下晓萤的衣角，晓萤才不情愿地闭上嘴。

眼看着其他的队友们都到了，若白却还没有来，百草一边压腿热身，一边有些不安。

昨晚跟初原师兄一路落在后面，回到松柏道馆才发现若白师兄已经先回宿舍去了，她去到练功厅枯坐了将近两个小时，若白师兄也没出现。以前每次比赛完，若白师兄都会再回到练功厅同她细细总结这一场中的可取之处与不足之处，这是两人早已默认的约定。

为什么，昨晚若白师兄没有来呢？

训练厅的门推开。

沈柠教练走了进来。

一眼就看到了在沈柠教练身后的若白，百草心头一松，唇角立刻弯了起来。然而若白并没有同往常一般走进队伍中，而是沉默地继续站在沈柠教练身旁。

百草疑惑地望着若白。

若白淡淡地看过来，目光只在百草脸上略停一下，就移开了。

“在训练开始之前，有件事情要宣布。”沈柠教练站在队友们身前，“从今天开始，若白正式成为训练中心的助教，协助我的工作，大家以后要好好配合他。”

什么……

脑中无法反应过来，百草呆住，沈柠的这句话将她彻底打蒙。

助教？

若白怎么突然变成了助教？

训练厅里一时间鸦雀无声，队员们全都直愣愣地看着神色淡静的若白，无法理解一夜之间究竟发生了什么。

“是……是像对大众班那样吗？”咽了咽涩哑的嗓子，晓萤讪讪地说，“若白师兄只是平时带我们训练热身，是兼职助教，对吗？”

沈柠教练瞥了晓萤一眼，说：

“若白以后不再是队员，不再进行训练和参加比赛，他是你们的专职助教。”

“…………”

众人全都听傻了。

“为什么……”

百草面色发白地问。

“若白，你疯了！”

亦枫急得脖子都粗了，从队伍里走出来拽住若白的胳膊，试图拉他到外面去说话。

沈柠面色一沉。

“这是我考虑很久之后的决定，”将亦枫的手按住，若白淡淡地说，“比起做跆拳道的选手，我更希望将来能够成为一位跆拳道的教练，感谢沈教练肯给我这样的机会……”

“不——”

那声音打断了若白的话，百草的胸口剧烈地起伏着。不是说成为助教不好，而是若白那样喜爱跆拳道，怎么可能从此退出跆拳道的赛场？

难道——

脑中闪过一个念头，她冲口便要问出，突然又想起这是在大家的面前，她强压下心绪，对沈柠教练深一鞠躬，恳切地说：

“对不起，沈教练，我想请假跟若白师兄说几句话。”

走出训练厅，刚刚走到无人的储物间，百草就冲过去急匆匆打开自己的柜子，从背包里翻出一张银行卡，递向若白说：“你看，这里有五万五千块钱，是医院退回的医药费。”

若白有些诧异，说：

“医院退回的医药费？”

“是啊，是初原师兄送回来的！医院里有救助病人的基金，初原师兄帮我们申请到了，几乎全部退回了呢！”将银行卡塞进若白手中，百草激动屏息地说。

望着掌心的银行卡，若白皱眉，若有所思。

“所以，你不用再担心钱的问题了！”百草紧张地说，“有了这五万多块钱，不管是叔叔阿姨未来可能的医药费，还是你或者我的学费、生活费，都可以坚持一段时间。如果还是不够，我还可以去打工，可以去打比赛，我们可以攒下很多的钱，你不用在意当跆拳道助教的这笔收入！”

眼神古怪地看着她，若白说：

“你以为我是为了钱？”

百草愣了：

“不……不然呢？”

如果不是因为钱的问题，若白师兄怎么会放弃选手身份，去当助教？

“不是因为钱的原因，”站在一排储物柜前，若白淡淡地说，“而是我一直都想做教练，所以拜托沈柠教练……”

“不！不可能！”

这番话，刚才在训练厅的时候百草就听过一次了，那时候她不相信，现在也不会相信！

“为什么不可能，”若白的神情异常平静，“无论是在松柏道馆，还是在训练基地，我都经常带弟子做基础训练，这是我喜欢做的事情。”

“不！”眼神有着慌乱，百草用力摇头，“即使再喜欢做教练，那也是将来的事情，现在正是你选手生涯的黄金期，怎么可能因为要做教练，而放弃了选手的身份呢？！”

若白沉默着。

“是……是沈柠教练逼你的对不对？”咬了咬嘴唇，百草想到了这种可能，她知道沈柠教练一向很欣赏若白师兄在带弟子时的严格和耐心，早就越来越多地把训练内容交给若白去做，“我去跟沈柠教练说！如果是训练任务太重忙不过来，我也可以帮沈柠教练带大众班的训练，沈柠教练并不是不通情理的人，我去跟她说！”说着，她转身就往门口走。

“站住！”

若白厉声喝止了她。

那声音中的严厉竟是百草从未听过的，她呆了一下，愣愣地扭头看向一脸严霜的若白。

“这是我自己的决定，跟所有人无关，”若白淡漠地说，“我不想再当选手，只想做教练。”

百草的心渐渐沉下去。

"如果你真的想当教练……可以过几年……等你不再打比赛了……"

"你一定要我说那么清楚吗？"若白声音冰冷，"你一定要我亲口告诉你，我不想打比赛，我对参加比赛一点兴趣也没有了，我不想再做选手，我想放弃了，你一定要我说得这么清楚，才能听懂吗？"

"…………"

百草无法相信自己的耳朵。

她脑中一片空白，仿佛可以听到自己体内血液流淌的声音，她不相信那会是若白说出来的话。这几年来，每次的道馆挑战赛，最在意、最紧张、最全力以赴的就是若白，所有的人都说，她是练功最勤奋的人，可是，她并不是。

最勤奋最努力的那个人，一直都是若白。

每天清晨，在她开始在院子里打扫卫生的时候，若白就已经开始在练功厅外的草坪上练习腿法。每晚，在她离开练功厅之后，若白总会再折回来，多练一个小时。虽然他每次会把垫子重新擦拭干净再离开，但是她怎么可能一直察觉呢？

他那样在意自己的每一场比赛。

她还记得，那一晚，在同贤武道馆的比赛前夜，他沉默地坐在黑暗的练功厅角落里，他的紧张，他的渴盼，是那样的强烈。输给廷皓前辈之后，他消沉过，又重新振奋，他付出了那么多的努力，怎么可能——会不想再打比赛了呢？

"在韩国的时候……"百草呆呆地回忆起在昌海道馆的那段日子，"……你就已经不想再打比赛了吗？"所以，最优胜营员的挑战赛他没有报名，同昌海道观的对阵他也是最后才替换寇震上场，难道那不是因为他生病身体不适，而是因为那时候就已经不感兴趣了吗？

"对，"若白冷声说，"那时候我就已经不感兴趣了。"

"……为什么？"

呆呆地望着他，渐渐地，百草心底竟燃起一股怒火，然后这股怒火愈燃愈烈！这些年来，她一直在努力地训练，为了师父，为了松柏道馆，也为了若白师兄！

她知道若白师兄有多想胜贤武道馆！她知道若白师兄有多想打败廷皓前辈！如果能打败同样出自贤武道馆的婷宜，能打败廷皓前辈的妹妹婷宜，若白师兄一定会很开心吧！为了这个，她从不出去玩，她没日没夜地训练，向着她的目标一点一点地拼命地努力着！

可是——

他竟然已经不感兴趣了吗？

“为什么？！”

紧紧抓住若白的手臂，百草哑声问，那种被同伴遗弃的失落和痛苦使得她的眼底积上一层泪雾。死死地抓住他，恍惚觉得一放手，就会再也找不到他了，她涩哑地追问他：

“为什么忽然就不感兴趣了呢？！是什么原因？你告诉我，说不定是可以解决的！你那么喜欢跆拳道，不可能就真的完全不感兴趣了啊！说不定只是一时的错觉，不要这么快就放弃！再坚持一下，或者你先休息一阵子，也许你只是累了……”

“我厌烦了。”

移开视线，不去看她惊慌失措如迷路小动物般的面容，若白打断她，淡漠地说：“在跆拳道上，我并没有太多的天分。跆拳道并不是一个只靠勤奋努力就能胜出的运动，没有天分，即使再努力也只是浪费时间。”

“可是……”

胸口一滞，百草急切地想说话。

“就算再努力，我也打不败初原，打不败廷皓，”没有让她说下去，望着那一排冰冷的储物柜，若白淡淡地说，“所以我不要再继续浪费时间，我选择放弃。”

“可是你打败了闵胜浩！闵胜浩的实力跟廷皓前辈只在伯仲之间，你发着高烧身体不适，还战胜了他，不是吗？！”百草又急又怒地提醒他，“即使你以前没有打败过初原师兄和廷皓前辈，也不意味着你现在无法打败他们！”

“初原和廷皓都已经退出了。”

眼底隐约有一丝黯然，若白回答说。

“是，他们放弃了！”胸口剧烈地起伏着，百草深吸一口气，凝视他，“无论因为什么原因，无论他们曾经多么热爱跆拳道，他们都已经放弃了！”

“他们已经放弃了跆拳道，”凝视着若白，百草的心里仿佛绞着一般的痛，“若白师兄，难道你也要放弃吗？”

半堂训练课都快要过去了，若白和百草两人还没有回来。

沈柠教练神色如常，似乎没有因为两人的迟迟不归而不悦。亦枫却很是不安，不知道两人这么久没有回来，是好事还是坏事。

储物间内。

站在那一排冰冷的柜子前，若白沉默不语，他的身体近来瘦削了很多，但依然如一株修竹般站得笔直。若白久久不语，就在百草心底开始隐隐生出一点希望的时候，他低哑地说：

“是，我放弃。”

心脏沉了下去，仿佛一路沉到最深的地方，百草呆呆地望着他，找不出任何语言来。是失望吗？此刻弥漫在她的胸口的，或者是她不再能懂他了，她曾经以为她了解和熟悉若白师兄。

“就因为……天分吗？”

她茫然地说：

“那么，我是不是也应该放弃呢？我也没有天分，只凭着一股蛮力，又能在赛场上走多远呢？”

“你有天分。”

直接肯定地回答她，若白凝声说：

“你的身体素质，你的腾空、你的旋转、你的判断力、你的直觉，全都是你的天分！如果你没有天分，云岳宗师不会收下你。婷宜败在加藤的手下，而你能够以压倒性的优胜打败加藤，这也证明了你的天分！”

“…………”

缓缓地，百草摇头。

她已经无法思考，当若白说他要退出的这一刻，她彻底地迷茫起来，她不知道自己为什么还要再练下去。初原退出了，初薇退出了，廷皓退出了，秀琴上大学后也退出了，松柏道馆里曾经的很多同伴们都退出了，而她在为什么而坚持呢？

她发现自己从没想过这个问题。

“你绝不可以放弃！”

听到她那些茫然的喃喃自语，若白神色一厉，喝醒了她！她呆呆地望着他，不懂他为什么又变得这样生气。

“百草，你——”

闭了闭眼睛，若白凝神看向她，缓慢凝重地说：

“——你是我所有的希望。”

“我将我所有的希望都放在你的身上，”伸出手，握住她的肩膀，若白定定地凝视着她，沉声说，“我希望你能代替我——比赛下去，拿到冠军，拿到全国冠军，拿到世锦赛冠军！”

“…………”

茫然地，百草呆呆地摇头。

“你做不到吗？！”

若白厉声喝问。

“我怎么能够代替你呢？”百草呆呆地看着他，“比赛时的紧张刺激，胜利后的激动兴奋，失败时的难过失落，师兄，所有这些感受，是任何人都无法代替你的……”

“我只要你胜！”

握紧她的肩膀，想要将力量全部灌入一般，若白紧紧地瞪着她，厉声说：

“从你进入松柏道馆，你就是我一手训练出来的，所以你是我的成果！我要你打败婷宜！我要你在世锦赛称冠！我要你得到，一切我没有得到的荣耀！”

“成果……”

愣愣地重复着这个字眼，百草胸口的某个地方重重地痛了一下。原来，她只是若白师兄的……“成果”吗？小小的储物间，空气窒闷得令人无法呼吸，眼前仿佛被什么蒙住了一样，她的唇色愈来愈白，痛得透不过气。

若白看着她。

双手渐渐松开她的肩膀。

“失望了吗？”

若白面无表情地说：

“我日夜加倍地训练你，并不是因为同门的情谊，而只是想让你替我去战胜那些我无法战胜的对手，赢得那些我无法赢得的荣耀。现在你知道了，你可以选择厌恶我。”

CHAPTER2

训练厅的玻璃门再次被推开，在众队员的视线中，若白表情淡漠地走进来，只有他一个人，没有百草。他没有走入队伍里，而是站到沈柠教练身后。亦枫心中一沉，明白百草失败了。

队员们分组训练的时候，若白沉默地跟随着沈柠教练，看她指导队员们在对练时的腿法和技巧。整个厅里空气紧绷得可怕，除了婷宜似乎漠不关心之外，其他所有队员都不时偷偷看向若白，神情复杂。

晓萤很想问百草去哪里了。

但是看到若白一脸严霜的模样，她实在鼓不起勇气。

上午的训练马上就要结束的时候，面色苍白的百草才像梦游中一样推开门走了进来，若白回头淡淡看了她一眼。她刚走到正在对练的队员们那边，沈柠教练宣布这次训练课结束。

“没事吧?”

队伍集合后，晓萤站到原本属于若白的位置，胆战心惊地打量着百草失魂落魄的模样。

“其实吧，当助教也没什么不好的，”干笑几声，晓萤尽力宽慰她，“若白师兄成为了不起的跆拳道教练，将来就可以把松柏道馆发扬光大了啊!”

百草木然地垂下视线。

赛垫上，有方才对练时队友们滴落的一滴滴汗水，秋日的阳光中，汗水折射出细碎的光芒。以前，这些汗水里也有属于若白师兄的……

"百草出列!"

沈柠教练的声音将百草从心神恍惚中喝醒，她身体一震，抬起头下意识地先看了一眼若白，才从队伍中走出来，对沈柠教练行礼说：

"在!"

"昨晚的电视直播我看了，"沈柠教练眼神犀利，却没有批评她的错过训练和心神不属，"跟加藤比赛了这一场，你对她的评价是什么?"

百草愣住。

认真想了想，百草回答说：

"加藤腿法灵活，攻守均衡，各方面实力都很优秀，没有明显的缺点，但也没有特别突出的优势，是一个很平均的选手。"

站在沈柠身后一步远的地方。

若白沉默地听着。

"跟你在韩国遇到的金敏珠和李恩秀相比，加藤如何?"沈柠教练又问。

"李恩秀的实力要高出很多。"回答完这句之后，百草犹豫了一下，"加藤与金敏珠……金敏珠骄纵气躁，但是腿法异常凶悍，如果是加藤与金敏珠比赛，我认为金敏珠的胜面更大一些。"

想起在昌海道馆时看到的金敏珠的几场比赛，林凤、申波他们默默点头。金敏珠年龄尚小，等她再大上几岁，只怕会是新生代中的霸主。

"金敏珠屡屡败给你，你却这样高看她，"嘲弄地浅浅一笑，婷宜说，"知道的明白是你眼光出了差错，不知道的人，还以为你是故意抬高金敏珠，从而抬高你自己呢。"

百草一呆。

“就算是加藤更强，那也败给百草了啊，而且败得很惨。”同样在队伍里，晓萤自言自语般地说，只是音量恰好使得大家都能听到。

婷宜的神情僵住。

谁都知道她是败给过加藤的，加藤正是在战胜了她之后，又连战连胜，才成为前段时间最引人关注的人物。而百草不仅结束了加藤的神话，并且居然以大比分完胜加藤。

就像被人打了脸。

从昨晚开始，各媒体就开始铺天盖地出现百草的名字，她早上进入训练中心的时候，已经有一些记者在等候采访百草，甚至几个没有眼色的记者竟然询问她对昨晚比赛的感想。

婷宜冷冷地看向百草。

晓萤是百草的好友，这番话只怕故意说出来让她难堪的。

“这届世锦赛，加藤和金敏珠都已经报名参赛，届时的比赛应该会很值得一看。”如同没有察觉到婷宜和晓萤之间的气压，沈柠教练瞟了眼百草，说，“还有，美少女跆拳道大赛的主办方打过电话来，邀请你继续参赛，你的想法呢？”

百草怔住。

这个比赛原本是若白替她报名的，昨晚那场胜了之后，她还没有考虑过是否继续的问题。

她忍不住看向若白。

若白沉默淡然地垂目站着，仿佛这些事情都跟他没有关系。百草心底被重重地一扯，于是张口便要说，不，她不要再去了！

若白抬起眼睛。

“……”声音滞在喉咙里，百草干哑地说，“……我……还没决定……”

“明天告诉我。”

然后沈柠教练宣布队伍解散。

“当然要继续比啊!”沈柠教练一走，晓萤就冲过来喊，“奖金很丰厚呢！而且这比赛很多媒体在关注，一定会红的!”

若白随着沈柠教练身后也走出了训练厅。

望着他的背影。

百草呆呆地站在原地。

耳边响着晓萤兴奋地说个不停的声音，但完全听不见她说的是什么，直到晓萤用力拉了她一下，百草才混沌地扭过头，看到婷宜正站在她的面前，问她说:

“下午六点有时间吗?”

“……有。”

“到时在必胜比萨店，我有话对跟你说。”说完，婷宜径自离开了，只剩下翻个白眼的晓萤和继续木然的百草。

***　***

除了若白师兄忽然变成助教的意外插曲，这一天接下来的时光对晓萤来说，简直是完美刺激得不行了!

训练结束后，馆外居然又有好几家的媒体记者在等着采访百草！虽然百草在镜头和话筒面前有些拘谨，但是质朴就是美嘛，看着记者大叔们殷切满意的笑容，晓萤禁不住嘿嘿嘿地窃笑，她已经可以看到百草红透半边天的未来了!

到了学校。

校园里的同学们好像是第一天见到百草，凡百草和她经过，必会收获无数惊奇、崇拜的目光。同班的同学们更是递过来无数外班甚至别校的签名本，蜂拥过来请百草签字!

嘿嘿嘿！

原来名人是这种感觉啊！

难怪那么多人都想成为名人呢，就这样只是在百草身旁蹭到一点光芒，她就幸福得要飘飘然起来了！

下午放学的时候，初原开车等在校门口。说是跟其他同学约了逛街，晓萤死活不上车，笑呵呵地背起书包就跑了。见百草神情恍惚情绪失落，初原一边开车，一边知道了若白的事情。

“若白要放弃选手身份？”

声音里有错愕和惋惜，然后初原半晌没有说话，他的眉心轻轻皱着，手指握紧方向盘。

若白的很多话，百草并没有告诉初原。

从早上到现在，她整个人都仿佛被棉花塞住了一样，无法思考，无法听课，无法看清面前的事物，一切都彻底混乱了一般，她的所有感觉都是迟钝的。

“也许若白是真的喜欢教练的工作。”

车子行驶在回松柏道馆的路上，良久，初原看了看她，安慰地说：“松柏道馆实际上就一直是他在带，小弟子当中他训练出不少出色的苗子，包括你认识的秀琴、秀行，甚至亦枫，也都是他亲手培养起来的。”

百草茫然地望着车窗外。

“而且，若白太累了……”

默叹一声，初原说：

“他自己要训练、要比赛，要带松柏道馆的弟子们，又要带训练中心的大众班，还要兼顾学业，平时又要打工，这样下去对身体很不好。放弃了选手身份，虽然可惜，但对他的身体是件好事。”

百草睫毛一颤！

一个念头突然攫住了她，她的唇色瞬时苍白，惊慌地扭看着初原："难道是因为身体的原因？若白师兄是不是生病了？"若白师兄在韩国时的高烧不退，持续了很久的咳嗽，身体最近一直在消瘦……

血色从她的嘴唇褪去！

她的双手有些微微发抖！

路口的红灯转成了绿灯，后面的车辆开始鸣笛，初原将车子驶过十字路口。路边有一群群放学回家的孩子，追逐嬉笑着，他将车速放缓了一些。

看着她惊骇失色的面容。

初原眉心略皱，想起自己曾经答应过若白的事情。

"若白前阵子，确实有些疲累过度，"思忖着，初原谨慎地说，"如果长期劳累下去，我担心他的身体会无法负担。"

"那若白师兄现在……"

心脏紧悬着，她的眼睛紧紧看着初原！

"现在已经好多了，"初原微笑，一打方向盘，前面不远处就是松柏道馆，"只要多休息，好好调养，问题应该不大。"

松了口气。

一颗心缓缓地落了下去。

在刚才的恐惧之后，身上薄薄出了一层冷汗，怔怔的，她忽然又觉得什么都不重要了。只要若白师兄好好的，只要若白师兄真的想要这样，那么，又有什么关系呢？

进到松柏道馆，初原刚将车停下，百草就打开车门蹿了出去！

"我去找若白师兄！"

她喊了一声，便头也不回地朝练功场跑去！望着她小鹿般疾奔而去的背影，初原失笑地摇摇头，发现她竟然连书包都忘在了车内。

时间还早。

练功场内空无一人。

跑得气喘吁吁，百草又一路直奔到练功厅，脚步在前廊的木板上跑得“咚咚”直响，她大口喘着气，汗水从额前滴下来，伸手“刷”地拉开纸门——

若白闭目盘膝坐在里面。

有风吹来。

屋檐下的风铃宁静响动。

“若白师兄……”

冲到他的面前，百草脸蛋涨红，她握紧双拳，对着他平静淡漠的面容说：

“我答应你！”

若白淡淡地睁开眼睛。

他看着她，仿佛听不懂她这句没头没脑的话。她的嘴唇嚅动了几下，更紧地握住双拳，胸口起伏着，坚定地说：

“你要我做什么，我就去做什么！”

若白久久看着她。

他的眼底淡然而寂静，如同遥远的雪山，他沉默不语，仿佛想要看出她是否有一丝的不情愿。良久之后，他面无表情地问：

“即使今后的比赛是为我而打？”

百草咬紧嘴唇，点头说：

“是！”

“即使我要你参加世锦赛，从婷宜手中把名额夺走？”

“是!”

“为什么?”若白淡淡地问，“早上你那样指责我，为什么忽然又什么都愿意接受了?”

“…………”

百草怔怔地望着他，不，她还是无法接受他从此失去选手的身份。

可是。

这几年来与他朝夕相处，他早已是她亲人般的存在，她无法忍受同他争执，无法忍受与他疏离。他是她的若白师兄，她早已习惯了听从他，无论什么事情，她都相信他是对的。

“你……你最近身体还好吗?”

嗫嚅了片刻，她没能回答他，却问了一个毫不相干的问题。

“还好。”

淡淡地回答，若白站起身，却也没有继续再问，说：“去吃饭吧，吃完饭半小时后到练功厅，补上早上落下的训练课。”

“是!”

听到若白师兄像平常一样严格要求她，百草心中喜悦翻涌，眼睛明亮地大声回答！对若白深深弯腰行礼，她正准备立刻赶去吃饭，突然身体一呆，想到自己忘记了一件很严重的事情……

等百草匆匆忙忙赶到必胜比萨店的时候，时间已经是六点四十分，店里正是最热闹繁忙的时候。在最里面的沙发座里，婷宜的神情已经很是有些不耐烦。

“对不起，我来晚了!”

不安地说着，百草急忙对她道歉。

“坐吧。”

克制了一下情绪，婷宜拿起餐单，示意她坐下，将餐单递给她，说：“你点一些你要吃的，这餐我请。”

百草急忙摇头：

“不、不用了，我不饿。”

她来这里吃过一次，知道这家店的东西都很贵。

婷宜扫了她一眼，不耐烦地招手，让服务生给百草上了一杯冰水。等百草喝了两口水之后，婷宜才淡淡地开口说：

“既然你急着走，那我说话也不绕圈子了。”

百草一呆。

正想说自己没有急着走。

“我可以把世锦赛的参赛名额让给你。”婷宜打量着她说。

这次，百草是真的呆住了。

她呆呆地看着婷宜。

不相信婷宜会说出这句话来。

“为了世锦赛的参赛名额，你费尽心机，”婷宜唇角一钩，眼神嘲弄地说，“远在韩国的时候，你就制造舆论，说什么你在训练营中战无不胜，两次大败金敏珠，拿到了最优胜营员，目的不过就是希望沈柠教练能够高看你一眼。回来以后，你得知我参加世锦赛已经是十拿九稳的事情，就开始想阴损的招数……”

百草听傻了。

“你明知道我对初原哥哥的感情，居然就从这里下手，”眼神变得阴冷，婷宜盯着她，缓缓地说，“聚餐那晚，你故意装醉，去引诱初原哥哥。初原哥哥一直把你当成纯真的小妹妹，竟然真的上了你的当。你用初原哥哥来打击我，激得我口不择言，让队友们远离我，让初原哥哥反感我。”

“…………”

百草呆呆地握住手中的水杯，心中一声声地想说，不是的！不是的！可是她知道，无论说什么婷宜都不会相信她。

“我小看了你，你真是好手段，”苦涩地笑了笑，婷宜垂下睫毛，纤细美丽的睫毛染上了湿润的水光，“我沉不住气，初原哥哥认为我欺负了你，居然要求跟我解除婚约。”

“…………”

百草呆呆地听着。

解除婚约……

原来初原师兄和婷宜真的是有过婚约的……

“所以，我败给了加藤。”

捏紧手中柠檬红茶的吸管，婷宜冷冷地抬眼看她，说：

“如果我不是因为初原哥哥的事情而心神大乱，你以为，加藤可以打败我吗？加藤应该感谢你，如果不是你影响到我，她也不会有六连胜的机会！你不会真的以为，你打败曾经战胜我的加藤，就可以证明你的实力在我之上了吧。”

“…………”

百草默默不语。

“即使媒体被你所骗，即使那些外行的观众们以为你的实力可能也不错，但是沈柠教练和国家体育局的官员们全都知道，你根本不配跟我相提并论！”婷宜冷笑着盯住她，“无论你使再多的手段出来，也不可能出赛这届的世锦赛！”

“…………”

望着她，百草依旧沉默。

她不想去解释什么，在婷宜的心底早已将那些罪名死死地认定在了她的头上。她一直记得初见时的那个婷宜，站在松柏道馆的练功厅外，温柔娴静，亭亭玉立，有着月亮般宁静美丽的光芒。

而现在的婷宜。

陌生得让她不想再解释什么。

“只有我退出，你才有可能得到参赛的资格。”吸管戳动着柠檬红茶中的冰块，婷宜嘲弄一笑，“现在，戚百草，只要你求我，我就把世锦赛让给你。”

百草怔怔地看着她。

“怎么这副表情，”婷宜皱眉，“高兴傻了？连话都不会说了？”

“……为什么？”

百草的脑子快要呆滞了，为什么今天发生的事情、听到的话语，全都是她无法理解的。

“但是，我要你从现在开始不再纠缠初原哥哥——”

冷凝地盯着她，婷宜一字一句地说：

“——不再跟他见面，不再跟他说话，即使是他见到了你，你也必须在第一时间离开！只要你发誓能做到，我就把世锦赛的参赛资格让出来！”

“让出来……”

百草怔怔地说。

“对，只要我故意在训练的时候受一点伤，无法打比赛，沈柠教练自然就会考虑由你来顶替我。”婷宜不耐烦地说，“怎么，难道你不相信我吗？”

“在你的心里，世锦赛是可以让的吗？”

百草茫然极了。

这段时间来，为了能够取得参加世锦赛的资格，若白师兄和她做了很多努力，为了证明自己的实力，她甚至去参加了美少女跆拳道大赛。可是，最有希望代表国家去参赛的婷宜，却可以这样轻松地就把名额让给她吗？

“你！”

怎会听不出她的言外之意，婷宜面色一怒，憎恨地瞪着她，说：

“你以为我想放弃世锦赛吗?！上次世锦赛之后，我又训练了这么久，难道我不想打败李恩秀，不想打败加藤，不想拿到冠军吗?！你以为我愿意让给你吗?！”

“那……”

“但初原哥哥比这些都重要，”颓然地闭上眼睛，婷宜不愿去看眼前的这个女孩子，“既然你那么想要世锦赛，我就用它——跟你换初原哥哥。”

*** ***

比萨店里顾客满座。

松柏道馆中，晚饭时间却已经过去了。

窗外彩霞满天，若白站在书桌前，临了两页书法。亦枫板着面孔推门走进来，见若白还是在心无旁骛地临帖，便黑着脸说：

“她知道了吗?”

“谁?”

笔下行云流水，若白淡淡地问。

“百草啊，”亦枫拧眉，“她知道你现在为了专心训练她，放弃了自己的训练，去做那什么见鬼的助教吗?！”

笔尖顿了顿，若白淡然道：

“与她无关。”

“与她无关?！”亦枫霍地站起身，他大步走到书桌旁，逼视着一脸波澜不惊的若白，“你敢不敢发誓？如果这件事确实跟戚百草有关，就让她往后逢赛必败！”

若白神色一变。

“果然如此，”亦枫愤声长叹，“早知道她会让你这么早就放弃选手生涯，当初就不应该让她来松柏道馆!”

“是我自己的决定。”

重新蘸了些墨汁，若白平静地临着《黄州寒食诗帖》，这是百草在旧书店为他买来的。

“亦枫，也许我做教练，会比做选手更合适。”

旧报纸上，浸满墨汁的字体秀雅遒劲，若白淡淡一笑，说：“看着她一步步成长起来，心中的满足感比我自己打赢比赛还要强烈。”在韩国的时候，他打败了闵胜浩，但是那喜悦，竟不及看到百草战胜金敏珠时的一半。

“那为什么你不肯承认?”

“嗯?”

“你一定要眼睁睁地看着初原跟她在一起吗?”亦枫的眉心皱得死紧，“我真的不懂，既然你喜欢她，宁可放弃自己的选手身份去帮助她，为什么就是不肯告诉她呢？你让我去帮晓萤，现在百草真的以为我是和晓萤在交往，已经放下心结开始接受初原了！若白，你这样会后悔的!”

毛笔在瓶中的清水里洗涮。

一圈一圈。

荡出墨色的涟漪。

“她喜欢初原，初原也喜欢她，”将洗净的毛笔放在笔筒里，若白宁静地说，“我只希望她训练时能够专心致志。”

亦枫正欲再说什么，门口响起敲门声，他只得走过去打开房门，却不料站在那里的正是初原。

***　***

比萨店里。

“初原师兄的事情，对不起……”羞愧地低下头，百草脸颊涨红地说，“虽然我不是像你所说的那样，故意对初原师兄……但是，无论怎样，是我伤害了你……对不起……”

婷宜冷冷地看着她。

她就知道，戚百草做所有这些事情都是为了世锦赛，一旦她将资格让出，戚百草也会让出她所想要的。她真希望，初原哥哥此时能在这里，能亲眼看到这个女孩子是个心机多么深沉的人。

“如果……如果你喜欢初原师兄……”声音有些结结巴巴，百草心中涩涩的，手指无意识地紧握住冰冷的玻璃杯，“不管是跟他见面，还是跟他说话，还是……我都不会介意……也、也不会打扰你们……”初原师兄跟婷宜原本就是比她更亲近的关系，如果因为她而生疏，她会内疚不安。

只是，为什么说出这句话的时候——

她的心底涩得仿佛被什么塞住了一样呢？

婷宜挑了挑眉。

仅仅这个保证是不够的。

“但是，我不要这样的交易。”

吸一口气，面颊还有着窘迫的涩意，百草放开手中的玻璃杯，看着婷宜说：

“我希望能够与你公平地竞争世锦赛的资格，即使最终还是得不到，我也会感谢你给我这样的机会。”

“什么?!”

婷宜怀疑自己是不是听错了，戚百草拒绝了这笔交易？她将世锦赛的参赛资格双手奉上，戚百草居然拒绝了她?!

“哈，”婷宜气得俏容煞白，身体微微发抖，“你这个自不量力的人！难道你是以为，你凭实力可以打败我?！凭你自己，就可以从我手里抢走世锦赛?！所以，初原哥哥你也要，世锦赛你也要！戚百草！你究竟要不要脸!”

生平从未受过这样的侮辱!

一个初出茅庐，什么大赛都没有参加过的人，居然胆敢以为能够打败她，所以不屑于她的退让?!

“我……我没有……”

见婷宜如此生气，百草慌乱地想自己刚才是不是说错了什么，使她误会了，急声解释说：

“我没有觉得我可以打败你，只是初原师兄是我的师兄，是我尊敬的人，任何事情我都不可以用他来进行交换。如果……如果初原师兄喜欢你，如果初原师兄不想见到我，我保证我可以……”

“够了!”

婷宜喝止她，脸色一阵红一阵白。

“你不用这样讽刺我!”

讽刺?

百草呆立着，脑袋有些嗡嗡的，过了一会儿，才渐渐意识过来自己说错了什么。

比萨店里热闹喧嚣。

更加映衬得这个角落死寂无声。

“我最后问你一次，”婷宜面无表情地僵声问，“你接受我的提议吗?”

怕再说错什么，百草只是摇了一下头，说：

“不。”

“好。”婷宜冷冷地说，“希望你不要后悔。你记住，世锦赛的参赛资格我不会让你得到，我不在乎竞争是不是公平，我只会在乎不给你参加世锦赛的任何机会!”

“…………”

百草沉默不语。

“而且，你也不会得到初原哥哥，”婷宜冰冷地看着她，“初原哥哥是我的，只能属于我一个人。无论世锦赛还是初原哥哥，最终我会让你全都……”

“不好意思打扰一下，”一个戴着绿围裙，笑容甜美可爱的服务生小姐偷偷跑过来，冲着呆坐如木雕般的百草问，“请问，你是那个，昨晚在电视上打败了加藤银百合的跆拳道选手吗?”

百草一怔。

“……是我。”

“啊!”服务生小姐激动地低喊了一声，“我就说是你！我一眼就认出来了！昨晚的比赛我看了现场直播，打得太棒了，尤其转身的那一踢，帅呆了!”

“……谢谢。”

百草尴尬地笑一笑，见婷宜的脸色比刚才还要难看。

“你是叫百草？戚百草？对不对?”像见到了明星的粉丝，激动的服务生小姐没有留意到婷宜的神色，对着百草一直说，“你要继续加油哦！你将来一定会很棒的！以后你的比赛，我都会争取到现场给你加油，还会喊我的男朋友一起去！”

“……谢谢。”

“你能给我签个名吗？就签这个本子上，笔我也拿来了，啊，谢谢你，对对，就签这里！”服务生小姐兴奋地递上一个粉红色的签名本，将笔塞进百草的手中，激动地看着她低下头准备签名——

“哗——”

一杯微褐色的液体愤怒地朝百草兜头泼来！

背脊一寒，下意识地偏头一躲，百草避开了大部分的水渍，脸畔的发丝却依然被溅湿了一些！那液体带着柠檬的酸甜味，从空中落下，将那粉红色的签名本淋得湿透，滴滴答答地向地上滴着水……

“啊——”

双手也被淋湿，服务生小姐大惊失声，周围的顾客们纷纷吃惊地望过来。

百草默默看向婷宜。

将已经空空如也的玻璃杯放回桌上，婷宜寒着脸，冷冷地扫一眼兀自惊魂未定的服务生小姐，站起身将一张钞票拍在桌面，看也不看百草，在众人的侧目中径自离开。

CHAPTER3

彩霞满天。

过一会儿就到晚课时间了，松柏道馆的弟子们不时三五成群地穿过小树林，向练功场走去。看到林中的初原和若白，弟子们纷纷恭敬地行礼。

“你可以再考虑一下。”

在小树林的僻静深处，初原凝视着面前的若白，郑重地说：

“如果现在入院治疗，你的病情是可以得到控制的。将来如果恢复得好，或者做了手术，也许还是可以再去参加比赛。”

树叶在傍晚的风中沙沙作响，若白的声音很平静：

“是，我已经考虑清楚了。我选择放弃选手身份，做沈柠教练的助教。”

初原凝神看着若白。

若白进入松柏道馆已经有将近十年的时间，一直是沉默坚定如磐石般地存在。在他退出跆拳道，父亲对跆拳道也意兴阑珊之后，是若白一手将松柏道馆撑了下来。

与廷皓相比，他同若白并不算亲密。

若白是那种虽然令人无比信赖，却总是有着淡淡距离感的人。然而这么多年，他也清楚，若白一旦做出决定，就很难更改。

“即使做助教，也不要太过劳累，剧烈的身体运动要尽量避免。”眉心轻皱，初原叮嘱他，“医院的床位我已经安排好了，住院费之类的事情你不必考虑。去训练中心请一个月的假，后天开始就住院吧。”

若白的身体一僵。

“我不想现在动手术。”

“不是手术，只是进行药物治疗和身体的调养。”手术的风险很大，不到万不得已，初原并不希望若白上手术台。

“我可以把药拿回来按时吃。”

“你必须住院!”

“……”若白沉默片刻，“我会按时吃药，定时去医院复检，尽量不做剧烈的身体运动，但是现在我不能住院。”

“百草说，这张卡上有五万多元钱。”

没有让初原就住院的事情继续说下去，若白拿出一张银行卡，双手递给初原，说：

“请收回去吧。”

晚霞的晕红透过枝叶，照耀在那张蓝色的银行卡上，初原怔了怔，那正是他给百草的。

“这是医院退回的。”初原解释说。

若白摇头，说：“这种话只有百草那个傻瓜会相信，这笔医药费我会自己还给她，请你收回去吧。”

“若白!”

没有接那张卡，初原皱眉说：

“我还给她这笔钱，并不仅是因为你。”

“…………”

若白看着他。

“我希望她不再因为钱的事情操心，”初原无奈地说，“她已经高三，马上就要高考，我希望她集中精力在学习或是训练上，而不是考虑怎样打工挣钱。所以，请你不要告诉她，让她收下这笔钱吧。”

若白的手指微微僵硬。

那张卡在他的手中如同烙铁般地烫。

“钱的事情我会解决，不会让她分神，”声音有些暗哑，若白僵硬着背脊，将银行卡放在初原身旁的一块竖石上，然后说，“我要去带队训练，先走了。”

林中的晚霞有千万道光芒。

望着若白渐渐远去的背影，初原默叹一声，良久之后，才无奈地从石上拿起那张银行卡。

***　***

在若白的决定下，百草继续参加美少女跆拳道大赛！继第一场战胜了加藤银百合之后，第二场战胜了同样来自日本的深恭织子，第三场战胜了韩国的权东娜！

权东娜是韩国新晋的全国冠军，身高马大，比百草高出一个重量级。而百草此番与她交手，依然如猛虎下山一般，打得酣畅淋漓，终场以标志般旋身后踢踢中权东娜的头部，大胜而归！

权东娜落败后，韩国跆拳道界大为震惊。

接下来的第四场、第五场，韩国跆拳道界连续送来了两位成名已久的选手来挑战百草，却依然被百草干净利落地打败！

美少女跆拳道大赛的收视率攀升至爆棚，每周末成为家家户户必看的节目。周一周二回顾点评上周比赛的精彩画面，周三周四记者们探访百草的训练情况和新对手的各种资料，周五周六进入备战的气氛，但凡各台记者们随机采访路上的行人，调查谁会是本周比赛的胜利者，被说出的名字必定是“戚百草”！

随着“戚百草”三个字的家喻户晓，她成长的经历、出生的家庭、与曲向南传奇般的师徒关系，都被各家媒体制作成一档档的新闻片！

百草也开始上一些著名的访谈节目。

她淳朴可爱的面容，小鹿般炯亮的双眼，略有些羞涩但每句都质朴真挚的回答，使几乎每个看到她的观众都在第一时刻喜欢上了她！

旋风百草！

自从有一家媒体这样称赞了她，所有媒体都采用了这个叫法。旋风百草，伴随着那每场必出现的令人震惊的旋风腿法，她真的如同一阵强势的旋风般，光芒席卷全国！

***　***

“唉，可是，为什么沈柠教练一直这么无动于衷呢？”

第二天下午的课间，晓萤苦恼地拨拉着课桌上的那一堆报纸，每份报纸的重要版面都刊登着昨晚百草大胜韩国前世锦赛冠军崔日幸的大幅照片！

百草旋风三飞踢！

右脚踢在崔日幸的右侧脸上，将崔日幸的脸踢得猛甩出去！黑发上染着晶莹的汗水，百草的眼睛炯炯有神，异常闪亮，那一瞬，仿佛燃烧着火焰，让人心神为之一夺！

面前的这些报纸上，所有媒体都在热烈议论——

如今百草横空出世，无人能敌，连番将韩国其他最出色的选手战败。这是否意味着，如果百草出赛本届世锦赛，将有可能打破由李恩秀保持的不败神话呢？

她相信沈柠教练一定也看到了！

百草完全有实力出战世锦赛！

而且从韩国回来后的百草，仿佛脱胎换骨了一般，旋身的高度和力量，比赛时充满灵气的攻击，早已不是婷宜所能够相比的了啊！

但是，为什么沈柠教练总是一副好像什么都不知道的模样，而且绝口不提世锦赛参赛人选的事情呢？

晓萤百思不得其解。

就算以前沈柠教练认为婷宜实力最强，现在百草已经证明了自己的实力了啊，难道说……

脑中闪过一抹阴云。

望着被兴奋的同学们包围在教室中央，被迫回答着关于昨晚比赛时各种细节的看起来有些呆呆的百草，晓萤哀伤地想，难道真的有黑幕？她记起来，当初沈柠教练刚来岸阳的时候，跟廷皓、婷宜就显得很熟悉。是不是有某种不可告人的私人关系，所以沈柠教练才死死认定了婷宜，一丁点机会都不肯给百草呢？

“丁零零——”

上课铃响了。

“都这样了，沈柠教练还是不松口让你去参加世锦赛，若白师兄会很难过吧？”趴在课桌上，晓萤垂头丧气地说。

若白师兄煞费苦心地安排百草去参加美少女跆拳道大赛，让百草去参加访谈节目，用心是什么她当然很清楚。

“…………”

正做着笔记，百草怔了怔。

若白师兄要求她打好每周的比赛，要求她每场都拿出最凌厉最夺目的打法，其他的事情都让她不用去想。

“不过也是奇怪哦，”晓萤皱着脸，“若白师兄这么淡定的人，为什么在这次世锦赛的事情上这么急切呢？就好像等不及了一样……”

“…………”

百草也有这种感觉。

笔尖顿在笔记本上，听不到老师在讲的是什么，百草心里乱糟糟的，有种很坏的猜测。但是她不愿意去想，也不敢去想。她问过初原师兄的，初原师兄说若白师兄的身体好多了，问题不大。

“算了算了，不说这个了。”

赶走这些烦人的问题，晓萤两眼晶光闪闪，兴奋地说：

“明天就是中秋节了，你打算怎么过？”

“……吃、吃月饼啊。”

“哎呀，吃月饼还用你说！我说的是，”晓萤眨眨眼睛，“你和初原师兄打算去哪里约会啊？”

“……”百草的脸登时红了。

“嘿嘿，月圆人圆，正是约会的好时间，”晓萤得意地炫耀说，“我和亦枫准备到公园的湖边去坐坐呢。要不，你们跟我们一起去公园的湖边，到时候，咱们分开点坐就好了！”

“…………”

百草红着脸用力摇头。

“害羞什么啊，”晓萤嘿嘿窃笑，“话说，初原师兄拉过你的手了没有啊，有没有对你……”

“范晓萤同学！”

面色不豫地敲了下讲台桌，英语老师严肃地望过来：

“请你到黑板前，做一下这道汉译英的题目。”

***　***

多亏昨天晓萤的提醒，百草记得了今天是中秋节。早上训练完毕，她就跑到街上的糕点铺，买了一盒各色馅料的月饼和一些苹果、梨子、葡萄、石榴，拿到常胜道馆送给师父曲向南。

正巧碰到了常胜道馆的馆主郑师伯。

郑师伯和颜悦色地夸奖她最近的比赛打得非常好，不愧当年得到了曲师弟的大力栽培。还说因为她出身自常胜道馆，最近前来常胜道馆拜师的弟子多了很多，叮嘱她往后在被采访的时候，一定要多提到常胜道馆，不要辜负了曲师弟对她多年来的训练和指导。

最后，郑师伯让弟子拿了两盒月饼和一大篮包装精美的进口水果给她。她百般推拒，郑师伯却板着面孔教训她不懂事，说这是常胜道馆感谢松柏道馆的喻馆主这几年来帮助指导她的谢礼，让她送给喻馆主。

直到曲向南也让她收下。

她才呆呆地抱着那两盒高档月饼，拎着水果篮离开。走在常胜道馆内，凡遇到的常胜道馆弟子都激动地向她行礼，崇拜尊敬地喊她：

“百草师姐！”

怔怔地望着昔日熟悉的一草一木，望着那两扇朱红色的大门，百草想起当年被赶出常胜道馆的情形。道馆门口外那株老槐树更加茂密，那一夜，她又饿又害怕地坐在树下，不知道自己该去哪里。

恍如隔世一般。

常胜道馆弟子们一路送她出来，百草对他们认真地鞠躬回礼，心情复杂地又回到松柏道馆。

喻馆主和蔼地收下了郑师伯送来的东西。晓萤知道后，又是一阵对常胜道馆充满不屑的抨击，好半天才收住，问正在收拾打扫房间的百草："出去玩吗？我约了同学逛街呢，一起去吧！"

"一会儿要去训练了。"

"拜托！今天是中秋节，是法定假期哎！你懂不懂什么是法定假期，就是法律规定必须要休息的日子哎！不休息是违法的！"

"呵呵。"

百草唇角一弯，被逗笑了。

"榆木疙瘩，不答理你了！"没好气地挥挥手，眼看到了约好的时间，晓萤抓起包包跑出去，嘟囔着喊，"训练训练，天天跟若白师兄腻在一起了，初原师兄也不吃醋，真是的！"

将房间打扫整洁。

换上道服，百草从布包里翻出一个东西，拿在手中高兴地看了看，朝练功场走去。因为是假日的关系，此时道馆中的弟子们已经很少了，踏上长长的木廊，她能看到雪白的纸门内，满室阳光，若白正宁静地盘膝而坐。

听到她的脚步声。

若白向她的方向看过来。

阳光照在若白淡静的面容上，他仿佛正在思考着什么，目光有些深，研究般地打量着她。

百草怔住。

一动也不敢动，手中的东西藏到了身后。

"坐下。"

纸门外，天空蔚蓝如洗，飘着一丝丝白云，若白淡淡说：

"有件事要和你商量。"

"是。"

百草行了个礼，在他面前盘膝坐好。

看到她全神贯注凝神聆听的模样，若白沉默了一下，想起昨天下午同沈柠教练的谈话。

…………

"我承认，百草这几场比赛都打得不错，能看出她进步很大，"听到他又一次提起世锦赛的参赛资格，沈柠翻了翻桌面上的那些报纸，挑眉说，"但是，这所谓的美少女跆拳道大赛，说穿了，也不过是一档娱乐节目。"

"真正的国际大赛，跟这种娱乐节目是完全不同的。"

视线落在那张百草旋身踢中崔日幸头部的图片上，沈柠皱眉说：

"比如昨晚，我看了整场直播。崔日幸从第三局一开始，就已经全无斗志，而百草，最后一击居然收力了！"

"我曾经看过崔日幸在世锦赛中的表现，代表韩国出战那样的大赛，她会拼尽全力，战斗到最后一秒，不到裁判宣布比赛终止，她绝不会放弃。"沈柠嘲弄一笑，"而昨天的比赛，你知道崔日幸为什么会斗志不高吗？"

若白沉默。

"那是因为她不想在这种等级的比赛中受伤，"沈柠将那些报纸扫到一边，"她要把最好的状态留到世锦赛这样的大赛中，在娱乐节目中付出太多，于她而言不值得！"

若白面色一变。

"再说百草，"看着他，沈柠继续说，"那样至关重要的一踢，可以KO、可以胜负立决的一踢，她居然临时收力了！如果昨晚是世锦赛，崔日幸完全可以抓住这个机会，在百草收力后重心不稳的情况下，给予致命的反击，甚至将百草立时KO打败也不是不可能的！”

“她是怕将对手打伤。”

若白沉声解释。

“这是比赛！比赛的时候不能全神贯注，竟然还分神顾虑这些那些。这样的选手，我能放心让她代表国家去参加世锦赛吗？”沈柠冷声说，“你不要再说了，我不会因为这个什么美少女大赛，就放弃婷宜，转而去支持百草。”

“您答应过，您会给百草机会。”

背脊有些僵硬，若白直视着沈柠，并没有接受她的说法。

“去韩国之前，您说需要百草证明自己的实力。她在昌海道馆打赢了所有的比赛，拿到了最优胜营员，两次大败金敏珠，云岳宗师也认可了她在跆拳道上的天分和实力。

“这次美少女跆拳道大赛，固然是娱乐节目，但是百草每场都是以大比分获胜。即使对手没有拼尽全力，但是如此悬殊的比分，也可以证明她的实力。而且——”

若白正色地说：

“——百草也保留了实力。假如让她参加世锦赛，她会比现在打得更加出色。”

沈柠瞟他一眼，说：

“若白，我知道你对百草倾注了很多心血，但是……”

“让婷宜参加世锦赛，结果是可以预知的，她不仅不可能打败李恩秀，就连日本的优秀选手也未必能够战胜。而百草参赛，也许同李恩秀还有一拼！”

身姿笔直，若白凝视着沈柠，眼底清澈如高山上的雪莲：

“是，我对百草倾注了很多心血。因为我从未见过像她一样坚持、专注、执拗、有天分、有毅力、有悟性的选手，而不是仅仅因为她是我的师妹。”

“我相信她会成为了不起的跆拳道选手。”

若白坚定地说：

“只要您给她机会。”

…………

米黄色的榻榻米上。

听完若白所讲，百草有些吃惊，怔怔地说：

“去国外打比赛？”

“对。”

那是他同沈柠教练的约定。昨天下午的最后，沈柠教练同意，如果百草可以在真正的国际赛事中证明自己的实力，她就推荐百草参加世锦赛，而不是原定的婷宜。

紧接着下来。

分别在日本东京、英国剑桥、美国芝加哥有三场国际级的跆拳道赛事，作为世锦赛之前的热身，原本都是要派婷宜出赛。现在沈柠教练同意改派百草出战。

百草茫然地问：

“什么时候？”

若白眉心微皱，说：

“东京的国际邀请赛，需要下周五就动身。”

“……好。”

幸好去韩国的时候办好了护照，否则会来不及吧，百草暗自想着，一抬头，却发现若白的眉心依旧微皱，似乎有什么犹豫不决的事情。

"怎么？若白师兄。"

她忐忑地问。

若白沉默地看了她很久，说：

"我不知该不该让你去。"

百草一怔，不太懂。她很少看到若白师兄犹豫，以往都是他直接将决定告诉她。

"你明年就要高考，"若白皱眉说，"频繁出去打比赛，会影响到你高考的成绩。"

百草连忙说：

"没关系的。其实所有的课程内容高二就已经全部学完了，高三只是在复习而已。我可以带上所有的课本，只要不打比赛，我就认真看书！"

若白摇了摇头。

跆拳道对她而言固然重要，高考对她又何尝不重要？如果因为比赛，而使她没能进入理想的院校，也是得不偿失的事情。

"我可以的！"

双眼坚定地望着他，百草用力说。

虽然不知道为什么若白师兄忽然提出让她出国去打比赛，但是她可以想象，应该是与世锦赛有关。以往这种比赛都是婷宜去打，若白师兄努力帮她争取来了机会……

"不然，"看到若白始终沉默不语，百草眼睛一亮，突然想到一个办法，"你可以考我！"

考试。

看着她充满信心的模样，若白沉吟着点了下头，从榻榻米上站起身，竟是要现在就对她进行考试。百草呆了呆，连忙也跟着站起身。

“骨碌”、“骨碌”！

米黄色的榻榻米上，那个方才被她藏在身后的东西竟滚了出来，轻快地，一路滚到若白的脚前。

那是一只鲜红熟透的大石榴。

吐着清新的香气。

石榴的嘴巴微微裂开，隐约可以看到里面晶莹剔透玛瑙一般的石榴子。

“这……”脸窘得通红，百草手足无措地将它捡起来，结结巴巴地对若白说，“这个石榴……想、想送给你。”早上为师父买了三个石榴，那石榴又好看，又可爱，她忍不住留下了一个给若白师兄。

“为什么？”

若白看着那只石榴。

“今天是中秋节，”见他似乎没有多喜欢这只石榴，百草心里有些小小的失落，但还是双手将石榴递向他，局促地说，“请收下吧。”

“嗯。”

缓缓接过那只石榴，看到她如释重负般地松了口气，若白眼底微微闪过一抹光芒，起步向练功厅外走去。

宿舍里，亦枫不在。

将石榴放在书桌上，若白拉开一只抽屉，从里面拿出一个厚厚的牛皮卷宗纸袋。百草吃惊地看到，纸袋里竟是高三各科的模拟高考试题。

“若白师兄，这是你以前的模拟题吗？”

凑过去，百草惊讶地发现这些模拟试卷的纸张都是簇新的。

“昨天刚拿到，”若白仔细地翻阅着这些试卷，边看边说，“原本打算过几天再给你。”高考的内容每年都有不同，过往的旧试卷并不合适她，而这些最新模拟试卷也有质量高下的区别，他原准备全部将这些试卷过滤一遍，只把那些好的给她。

十几分钟后。

他挑出一份数学试卷。

“先答这份。”

将试卷摊在她的面前，递给她一支笔。

“沙沙沙。”

坐在书桌前，百草认真地答写着那份数学卷子，不时停下来思考一下，然后继续流利地答题。站在她的身旁，若白看了一会儿她的答题情况，又开始挑选试卷。

一套语文高考模拟题。

然后，一套英语高考模拟题。

时间一分一秒地过去。

头也不抬地，百草全神贯注答写着试卷，连若白放了一杯温开水在她的手边都没注意。直到若白让她休息一下，喝点水，她才仰脖咕咚咕咚一口气喝了半杯，继续埋头苦答。

一个小时后。

她答完了数学试卷。

又一个小时后。

她答完了语文试卷。

再一个小时。

英语试卷也答完了。

脖子僵硬得仿佛锈住了一般，稍微一动，便“咯吱”、“咯吱”地响，百草小心翼翼地扭动地抬起脖子，赫然看到一旁的若白已经将数学和语文试卷都批改完毕了！

心中忐忑。

她不安地看着若白运笔如飞地凝神开始改英语模拟试卷，前二十道题里，她已经错了一道。心脏悬得高高的，她简直快要喘不过气来了。

“出去活动一下。”

若白低头改卷，淡淡说：

“把基本腿法练三遍。”

百草只得一步一回头地走出去，然后在宿舍外的空地上练习腿法。虽然她感觉刚才自己答题还可以，但是，英语题已经错了一道了。不知道数学和语文答得如何，她腾空下劈，惴惴不安。

然而练习着腿法，她的心神又渐渐集中起来，厉喝一声，旋身跃起，双飞三连踢！心中有些隐忧，如今这个腿法她已掌握得炉火纯青，但是跟崔日幸一战后，媒体上对双飞三连踢进行了铺天盖地的报道。

如果对手全都知道她会踢出第三脚。

那么，这种进攻方式还会像以前那样令对手出其不意，那样有效吗？

练完三遍腿法后，百草已是大汗淋漓。用手背抹掉额头的汗水，她朝宿舍里一望，见屋里的若白正静静地等着她，三份试卷整齐地叠放在他的手边。

心脏“怦怦怦”地跳起来。

她紧张地向屋内走去，眼睛直直地看着那最上面的一份试卷，是语文卷子。声音有些紧张，她顾不上喝水，因为那份语文试卷上并没有总分成绩：

“怎、怎么样？”

若白先用眼神示意她坐下，然后拿起那份语文试卷，翻到最后的作文部分，皱眉说：“你的作文，虽然立意、内容都是好的，但是用词造句还是略显生硬，难以得到高分。”

百草心中不安。

作文一向是她的弱项。

晓萤曾经笑过她好多次，说她平时说话口舌笨讷，写作文的文笔也总正气太足，灵活不够，就像个老学究。

“满分150分，因为作文略差，你的语文最多只可得120分，”若白翻了下前面的语文试题，只有偶尔被扣掉了一两分，基本竟是全部答对的，“至于数学和英语——”

他将剩下的两份模拟试卷推至她的面前。

“你答得很好。”

百草紧张地立刻看去——

在两份答卷的右上角，有他龙飞凤舞的批改出的总分，英语138分，数学129分！

“你在学习上用心了，”若白静声说，“很好。”

接连听到两声“很好”，百草的眼睛竟不争气地潮湿了起来。揪紧道服的衣角，她傻傻地看着那两个分数，又是高兴地想笑，又是有些不安地说：

“我会努力写好作文的……我以后会再多看一些……”

“咕——”

一阵饥饿的声音从她的肚子里响起。

看着她瞬时窘红的脸庞，若白唇角一弯，知道她今天上午连做三套试卷确是消耗了很多精力。现在是十一点二十分，还没到道馆中饭的时间，他的目光落在书桌那只鲜红饱满的大石榴上。

拿起那只石榴。

他的手指微微用力，石榴应声裂开两半，玛瑙般鲜红透明的果实晶莹欲滴。眼巴巴地看着，百草不敢流露出一丁点的馋意，但还是忍不住“咕咚”咽了一口口水。从小她就觉得石榴是异常漂亮的水果，就好像宝石玛瑙一样，美丽得让人舍不得去吃。

而且石榴太贵了。

石榴的贵，跟草莓、樱桃还不同。

草莓和樱桃有很多的果肉，而石榴，只有那酸酸甜甜的一层果汁，外皮和子核占了太多的分量。

她从不舍得去吃。

她想，若白师兄应该也是舍不得吃石榴的吧，所以她心虚地从为师父买的石榴中拿走了一只，留给他。

修长有力的手指轻轻剥着石榴，眨眼，一小堆红宝石般的石榴子已在他的掌心。

“吃吧。”

将盛满石榴子的那只手放在她的面前，若白凝声说。

“…………”

百草紧张地连着凳子向后挪去，拼命摇头说：

“我、我不吃！我……最不喜欢吃石榴了！”

“你不喜欢吃，”看着她，若白的唇角闪过一抹微不可察的笑意，“就把它拿来给我吃吗？”

“不是的！”脸涨得通红，忽然她又用力点头说，“是的，我不喜欢吃，所以请师兄帮我吃了它。”

“不要撒谎。”

拉过她的手，若白将那堆剔透的石榴子放入她的掌心，命令地说，“快吃！”

为积威所迫，百草挣扎着又看了一眼若白，见他一脸不为所动，坚持让她吃的神情，她咬了咬牙，拿起一颗石榴子。酸酸甜甜的汁液在她的唇间迸溅出来，她小心翼翼地，仔仔细细地吃着。

打量着她，若白问：

“好吃吗?”

她不敢再撒谎。

“好吃。”

“为什么吃得不开心?”若白皱眉。

“……会……会心疼……”她讷讷地垂下头，一想到这么贵的石榴最后竟是被她自己吃了，她的心就疼得恨不得将每颗石榴子都嚼上几十遍。

“拿给我吃，就不心疼了吗?”若白凝视她说。

缓缓摇头，百草哑声说：

“……会很开心。”

“嗯。”

沉默了几秒，若白伸出手指，从她的掌心捻起一颗晶莹美丽的石榴子。百草惊喜地立刻抬头，见他居然真的在吃。他慢慢地咀嚼，看着她屏住呼吸、双眼发亮的模样，他淡然一笑，说：

“很甜。”

“是的、是的！是很甜!”她拼命点头，立时觉得这石榴比刚才好吃了百倍!

然后百草发现——

只要她吃一颗。

若白便也会吃一颗。

清甜的味道弥漫在口齿间，一颗一颗玛瑙般晶莹剔透的石榴子，她边吃边看着若白师兄吃。每看到若白再多吃一颗，她的心中就多开心一下，渐渐地，清甜的味道好像蔓延到了心里。

爱之名

CHAPTER4

中秋节的晚上。

亦枫和晓萤并没去公园的湖边。

因为湖边到处是人，简直一点隐私也没有。晓萤并没有想，为什么她会想要有隐私，只是一路嘟囔着，跟亦枫在街上闲逛。街上也到处都是人，摆摊的小贩们也格外得多，晓萤兴致盎然地在一个摊子前买了一支小朵蔷薇花的头簪、一支灰色玫瑰的胸花，一个金钱豹的钥匙坠。

“不过，往后节假日还是不要出来了。”

夜色中，看一眼街上熙熙攘攘的行人，晓萤一边埋头继续挑东西，一边抱怨地说：“这么多人，每家饭店都爆满，想好好吃顿饭都吃不上，居然大好的中秋夜只在路边吃了一碗馄饨。”

手里拎满了她买的各种东西，怀中还抱着一只半人高的北极熊玩偶，亦枫打个哈欠，无聊地站在旁边等她。今天她凶巴巴地拉他出门，又凶巴巴地命令他买这只熊作为中秋礼物送她，现在竟然又哀怨不该出来。

“你看这个，喜欢吗？”

手指钩起一对黑色皮绳的项链，晓萤兴奋地扭头问他，那是一对情侣项链，两个坠子并起来正好是一颗心。

“随便。”

亦枫又打一个哈欠。

“什么随便！这是要买给你戴的！”翻个白眼，晓萤施舍般地说，“既然你送了我中秋礼物，我也要送礼物给你呀，就这个好了。”嘿嘿，而且这个很便宜，两条项链才二十五元。

“我不要！”

亦枫斩钉截铁地拒绝。

跟摊主讨价还价一番，最后以十八元搞定，晓萤得意扬扬地自己先戴上其中一条项链，然后示意亦枫低头，要给他戴上另一条。

“别做梦了！”

重申自己的立场，亦枫警惕地后退一步。

“快过来戴上啦！”看着他那副如临大敌的样子，晓萤撅起嘴，不高兴地说，“你以为我是在跟你示爱呀，只不过是为了麻痹百草而已！你知道她那个人看起来呆呆的，其实又聪明又细心，万一她发现我跟你之间只是假装，肯定又不会跟初原师兄交往了！这对项链，你我各戴一条，让她觉得我们已经私订终身、海誓山盟了，嘿嘿，这样就算以后咱们‘分手’，她也不会再怀疑什么！”

亦枫心中微微有些异样。

只是，他以为是晓莹口中那个“又聪明又细心”的百草让他不舒服，他无论怎么看，都不认为百草聪明细心。

他从未见过比百草更迟钝的女孩子了。

坚决拒绝晓萤帮他戴上那条项链，亦枫没好气地转身，大步朝回松柏道馆的方向走，夜色繁华，他心底沉沉的。

“喂！”

追在他的身后，晓萤焦急地喊：

“喂——”

不理会路人的纷纷侧目，抱着怀中那只白色北极熊，亦枫微怒地越走越快。

“你再走，我就告诉百草你欺负我！”追了一会儿，实在跑不动了，晓萤呼呼喘气地弯下腰双手撑腿，高喊着威胁他，“我就跟百草说，你又喜欢上了别的女孩子，要跟我分手！我会哭着去求百草，说我不能没有你，让她去劝你回心转意！嘿嘿，百草最在意我了，这么一来，她肯定无心训练，会担心我，会整天找你，就算若白师兄指责她，她也……”

路灯下，亦枫黑着脸站住脚步。

“嘿嘿嘿，”得意地笑着，晓萤慢悠悠地晃过来，上下打量他，“不走了吧，怕了吧?!如果你想毁掉若白师兄的心血，就走啊，就别戴这条项链啊!”

“闭嘴!”

脸黑得吓人，亦枫狠狠瞪了她一眼，终于别扭地低下头，凶她说：“快点戴!”

“哼哼，我偏偏要慢点给你戴。”

得意得简直要飞起来了，晓萤眼睛贼亮，故意慢吞吞地伸出双手环到他的脖颈后，故意慢吞吞地一圈一圈拧着项链扣的螺丝。

她已经发现了。

若白就是亦枫的罩门!

只要她一提到要去影响百草的训练，让若白心血白流，亦枫就会忍气吞声、忍辱负重，几乎什么要求都能答应她。有时候她都邪恶地怀疑，亦枫对若白是不是有点，那个、咳。

不过吧，嘿嘿，也不像，上次在比萨店里接吻，她能听到亦枫的心脏在怦怦地乱跳。有时候她故意地逗弄他一下，比如拉住他的手，或者挨近他，他都会可疑地脸红。即使他经常打哈欠装慵懒，或者瞪眼睛敲爆栗装凶恶，她还是会——

稍微自作多情一点地觉得——

嘿嘿，他还蛮喜欢她的。

“帅呆了!”

路灯的光线中，晓萤满意地看着戴在亦枫胸口那条黑皮绳的心形项链，再摸了下自己颈间的那条，得意扬扬地说：

“如果你可以一直这么听话，我可以考虑多跟你‘交往’一段时间，就不急着跟你分手了。”其实亦枫师兄还不错啦，跟他在一起，好像总是很好玩很开心。

“自己拿！”

用看疯子的眼神扫了她一眼，亦枫毫不留情地将手中所有她的东西都塞还给她，然后黑着脸继续往回走。

硕大的北极熊简直要把视线全部挡起来了，晓萤艰难辛苦地还没走十几米，就很识时务地开始道歉和赔笑脸。

亦枫一概不理会。

直到因为晓萤差点因为那只北极熊差点掉进没了井盖的窨井中，亦枫才勉强又将那些东西接过去。

夜空中有金黄色的满月。

拐过一个弯。

在晓萤小心赔笑的殷勤下，亦枫终于又肯让她挽着他的胳膊，晃啊晃地走路了。这条街道临着一座人工湖，会聚了很多高档酒店和餐厅，因为中秋之夜的关系，透过玻璃窗看去，每家餐厅都高客满座。

“下一次，我们先提前约好餐厅吧。”

羡慕地说着，晓萤望着路边的那家意大利餐厅，里面的每张桌上都有闪亮的银质烛台，点燃着摇曳的烛光，浪漫极了。

亦枫顺着她的视线望进去。

忽然，他停住脚步。

“啊，你觉得这家不错吗？我们下次就来这家？”晓萤开心地说，但一想，又有点担忧，“可是这家好像很贵的样子，不知道一餐要多少钱呢？”

亦枫拧眉看向餐厅里。

“走啦，我们还是去找又便宜又好吃的餐厅吧，”晓萤拽拽他，却拉不走他，疑惑地正想问，突然，目光一闪，她也看到了意大利餐厅里的那一桌，惊呼，“那不是……”

那不是沈柠教练吗?

一袭银色的旗袍，像月光一样柔和光润，在点点摇曳的烛光中，沈柠教练就像画中的美人一般，手中握着红酒酒杯，眼底充满温柔的感情，望着对面的男人。

站在亦枫身边，晓萤惊愕地看着。

见到沈柠教练并不吃惊。

沈柠教练是单身，同男人约会也没有什么。

只是——

那个男人竟是婷宜的父亲!

跆拳道训练中心的场馆就是由婷宜的父亲方石基赞助而建成，启用仪式上他曾经来剪彩过。而且，虽然晓萤很少见到方石基本人，但是他经常出现在电视和各种媒体上，她当然不会认错!

“怎么会……”

惊愕地张大嘴巴，晓萤闭了闭眼睛，再睁开，看到的还是沈柠含情脉脉同婷宜父亲在一起吃饭的场景。

“难道说……”

各种可怕的猜想迅速闪过，先是震惊，然后是不敢相信，最后是愤怒，晓萤气得一跺脚，拔脚就往餐厅大门冲去!

“你干什么!”

亦枫眼明手快拉住她。

"原来是这样!"一把挥开他，晓萤气得浑身发抖，"我懂了！难怪无论百草多么出色，实力多么强，她都不肯同意让百草参加世锦赛！难怪哪怕全世界的人都已经知道，百草比婷宜强得多，她还是不肯松口，非要坚持让婷宜去世锦赛，连给百草一个公平同婷宜竞争的机会都不给!"

怒火在燃烧，晓萤边往餐厅大门冲去，边喊：

"我要去问问她，她就是这样做教练的吗?！如果是因为这层关系，就一直打压百草，什么机会都不给百草，那我就不要再在队里了！百草也不要去了！你也不许去！若白师兄也不去！我号召所有的队友们都抵制她!"

"冷静一点!"

一把捂住晓萤的嘴巴，将她的双手扭到身后，不顾她愤怒的挣扎，亦枫黑着脸将她硬拖到远处僻静的角落，怒声说：

"你想惹事对不对?!"

"对!"

用力咬开他的手，晓萤怒得梗住脖子，吼道：

"你干吗拦住我，你是站在她那一边的吗？亏你还是我们的师兄，关键时候像只缩头乌龟!"

手上有她咬出的牙印，亦枫痛得连吸了几口气，咬牙说：

"好，那我不拦你，你想帮百草彻底弄僵跟沈柠教练的关系，就去吧!"

说完,他完全松开她,泄气般地倚靠在小巷的墙壁上,竟看也不再看她。

见他这样，晓萤反倒犹豫了，支吾着问：

"后果会很严重吗?"

"你说呢?"亦枫怒其不争地瞪她一眼，"如果你是教练，被人当众指责不公正，还牵涉到个人的私生活，你会是什么感受？会立刻反省，让百草出战世锦赛？”

晓萤又生气又沮丧。

“那怎么办！可是她明明就是不公正啊！一个是情人的女儿，一个是笨嘴笨舌的百草，她当然会想方设法、找各种理由让婷宜去参赛！可是，这样不公平啊！”

“这世上从没有绝对公平的事情，”亦枫叹息一声，“先冷静下来，我们从长计议……”

可怜的百草。

夜空飘来一片乌云，遮住了晓萤头顶上那轮金黄色的圆月。该怎么将沈柠教练的事情告诉百草呢，她愁眉苦脸，无比哀愁。

顺着晓莹和亦枫刚才所在的那条街。

再往前走十几米。

在一家法国餐厅里，初原和百草就正坐在临窗的位置。

“出国打比赛？”

听到这个消息，初原怔了下，然后才用餐刀继续将鹅肝酱细致地涂抹到烤好的面包片上，递给百草。

“若白师兄说，有可能下星期就出发。”

今晚原本是应该照常训练的，但在初原出现时，若白忽然宣布今晚放假，可以自由活动。窗外的乌云飘散开，金黄的圆月重新露出它美丽的容颜，百草小心翼翼地咬了一口涂着鹅肝酱的面包，很奇异的口感，她以前听说过鹅肝酱，但从没吃过。

“护照来得及吗？”

“若白师兄说，应该来得及。”又尝了一口鹅肝酱，百草觉得它味道怪怪的，但还蛮好吃的。吃完手中的面包片，百草见初原没有再说话，也没有吃东西，于是她愣了愣，问，“初原师兄，你是觉得哪里不太好吗？”

“没有。”

初原摇摇头。

“哦。”

百草便又高兴起来，见侍应生再次端了餐盘过来，在她和初原的面前各放下一杯饮品。她面前的是小小一杯冻饮玫瑰露，淡黄色，有清澈幽香的玫瑰花香，这个白色的小瓷杯旁边，散放着几个小冰块，冰块中冻着美丽的粉红色的玫瑰花瓣。

她看得怔住。

忽然想起上午的那只石榴一样，也是美丽得这么晶莹剔透。

停了一会儿，初原问：

“那你的功课怎么办？”

“今天上午若白师兄考了我，我做了三套高考模拟试卷，”说起这个，百草的眼睛高兴得明亮起来，“除了语文只能拿到130分左右，英语和数学我都拿到了140分以上。若白师兄还夸我了，说我……”

她的脸颊红扑扑的。

“……说我‘很好’。”

看着她那双开心得异常明亮的眼睛，初原点头，微笑说：

“那就好。”

随后侍应生又上了牛排。牛排“滋滋”地冒着香气，初原见她有些手足无措，便把她的餐盘先拿过来，细细地帮她把牛排切成一小块一小块，然后又放回她的面前。

百草吃得有些心神不属。

即将要去日本参加国际跆拳道邀请赛，将会真正见到很多其他国家的优秀选手，韩国的跆拳道素来称霸，日本、伊朗等亚洲国家在一些项目上也很有竞争力，还有美国、英国这些欧美国家最近势头……

“你想早些回去，是吗？”

耳边忽然听到初原的这句话，被抓到走神，百草窘得脸红。她手足无措地放下手中的叉子，结巴地说：

“我、我吃完饭再回去，若白师兄说……”

“没关系，”低着头，初原宁静地说，“你先回去吧。大赛在即，是应该抓紧训练。”

“…………”

百草愣住。

“回去吧。”喝一口手边的冰水，初原垂目说，“我想再坐一会儿，就不同你一起走了。”

气氛有些怪异。

张了张嘴巴，百草不安地想说些什么，然而初原宁静地自坐着，并不再同她说话。呆了几秒钟，她怔怔地将餐巾放回桌面，站起身，说：“那……我先回去了。”

“好。”

当她的衣角从身旁掠过，初原沉默地看向原本属于她的那片桌面，玫瑰花瓣依旧被冻在晶莹的冰块中。

忐忑不安地走出餐厅，夜空中金黄的圆月，百草怔怔地站定脚步，夜风吹来，心底仿佛有什么沉沉的，竟让她无法就这样离开。

站在那里。

透过餐厅的落地窗。

她可以看到初原的侧影，他孤独地一个人坐着，似乎在望着她离开后那个空荡荡的位置，久久地，他的身影一动不动。

为了能够在中秋的这晚同她在一起，这两周他一直与其他医生换班，初原默默喝了口冰水。不知道刚才自己是怎么了。当她的每一句话里都有“若白师兄”，当她吃饭吃得那样的心神不属，他竟无法保持一贯的平静。

现在她走了。

手指碰触着冰冷的玻璃杯，初原苦笑。

“我……我……”

当她的声音局促不安地突然在他身旁响起时，初原以为自己是幻听，略怔一下，他抬起头，发现——

她竟然又回来了！

涨红着脸，百草的双手绞着衣角，眼中有着不知所措的神情，紧张局促、结结巴巴地说：“我……我不用急着回去训练的……若白师兄说，今晚是中秋，不用训练……”

没有听到他的回答。

她更加惶恐，睫毛不安地扬起看他：

“初原师兄……”

“走，我们去吃点别的。”伸手握住她的右手，初原也站起来，是他错了，他不该带她到这里来，也许是这里的环境令她拘谨。

“去哪里？”

被他温热的手掌握着，百草的脑袋也温热得有些发晕。被他拉着向店门口走去，她忽然想起是否结账的问题，见到侍应生们有礼地鞠躬相送，心中还是有些忐忑。

“呵呵，”坐在夜市的摊位前吃着羊肉串，初原听她讲述刚才的不安，笑着回答说，“账单已经付过了，放心，没有吃霸王餐。”

羊肉串喷香滴油。

虽然夜风将炭烤的气息一阵阵吹过，有些呛人，但百草却觉得自在了很多。坐在小板凳上，一口气吃了五串羊肉，肚子里饱饱的，她开心地看着初原文雅地吃着，忽然想起今晚好像忘记了吃一样很重要的东西——

月饼！

她愣了愣。

察觉到她的愣神，初原问：

“怎么了?”

“……还没有吃月饼，”中秋节最重要的就是吃月饼，以往不管生活再紧张，师父都会拿月饼给她吃，到了松柏道馆，每年的中秋都会有各色月饼分过来。

“好像真的忘了，”吃完剩下的羊肉串，初原笑着说，“你在这里等我一下，我去买月饼。”

“那里就有!”

眼睛一亮，百草指向夜市东边的一处地方，那里有一箱箱的月饼，摊主们各自在叫卖着。今晚已经是中秋夜，如果月饼卖不出去，到了明天就错过了时令，她兴奋地听到那叫卖声竟然已经是——

“蛋黄月饼！两块钱三只!”

拉着初原的手，挤到月饼摊的最前面，看着那一整箱一整箱的蛋黄月饼，百草克制住内心的激动，眼巴巴地问：

“老板，可以再便宜点吗?”

“已经很亏本了！单买咸蛋黄都要一块钱一只的!”摊主一边数着手中收到的钱，一边不耐烦地抬眼瞟向有些羞涩的百草，突然大张了嘴，指着她说，“你……你是不是就是那个……电视里面的连着战胜了好几个韩国选手的……”

周围买月饼的人们也都全看过来，纷纷惊讶地喊：

“哎呀，就是她啦!”

“小姑娘，跆拳道练得很棒呀!”

“下周的比赛也一定要赢呀!”

被众人惊喜的目光围观着，在初原含笑的注视下，百草的脸红得都要滴出水来，她窘迫地低垂下头，一点一点往人群外面挪，摊主却大声喊住了她：

“小姑娘，别走呀!”

将整整一大箱月饼塞进她的怀里，摊主豪爽地一挥手，对买月饼的其他人说：“大家别说我偏心！我当年也练过跆拳道，可惜没练出什么出息来！这箱月饼一共三十只，我只收十块钱，当做对跆拳道的支持了!”

买月饼的人们纷纷赞扬摊主。

摊主的热情难以推拒，百草手足无措地抱着那满满一箱月饼，在夜市的串串灯光下，跟在初原的身旁。

“我来。”

将月饼箱子接过去，见她仍旧有些羞涩面红，初原笑着伸手从箱子里翻了几只月饼出来，说：“好像全都是蛋黄的，有红莲蛋黄和白莲蛋黄，你喜欢吃哪种?”

夜空中一轮圆月。

两人已走至人工湖的垂柳下。

“……白莲。”

百草咽了咽口水。

停下脚步，初原把月饼箱子放在一块褐色的石头旁，拆开一块月饼的包装，递给她：

“尝尝好不好吃。”

“……你呢?”

“嗯?”

“你喜欢吃哪种月饼?”百草脸红红地说，“我拿给你。”

“我也白莲好了。”

接过她为他拆出的月饼，初原吃了一口，甜糯的白莲馅料有淡爽的香气，里面的蛋黄也很好，熟透了，香得流油。

“很好吃!”

听到他这么说，百草的眼睛一下子亮起来，拼命点头。

“明年还来这家买月饼，”初原笑着说，“等你拿到世锦赛冠军，老板也许会送你一整箱。”

“不行!”百草认真地说，“他会亏本的。”

“那就站在他的身边，当店家的广告，告诉大家这月饼有多好吃。”初原想了想说。

“好。”

百草郑重地点头。

“傻丫头，”湖边的柳树下，一轮满月映在水面，初原轻柔地揉了揉她的发顶，说，“真不想让你出国打比赛，你这样傻傻的，别人对你好一点，你就恨不得把心掏给别人，如果被人拐走了怎么办?”

百草愣住：

“若白师兄会陪着我。”

“若白……”似乎叹息了一声，初原又用力揉了揉她，低头看着她，“你要记得，我在等你回来。要记得，我喜欢你，我一直都会在这里。”

“嗯。”

百草愣愣地看着他。

“傻百草。”

好笑地用手指擦掉她唇角的月饼屑，初原吻上她短发的头顶，清新的气息沁入呼吸，他的心底温软得仿佛荡漾着月光的湖水。

“百草……”

喉咙微微堵住，初原闭上眼睛。

“…………”

被他拥住，感觉他的双唇的温热印在自己的发顶，百草面颊微红，心脏不受控制地飞跳起来。

“……你会不会觉得勉强?”心底总是有不安和担忧，初原深吸口气，感觉自己竟青涩得患得患失起来，“会不会有一天，你发现自己有更喜欢的人?”

百草没有听懂，怔怔地从他的怀中抬头：

“更喜欢的人？”

“比如说，你一直很崇敬很信任的人，只是你并不知道他喜欢你，”心底如同有什么在尖锐地划过，初原低头望向她，唇角的笑意亦无法再保持住，“那时候，你会犹豫、会为难吗？”

“初原师兄……”

怔怔的，百草不知该怎么回答他，她不知道为什么初原师兄会这样问，可是并没有其他人“喜欢”她啊。不解地回望着初原，即使再笨拙，她也能看出他眼底的紧张和屏息，夜风静静吹过，忽然，她懂了！

就像初原师兄刚从美国回来的那段时间，她以为他喜欢婷宜，不也有过紧张忐忑的一段时间吗？

“不会的。”

凝望着他，她郑重地说。

“我已经和初原师兄在一起了啊。”虽然脸红羞涩，但她坚持着说出来，“我……我不会那样的……”即使婷宜用退出世锦赛来交换初原师兄，她也不会同意。

“傻百草。”

夜空中圆月如轮，初原屏息吻在她的额头。

***　***

早餐是百草送的月饼，很好吃，晓萤一口气吃了三个，踏进训练中心的时候，还觉得肚子里有点不消化。整堂训练课下来，肚子里的月饼好不容易消化得差不多了，却突然听到一个让人更加难以消化的消息——

百草马上就要出国去打比赛了！

惊讶地张大嘴巴，瞪着刚刚宣布这个消息的沈柠教练，晓萤完全怀疑自己是幻听了。自从昨晚看到沈柠教练和婷宜的父亲约会，一整夜她都没太睡好，一直辗转反侧的，不知道该不该告诉百草。

怎么会——

有这样的惊天大逆转?!

“你已经知道了?”

见百草并没有太多意外的表情，晓萤惊喜地压低声音问。

“嗯。”

百草悄悄点头。

“哇!”

全身的血液沸腾起来,晓萤克制着低呼一声,忍不住看向依旧懒洋洋的亦枫,幸亏昨晚他拉住了她,否则她肯定要闯祸了。不过,沈柠教练还真是蛮好的,居然不顾及跟婷宜的私人关系,而把这么好的机会给了百草!

如果百草能够在国际赛中大显神威!

那么——

就一定可以参加世锦赛了吧!

耶!

“好了，就这样，解散!”

说完，沈柠径直就离开了，剩下神情不一的队员们。晓萤和光雅立刻围着百草很是高兴，梅玲却是小心翼翼先看了看婷宜，婷宜寒着一张脸，像是快要结冰了。

“婷宜……”

梅玲忐忑地喊了声，以前这样的比赛全都是婷宜出战的，忽然换成百草，她怕婷宜心里不舒服。婷宜冷冷看了她一眼，那眼神冻得梅玲僵在原地。

跟在沈柠教练身后。

婷宜冰冷地走了出去。

“呼，警报解除，”等婷宜的身影一走出玻璃门，晓萤就长舒一口气，笑眯眯地伸臂搭住梅玲的肩膀，对发呆的梅玲说，“你呀，自从美少女跆拳道大赛，你帮百草化妆，婷宜就已经把你看成是我们这一国的了，怎么还会理你呢?”

“什么这一国、那一国，大家都是队友，”林凤瞪晓萤一眼，“婷宜已经心里很难受了，你不许再过去跟她添堵。”

“是，知道了。”晓萤鼓鼓嘴巴。

“百草，”转过头，林凤认真地对百草说，“机会难得，你要好好把握。”

“是。”

百草回答说。

然后申波、寇震他们也过来祝贺她，并且告诉她一些国际赛时应该注意的事情，百草认真地听着。晓萤却察觉到光雅的神情有些微妙，想到沈柠教练是光雅的小姨，再想到前几天隐约听到光雅支吾着让百草对世锦赛不要抱太多希望……

“啊！你早就知道了，对不对?!”

脑中灵光一闪，晓萤惊呼着说。

“知道什么?”

光雅一头雾水。

左右看看，晓萤压低声音说：“沈柠教练同婷宜父亲……呜呜呜——”话还没有说完，她的嘴巴就被面色惊慌的光雅堵住！

“你乱说什么!”

光雅惊怒地瞪着晓萤，直到晓萤不挣扎了，才松开她。

“嘿嘿，”晓萤笑得很坏，“我昨晚全都看到了，原来沈柠教练跟婷宜的父亲在约会啊，”闪躲开光雅又急又慌的魔爪，晓萤脸色一正，又说，“即使这样，沈柠教练还能把出国比赛的机会给了百草，是我误会她了，我以前错怪了她。”

光雅怔了怔。

她其实也蛮吃惊的。

因为上次去小姨家的时候，午睡中听到婷宜来了，在客厅里跟小姨说话。婷宜要求小姨不要给百草一丁点的机会，否则，婷宜含蓄地暗示，否则她也许会并不喜欢家里多一个女主人。

小姨和婷宜父亲的事情，她知道一些，小姨会到岸阳来建立跆拳道训练中心，其中很大一部分原因便是因为婷宜的父亲。

婷宜走了之后，她求小姨不要听婷宜的，既然百草已经证明自身的实力并不在婷宜之下，就应该多给百草机会。小姨却只是专心削水果，并不回答她的话。

她清楚小姨对婷宜父亲的感情。

于是，她觉得百草参加世锦赛是无望了，心中愧疚，那天才会劝百草不要抱太多希望。

没想到……

“出国打比赛的应该是我!”

办公室的门一关上，婷宜气得俏容煞白，盯着沈柠说：

“为什么临时换成是她!”

“你最近心浮气躁，应该静下心来好好训练，”沈柠走至饮水机前，倒了一杯水，“百草在队里，你的心思就全在她的身上，她不在，你才能集中精力。”

婷宜沉怒地说：

“我训练什么时候没有集中精力过，区区一个戚百草，还不配被我放在眼里!”

“那你为什么会败给加藤?”

喝了一口水，沈柠睨着她说：

“婷宜，以你的实力，如果不是因为初原和百草的事情心神大乱，怎么会败给加藤?"

"所以，你也清楚，我败给加藤，并不意味着我的实力比加藤差，她战胜了加藤，也不意味着她的实力比我强!"婷宜抿紧嘴唇，"那都是百草的诡计，她故意在我跟加藤的比赛前夕，扰乱我的心神!"

"无论怎么说，你终究还是被扰乱了。"

握着手中的纸杯，沈柠笑了笑：

"婷宜，你知道为什么你能够在同辈的跆拳道选手中脱颖而出吗?"

婷宜皱眉看着她。

"有人比你的力量好，有人比你的速度好，有人比你耐力好，从身体素质来说，你并不是最优秀的。"沈柠缓声说，"但是你沉静，你有冷静的头脑和敏锐的反应力。不管是怎样紧张的比赛，你都可以迅速地判断出对手的优势和缺陷在什么地方，避开对手之长，全力进攻对手之短。"

半倚在办公桌前沈柠看着婷宜。

"而现在，你把这些精力全都用在了百草身上，而不是训练和比赛。婷宜，我希望你能冷静一下，好好想一想这两年你在跆拳道上究竟下了多少工夫。"

婷宜的脸一阵红一阵白，半晌说：

"是。我会更加减少参加各种节目和接拍广告，多增加训练时间，集中全力备战世锦赛。但是这几场出国比赛，即使我不去，也不可以让百草去。不如，让林凤去吧!"

"哈哈。"

笑着低头，沈柠研究着自己刚修好的美丽指甲，说：

"婷宜，我希望你不要忘记，我才是教练。"

"林凤的实力也不错，而且她有很多经验，"婷宜蹙眉坚持说，"林凤再怎么说，也比百草要强。"

沈柠挑眉，似笑非笑。

"这就是你现在的判断力?"

婷宜一滞。

“好了，你回去吧。”沈柠走到办公桌后坐下，过了一会儿，见婷宜依旧杵在那里，“还有事吗？”

挣扎了一下，婷宜深吸口气，说：

“不可以是戚百草。”

看着她，沈柠的面色已有些不豫。

“她不配跟我竞争，”迎视着沈柠，婷宜眼底沉沉地说，“她心机阴暗，只会玩弄手段，这样的人做我的对手，让我感觉耻辱。”

“她已经是你的对手了，”沈柠说，“而且，她已经在队内赛中打败了你！”

“那是侥幸！”

“那么我就再安排一次比赛，看看这次，她还能不能再打败你？”沈柠挑眉说。

“…………”

婷宜哑住。

“太让我失望了，”沈柠沉声说，“你看看你自己，对于同百草比赛居然没有了信心，而只会把心思放在这些事情上。以前的你，全神贯注在跆拳道上，专注的是跆拳道比赛的本身，何尝畏惧过哪个对手。即使是李恩秀，临赛前你也只是更加激动和兴奋！”

“我不怕戚百草！”

“对，你不怕百草，你只是怕输给百草！你怕败给她，会让她更加引人注目，会使得初原更加欣赏她，对不对？”沈柠沉着脸说，“比赛就是比赛，你为比赛加上这么多累赘的负担，怎么可能会战胜她?!”

办公室里凝固般的死寂。

过了好一阵子，婷宜脸色雪白，挣扎着望向沈柠，说：“我懂了，您只是想让我警醒，用她来刺激我好好训练和比赛，是吗？”

没有回答她。

沈柠面无表情地喝了口水。

“无论她这次出国比赛成绩如何，您都不会真的考虑让她出战世锦赛，是吗?”婷宜抿紧嘴唇。

“即将开始的国际邀请赛是在日本东京，”沈柠思忖着说，“日本应该会派出她们最强的选手出战，百草想要拿到好名次并不容易。”

“所以，您只是想让她离开国内，退出美少女跆拳道大赛，远离媒体关注的中心?”想到这个，婷宜的脸颊有了兴奋的红晕。

“我还不至于如此。”

扫了婷宜一眼，沈柠微带嘲弄地说。

有些尴尬，婷宜轻咳一声，恭敬地说：“是，我会集中训练，好好备战世锦赛，不会令您失望的。”

“嗯。”

沈柠开始埋头处理一些杂务，挥挥手：

“没事你可以先走了。”

“下周是父亲的生日，”微笑着，婷宜温柔地说，“我同父亲说了，希望能邀请您一起来参加家宴。”

沈柠的动作一滞。

没等她反应，婷宜含笑走出办公室，轻轻带上了门。

爱之名

CHAPTER5

窗外的月亮缺了一角。

“那美少女跆拳道大赛你就不能继续参加了啊，好可惜……”

房间里，一边晃着腿坐在床边吃鸡米花，一边看着百草收拾去日本比赛的行装，晓萤虽然很激动百草终于能出国打国际比赛了，但还是觉得有点小小的遗憾。

“现在你风头这么强劲，打开电视、翻开报纸全是关于你的报道，这么一走，会不会大家就忘了你啊。”

“…………”

百草将洗干净的道服放进行李包里。

前几天她一直接到美少女跆拳道大赛节目组的电话，反复劝她不要退出，承诺可以加倍提高奖金和出场费，无论她提出什么要求都答应。直到前天节目组才接受她的离开，宣布了接替她的人选。

“奖金也蛮可惜的，”嚼着鸡米花，晓萤偏头问，“对了，到现在那个节目一共给了你多少钱了呢？”

百草摇摇头，说：

“都在若白师兄那里，我不清楚。”

“哦，让我算算，”眨巴眨巴眼睛，晓萤心算了半天，兴奋地喊，“可能大约会有六万多块钱呢！”

“…………”

听到可能会有这么多钱，百草抬起头，愣愣地看着晓萤说："会有这么多吗?"

"是啊!"晓萤眉飞色舞地说，"说不定还要扣税什么的，但大致六万块差不多啦!"

百草很开心。

她轻快地拉上行李包的拉链。太好了，那么出国的经费就有了，难怪若白师兄并没有太担心费用这一块儿呢。

"把化妆品放进去啦!"

放下手中的鸡米花，晓萤冲过去，急忙地拿起桌上那个硕大的透明化妆包，对着俨然好像已经收拾完毕的百草说：

"不是跟你说了嘛，化妆品是一定要带的！现在你可是美少女啊！而且你打败了加藤和深恭，肯定会有日本媒体关注你的，如果他们来拍你，你一定要美美的才行啊!"

看着那个装满了各种粉底、睫毛膏、唇彩的化妆包，百草为难地说："可是，化了妆会不舒服的。"

"怎么会!"晓萤不满地说，"这都是我和梅玲买的最好的化妆品，粉底很薄，不会糊，也不会不透气，睫毛也都不会花，不都已经试验过很多次了吗?"

"我……不会化妆……"

"来，我教你，坐到椅子这里!"

"其实，"心虚地低下头，百草盯着自己的脚尖说，"是若白师兄不让带这些去。"真的很不习惯把那些东西涂在脸上。

"…………"

张大嘴巴，晓萤沮丧地皱着脸，没有注意到百草那一脸心虚的表情，哀怨地说："为什么若白师兄连这些都要管啊，管得也太宽了吧……"可是，让她去跟若白师兄理论，她还是没这个胆量的。

“……好吧，那就算了。”

伤感地放下那包化妆品，晓萤伤感地望着面前的百草，这三年多来，每日白天一起上学训练，晚上一起写作业睡觉，还从来没有分开过呢。

“百草，你这一去，要去多久啊？”

“若白师兄说，这三场国际比赛时间正好连在一起，所以中间就不再回国了。会先去日本打国际邀请赛，然后是英国的国际大奖赛，最后是美国的国际冠军赛，加起来可能会有将近两个月的时间。”

“这么久……”

心中一酸，晓萤的眼泪都快出来了，她抱住百草，说：“你走的那天不是周末，我没办法去送你了，你别怪我。”

百草急忙摇头。

“不会的。”

“我会想你的，”在百草的肩头哀怨地蹭着，晓萤可怜巴巴地说着，“怎么办，我已经开始想你了，两个月见不到你，我可怎么活啊，我会思念成疾的吧。”

“……不会的。”

百草心底也开始酸涩，她轻轻拍了拍晓萤的后背，低声说：

“我也会想你的。”

“呜——”听到呆头鹅百草如此感性的回应，晓萤再也忍不住，眼泪吧嗒吧嗒地落下来，她紧紧抱住百草，抽泣着说，“怎么办，我好像爱上你了啊，百草，我不舍得你走，不舍得跟你分开，你带我一起去吧，我给你当拉拉队好不好？”

“……好。”百草郑重点头，“我去跟若白师兄说一下。”说着，就往门外走。

“哎呀！”

晓萤哭笑不得地拉住她：

“跟你开玩笑，你就当真吗？你也太好骗了啦！我跟你说，出国去打比赛，除了若白师兄跟你说的话，别人跟你说话你都小心点，别那么容易就被人骗了！唉，看你这个样子，我真是不放心啊，没有我，你可怎么办啊……”

夜晚。

就在晓萤对着百草哀怨伤感的时候，若白并不在松柏道馆，而是在方氏集团廷皓的办公室中。

大厦的二十六层，落地窗外明月当空。

“赞助百草出国比赛?”

听完请求，廷皓沉吟着。不是他不肯答应，而是昨天婷宜特意来找过他。

…………

“哥，你一定要答应我!”

神情有些憔悴，婷宜抓住他的手，眼底幽亮，直直地盯着他说：“你说我不光明磊落也好，说我心理扭曲也好，这次，我一丁点的机会都不可以给百草！美少女跆拳道大赛那里，她已经退出了，节目组物色好了新的人选，她回不去了！如果出国打比赛的事情再泡汤，她就什么也得不到了!”

“哥，如果百草或者若白，”咬了咬牙，婷宜说，“哪怕是初原哥哥来找你，让你赞助她出国比赛，你都不要答应!”

“没有钱，我看她怎么出国、怎么住酒店、怎么打比赛!”眸中闪出冷光，婷宜幽幽地说，“哥，我知道你喜欢百草，但是如果你这时候心软，她就真的会和初原哥哥在一起了。”

…………

“对。”身姿如雪山上的青松，若白淡淡地说，“我希望贵集团能够像赞助训练中心其他队员那样，赞助百草出国比赛。”方氏集团是训练中心的独家赞助机构，这段时间，他按照正常的程序去申请比赛赞助，却都被方氏集团以各种理由拒绝或拖延。

直到今晚。

他才见到昨天才刚刚回国的廷皓。

“百草不是在韩国得到了一笔奖金吗?”手指以某种节奏敲击着办公桌的桌面，廷皓向后一仰，笑着说，“而且她参加美少女跆拳道大赛，应该也赢得了不少奖金。”虽然在美国停留了两个多月，但是国内发生的事情他还是清楚的。

“那些奖金，是她读大学的学费和生活费，”若白静声说，“不可以动。”

目光一凝，廷皓若有所思地看着他，半晌，又笑得漫不经心般，问：

“为什么她不自己来找我?”

“我是队里的助教，这件事应该由我来同贵集团接触。”若白淡静地回答说，“这次出国比赛，我们会遵循同贵集团之间的赞助协议，如果百草在比赛中获得冠军，她接受采访时会有贵集团的标志在镜头中……”

“若白，”打断他，廷皓叹了口气，“你一定要用这种疏远的语气同我说话吗?”

若白沉默了一下：

“这次出国参赛，对百草非常重要。”

“是，我知道。”站起身，廷皓走到落地窗前，望着大厦下那川流不息的车海，“只不过，婷宜是我的妹妹……”

“我不懂。”

若白皱眉说。

“婷宜是我的妹妹，”夜色映在廷皓的脸庞，他钩起嘴唇，似笑非笑地说，“百草在比赛中表现得越出色，就越对婷宜构成威胁。我虽然很欣赏百草，但婷宜毕竟是我的妹妹。而且，婷宜刚刚跟初原分手，很难再承受其他的打击。”

“你真的这样想？”

神色未动，若白凝视他。

“是啊，”廷皓笑着低下头，“让你失望了吧。”

“不。”

足足审视了他有一分钟的时间，若白静然摇头：

“你在骗我。即使百草是一个与你素不相识的队员，你也不会夺走她参赛的机会。即使赞助她参赛，会给婷宜制造出强大的对手，你也不会选择扼杀她。”

“哦？”廷皓挑眉，“这么信任我？”

“我一直想战胜你，所以我了解你。”若白淡淡地说，“如果跆拳道在你的心中，是可以被这些事情所干扰的，你早已不是我想打败的方廷皓。对于跆拳道，你有你的骄傲，你也不会看着婷宜，失去她的骄傲。”

廷皓愣了片刻，然后哑然失笑：

“好吧，你赢了。赞助比赛的部分，今天下午我已经转给了沈柠教练，估计她还未来得及告诉你。不过这笔赞助不是以方氏集团的名义，希望你能对此保密。”跆拳道的竞争，应该是公正的竞争，对手愈强，才能促使自身更加强大，他希望婷宜能够在对抗中成长。

对廷皓行礼致谢，若白的神情还是淡淡的，廷皓好笑地看着他，忽然问：“为什么你永远是同样的表情？”

若白望向他。

“你刚才真的没有担心，我会因为婷宜，拒绝赞助百草去打比赛？”廷皓玩味地研究他。

“没有。”

"为什么?"廷皓更好奇了。

"你不会。"

"哈哈,"看着面容无波的若白,廷皓忍不住说,"有时候觉得,也许真的你跟百草才是绝配,同样是这样一根筋地笃信。"

若白神色微僵。

"那么,你会让她知道吗?"看着他,廷皓试探般地说,"你对她的感情,就真的不想让她知道吗?"

"她什么都不需要知道。"若白眼神微冷,"我是她的师兄,也是她的助理教练,她只需要知道这些就足够。"

"果然是你会说的话。"廷皓含笑说,"可惜我不如你,虽然比赛赞助的事情需要保密,但我毕竟还是赞助方,希望同被赞助的对象有所交流。"

"…………"

若白神色一凛,正待拒绝。

"你每晚都会加训百草对吗?"从落地窗前回身,廷皓爽然而笑,"明晚你们训练的时候,希望给我一个参观的机会。"

"她不喜欢你。"

皱眉,若白淡淡地说。

胸口如同被打了一拳,廷皓勉强维持住唇角的弧度,蛮不在意般地说:"谁说的?百草那傻丫头见到我,每次都很开心。"

"你懂我的意思。"若白淡声回答。

"呵呵,"廷皓摸摸鼻子,笑了两声,"反正你也不打算让她知道你的心意,又何苦阻止我呢?就算是初原,大不了也是公平竞争。"

"希望你不要打扰她。"

夜色照进偌大的办公室,若白的身影挺秀清瘦,他凝视着廷皓,说:"正如你所言,她是一根筋的人,已经将心思放在初原身上,就不会再有任何动摇。现在她既要比赛，又要准备高考，精力有限。”

若白离开之后。

良久，廷皓苦笑着摇摇头，感慨着若白这席话太有杀伤力了，让他真有些无法招架。

***　***

三天后的机场。

因为其他的队员们还要上课，没有人前来送机。从坐椅中站起身，百草背着行李包，从若白手中接过登机牌，两人正准备去安检，一抬头，却见到初原竟正从五号机场门大步赶过来！

“初原师兄……”

虽然初原的笑容依旧温文和煦，但能看出因为赶来得匆忙，他的额角有微微透明的汗珠。百草呆住，她知道他今天上午要在医院值班的，昨晚已经同他告别过了。

“有些东西忘记给你了。”

初原笑着将一个小医药盒递给她，揉揉她的脑袋，说：

“这是一些常用药，针对的病症和用法都写在里面。这次出国的时间很长，比赛也安排得很紧，要注意照顾好身体。不过，我希望这些药你们全都用不着。”

“嗯。”

百草脸红着将小药盒收下，装进行李包里。

阳光从机场的透明顶棚洒照下来，充沛而明亮。望着她脸红如害羞小鹿的模样，初原心底恍若有“嗡”的一声，微微晃神起来。明明昨晚已经叮嘱了她很多，可是今天在医院却那样地想再看看她，哪怕就是再看她一眼。

“喀。”

皱眉，若白低声一咳。

百草顿时惊醒，脸颊带着未消的红晕，慌乱地看向面前神情似乎也有些窘然的初原，说：

“谢谢初原师兄。”

藏好心底那股溢出般的温热，初原望着她一笑，却对若白说：“若白，我把她交给你了。”

若白沉默半秒，答：

“是。”

初原再叮嘱一句：

“要照顾好她。”

“是。”

若白神色不动。

听着两人的对话，百草的脸更红了，有点不敢抬头。虽然若白师兄知道她和初原师兄之间的关系，但是这样的说话方式，让她很想有个地缝能够钻进去。

“也照顾好你自已，若白。”

目光落在她发间那枚红晶晶的草莓发夹上，初原心中默叹，忍不住又叮嘱那异常消瘦却挺拔如松的若白。

听出初原似乎言外有意，百草一怔，急忙抬头问：

“若白师兄是……”

“初原，你今天很啰唆。”若白淡淡地说，接过百草手中的行李包，“走吧，该安检了。”

宽阔的机场大厅。

站在往来的乘客们之中，目送着若白和百草的身影越来越远，渐渐消失在安检口，初原心底竟恍然闪过一抹不安，说不清是为什么。他久久地站在原地，直到有些乘客经过他身边时开始行注目礼。

“这么沉，里面装了什么？”

过了安检，两人向42号登机口走去，若白感觉手中的行李包有异常的重量。

“很沉是吗？”

百草急忙想将行李包接过去，却被若白挡开了，她不好意思地挠挠头，说：

“我放了很多书进去。”

“书？”

“嗯，”百草点头，“我把所有的教材都放进去了，不比赛的时候，随时都可以复习。”

若白一怔，握紧那只行李包。

“不……不好吗？”

没听到他的回应，百草仰头看他，不安起来。若白沉默地走在她的身旁，片刻之后，才出声说：

“谢谢你，百草。”

“啊？”

百草蒙了，为什么若白师兄要谢她？

“我说的每句话，你都记在心里了，是吗？”若白淡淡地说，心底的波动丝毫没有表现在神色上。他怕她耽误功课，她就真的将所有的教材都带着出国比赛，他的每一句话，她都认真地听，认真地做。

“是的。”

百草点头。

“那么，未来的这几场比赛，一定要打好。”

同她并肩走向登机口，若白望向透明玻璃墙外的停机坪，一架大大的飞机正停在明亮的阳光中等待起飞。

“是！”

同望向那架等待起飞的飞机，百草用力回答！

***　***

飞机缓缓降落在日本。

若白订的旅馆并不大，但是很干净，也很安静，距离国际邀请赛的赛场只有两站公交的距离。将百草安顿好，若白叮嘱她先休息一下，就自己先去了大赛的组委会，办理相关的手续。

百草先放置好行李。

又习惯性地先用毛巾将两人屋内的榻榻米都反复擦了几遍，她喘了口气，盘膝坐在榻榻米的中央，打量整个房间。

类似一间套房。

若白和她的房间被一扇木框的纸门隔开，纸门拉上就是各自独立的空间，拉开又可以彼此说话。想到晚上睡觉时，若白师兄就会睡在这扇纸门的另一侧，百草的心跳忽然有些紊乱。

拼命摇头。

摇掉那种莫名纷乱的胡思乱想，她干脆站起身，赤着脚在榻榻米上练了几遍腿法，直到浑身大汗淋漓，忘却一切杂念。

“明天是开幕式和第一天的比赛，你的比赛是在后天。”

在一家日本小食店，若白点了两碗乌冬面，一边看着她埋头吃面，一边拿出一张比赛时间表和参赛人员的资料，说：

“这是你的对手名单，有些曾经跟你交过手。”

"啊。"

赶快咽下口中的面，百草接过他手中的资料，第一眼看到的就是"加藤银百合"，怔了怔，因为按照这个分组名单，她竟是在第一轮就会碰上加藤。

不过，她并不怕加藤。

她想起在美少女跆拳道大赛时跟加藤交手的情况……

"不要轻敌。"

看到她的神色，若白皱眉说。

"娱乐节目中的交手，和真正的比赛是不同的。而且，这次是加藤主场，所有的日本观众都会希望加藤获胜，希望你落败。"

"……是。"

愣了愣，百草羞愧地低下头，视线再次落在分组名单上，却又看到一个异常熟悉的名字，错愕得张大嘴巴：

"金敏珠?"

名单上赫然有"金敏珠"的名字，她有点怀疑自己看错了，在印象里，金敏珠的年龄好像还不够参加正式比赛。

"对，有金敏珠。"

面前的乌冬面还没有动过，若白默默将覆在面上的几块肉类夹至她的碗中，说："从组委会的参赛资料上看，金敏珠的生日刚过，刚刚满足参赛的条件，是这次国际邀请赛中年龄最小的参赛选手。"

"你多吃点!"

看到那几片若白夹过来的肉，百草心中一急，顿时将金敏珠忘得干干净净，又将肉片夹回去给他，说：

"你还什么都没有吃。"

"我不饿，没有胃口，"若白固执地将肉片又夹给她，"这几天你要比赛，多吃一些。"

"为什么会没有胃口？"

百草担心地问，飞机上的飞机餐他吃得就很少，还会不时地咳嗽。

"前些日子吃得多了。"若白淡淡说。

"你从来没有吃得多过！"

百草更加急了，这些日子除了在学校，她基本都是跟他一起吃饭的，只见他越吃越少，从未见他多吃过哪怕一点。

"若白师兄，你是不是生病了？"

焦急担忧之下，百草忍不住隔着桌子伸出手探向若白的额头，若白下意识地想要闪开，然而看到她眼底满满的担心，终究还是任她的手覆上了自己的额头。

若白额头的温度比正常体温略高一些。

但还没有到发烧的程度。

百草略松了口气，然后怔怔地望着若白说：

"那，是不喜欢吃乌冬面，所以没有胃口吗？你想吃什么，我去买！"

说着，她的眼睛亮起来！

"这次出国，初原师兄专门借给我一些美金带出来！若白师兄，你想吃什么就告诉我！我有钱的！你看——"

兴高采烈地掏出一沓面值二十的美金，百草两眼渴盼地望着若白，期待着他能告诉她，他想要吃些什么食物。

"乌冬面就很好。"

低下头，若白挑起几根乌冬面放入口中，慢慢吃完，才望向她如释重负的双眼，说：

"只是不想吃那些肉和海鲜，可以请你帮我吃掉吗？"

"你是真的'不喜欢'吃吗？"

将信将疑，百草小心翼翼地问。已经有无数次，若白师兄借口他不喜欢，不喜欢吃甜，不喜欢吃肉，不喜欢喝饮料，把那些好吃的东西都让给她。

“对。”

看着她终于犹豫着将那几片肉吃下，若白的眼底闪过一抹淡淡的欣然。

***　***

国内。

当从网络上查到东京跆拳道国际邀请赛的选手名单，网咖中的晓萤狂喜无比，她激动地一把拽过旁边正在打瞌睡的亦枫，逼他趴到电脑屏幕前看那个名单，手指颤抖地指着说：

“看！快看！哈哈哈！我还以为国际大赛的选手们会有多厉害呢，结果，还是老对手，加藤银百合和金敏珠！”

“哈哈哈！”

晓萤喜得不能自胜，简直已经看到了那闪闪发光的冠军奖杯被百草抱入怀中！

“加藤，百草的手下败将！金敏珠那就更不用说了，屡战屡败，屡败屡战！哈哈哈，她们两个参赛，是不是就是为了成全百草的国际冠军之路啊！哈哈哈——”

网咖里所有的人都侧目看过来，亦枫用力敲了晓萤一个爆栗，瞪着得意忘形的她说：

“闭嘴！”

晓萤疼得龇牙咧嘴，捂头呜呜哀叫：

“哼，你是嫉妒是吧，嫉妒百草马上就要夺得国际冠军了，可你连国际比赛都没有参加过!"

"你参加过!"

亦枫作势欲再敲，晓萤立刻很识时务地谄笑。等他又开始打哈欠，她才继续掩不住高兴地说：

"哎呀，你是不是其实也觉得，百草肯定会拿到冠军啊!"

"希望吧。"

亦枫趴到桌面上开始睡觉。刚吃完午饭，正是应该好好睡个午觉的时间，却被晓萤硬拉出来到这间网咖。

"你为什么这么不兴奋啊，"晓萤撅起嘴巴，"难道你觉得，百草未必能赢?"

"嗯。"

亦枫懒懒地闭着眼睛说。

"为什么?! 为什么啊!"晓萤急了。

"比赛是在日本举行。"

"在日本举行怎么了？难道百草坐几个小时的飞机，就会体力下降？还是说百草会紧张？切，我才不相信呢!"

"等百草和加藤比赛的时候，每当加藤进攻，得到的都是加油喝彩，每当百草进攻，得到的都是静默甚至嘘声。这种氛围，不知道百草能不能适应。"

"啊——"

晓萤呆住，半晌，眼眶湿湿地说：

"就说我应该陪百草去才对，我可以为百草加油的，哪怕现场有再多人，我的加油声她一定可以听到。"

亦枫看了她一眼，岔开这个话题说：

"还有加藤，看这个分组名单，第一轮加藤就会碰上百草。虽然百草战胜过一次加藤，但那毕竟是商业比赛，加藤究竟用了多少实力还未可知。"

"哼，长别人志气，灭自己威风，"晓萤不服气地说，"那场比赛，百草把加藤打得稀里哗啦，无论加藤还藏着多少实力，都不是百草的对手。”

“如果百草像你一样，存了轻敌的心，那是必败无疑。”

“呸呸呸！乌鸦嘴！”

晓萤扑上去拧亦枫，逼他一定要把这句话收回去。两人闹了半天之后，晓萤才命令亦枫把话继续说完。

“还有金敏珠……”

听到“金敏珠”三个字，晓萤立刻眼冒金光，截住亦枫的话头说：“哈哈，对，金敏珠！我从来没有这么喜欢过金敏珠，她是为了成全百草才参赛的吧！百草跟谁比赛都未必能百分百地胜，但是跟金敏珠交手，那是必胜无疑！跟金敏珠交手那么多次，百草太了解金敏珠了啦！金敏珠眼神一动，百草就能知道她是想干什么！”

“对金敏珠来说，也是如此。”亦枫又打个哈欠，“金敏珠对百草，也是熟悉得不能再熟悉了，百草神情一动，金敏珠也能猜个八九不离十。”

“哈，那怎么能一样，金敏珠是个笨蛋。”晓萤大笑说。

“…………”

无语地瞥了眼晓萤，亦枫摇摇头，懒得跟她说话了。

“唉。”

过了一会儿，晓萤慢慢收去了脸上的笑意，愁眉苦脸地说：

“你说的也没错啦，金敏珠那坏丫头，每次跟百草交手时的进步都很惊人，又对百草那么了解……”

“还有加藤……”

晓萤的脸皱巴巴的。

“加藤占了天时地利人和，百草又是第一次出国比赛，一点经验都没有，万一败给加藤，第一轮就被淘汰了。如果百草真的被淘汰了，婷宜不知道会多开心呢，唉。还有，百草这个级别的参赛名单里，很多名字以前都没接触过，都是常年打成人赛的选手……”

“亦枫，你说，百草能拿到冠军吧。”说着说着，晓萤又悲观起来，像只可怜兮兮的小猫，眼巴巴地瞅着亦枫，“是能拿到冠军的吧。”

“希望吧。”

亦枫叹一口气，他希望百草能拿到冠军，希望若白的心血没有白费。

“嗯！我们要为百草祈祷!”坚定地说，晓萤双手合十，虔诚地念念叨叨，“神啊，请保佑百草，一定一定要保佑百草拿到冠军！最好还是能大出风头地拿到冠军，让世人震惊，让所有人都知道百草是最强大的、最威风的、最……”

***　***

日本。

体育馆的顶棚有无数灯光。

照射得整个场馆内如同辉煌明亮的舞台。

正在进行的国际跆拳道邀请赛的开幕式上，代表参赛选手致辞的是加藤银百合。站在堆满鲜花的致辞台上，加藤银百合穿着雪白的道服，清纯美丽，声音轻柔坚定。

无数闪光灯对着加藤银百合闪成一片星海。

站在会场众多的参赛选手中间，百草默默望着远处台上的加藤银百合。也是昨天她才知道，加藤银百合在日本就像婷宜在中国，都是明星般地存在。加藤银百合出身于日本的政界名流，却选择成为跆拳道选手，出道以来战绩很出色，还参演过日本的偶像剧，是日本的国民偶像。

虽然在美少女跆拳道大赛中，加藤银百合最终落败，但是回国后，加藤银百合又重新振作，拿下了几个国内赛的冠军，被日本媒体誉为具有坚忍不拔的竞赛精神。

昨晚，例常训练结束后，她和若白师兄在旅馆旁边散步。街道两旁的书报亭外摆放着各种报纸，上面几乎都有大版面来报道即将开始的跆拳道国际邀请赛，其中加藤银百合的照片总是在最醒目的位置。

明显可以看出，在各级别的比赛中，加藤银百合的出现是最受关注的。因为加藤，百草吃惊地发现自己的名字赫然也在新闻报道中。

报纸上有一篇新闻稿，是加藤银百合接受采访，谈到在美少女跆拳道大赛中落败的那一场比赛。加藤银百合说那场比赛她状态不好，也轻敌了，这次听说曾经战胜她的那位中国选手也来参赛，她将会好好备战，不辜负大家对她的期望。

冠军会是属于你的吗？新闻稿中，日本记者这样问加藤银百合。照片里的加藤银百合笑容轻柔，回答说，我会全力以赴。

台上的加藤银百合致辞完毕。

又过了几个环节。

开幕式结束了，第一天的比赛正式开始。

体育馆顶棚的灯光明亮璀璨，坐在组委会特别准备的选手观赛席位中，坐在若白身旁，百草聚精会神看着赛场中正在进行的预赛。她发现，跟青少年级别的比赛不同，参加比赛的选手们显得更加沉稳，经验也更加丰富，基本都是采用防守反击的战术。

忽然，赛场边一阵喧哗，观众席也骚动起来。

百草望过去。

原来是加藤银百合出现在赛场旁，十几家日本媒体的记者们包围住她，对她采访和拍照，观众席上的日本观众们也纷纷热情地举着手机对她拍照。因为离得远，记者们同加藤银百合之间说的是什么，并听不清楚，只能从人群的间隙上看到闪光灯下加藤银百合那清丽和顺的笑容。

然后赛场的另一侧。

又是一阵喧哗。

百草也望过去，却发现竟是金敏珠出现了。

刚才的开幕式上，金敏珠一直没有现身，却直到现在才出现。被两三家韩国的媒体记者包围着，跟在黧黑少年闵胜浩的身后，金敏珠依旧一副鼻尖朝天，嚣张得不可一世的模样。

看到那熟悉的身影，百草忍不住笑了笑，内心深处，她也很高兴能够有跟金敏珠再次交手的机会。

"喀、喀……"

一阵低低的咳嗽，若白的脸色有些苍白。百草心中一惊，立刻抬头看向他，若白皱眉，冷淡地说：

"专心看比赛。"

"……是。"

察觉到自己的分神，百草羞愧地把目光重新投向赛场。

接下来的一场预赛，有日本的选手出场。当那位日本选手一出现，满场的日本观众响起热烈的欢呼，如同一波波沸腾的海浪，气势令百草有些怔住。

"这样的比赛气氛可以习惯吗？"

望着赛场中央开始比赛的那位日本选手，若白淡淡说。

"……嗯。"

被赛场一边倒的欢呼和加油声压迫着，泰国选手仿佛有些底气不足，渐渐被日本选手掌握了节奏，日本选手厉喝一声，一脚直踢中泰国选手的胸口。在满场惊涛骇浪般的欢呼声中，百草咬了咬嘴唇，回答说：

“我会习惯的。”

“明天你跟加藤的比赛，日本观众们的情绪将会更加激动，”若白面无表情地说，“你必须有心理准备。”

“是。”

百草凝神答道。

“戚——百——草！”

选手席的过道旁，一个骄傲不屑的熟悉声音响起，那身影就嚣张地站立在百草的坐席旁，百草简直不用去看，就知道那肯定是——

金敏珠。

“啪——”

手中的戒尺重重敲在金敏珠的后脑勺上，闵胜浩板着面孔，用韩语教训金敏珠说：

“重说一次！”

金敏珠委屈地看看闵胜浩，又愤怒地看向百草，一张脸憋得又青又红，半晌，才当着观战的所有选手的面，勉勉强强地对百草行了个鞠躬礼，不情不愿地说：

“……百草前辈，好！”

“你好。”

百草也立刻从座位中站起身，对金敏珠回礼。只是几个月不见，金敏珠的身材蹿高了很多，也更加结实，难怪可以和她参加同级别的比赛了。

“哼！”翘高鼻尖，看也不看百草，金敏珠望着体育馆的顶棚，倨傲地说，“百草前辈，我是为了你，才参加、这个比赛！你、不许败！必须打进、决赛！然后、在决赛里、让我打败你！”

百草哑然。

沉默了一秒钟，百草说：

“如果你没能打进决赛呢？”

“什么?！什么，你说?！”怒火顿时狂燃，金敏珠像一只暴怒的小豹子般向她冲过去，“你居然、敢说我！打不进、决赛！戚百草，你这个……”

“啪——”

戒尺又一次重重敲在金敏珠的脑壳上，然后闵胜浩反手一抓，像拎小鸡一样，提起金敏珠的后衣领，将她拽回来，先沉怒地瞪了她一眼，才满脸愧意地对若白和百草说：

“失礼了，回去我会好好管教她。”

望着走在过道中的闵胜浩和在他手掌中委屈挣扎的金敏珠，百草悄悄微笑，不知什么时候开始，她居然也喜欢逗金敏珠了。

“保持这样放松的状态。”

唇角的笑意一闪而过，若白淡淡地说：

“相信明天的比赛一定可以打好。”

爱之名

CHAPTER6

夜晚。

日本的高级酒店。

道服被淋漓的汗水湿透，金敏珠厉喝一声，横踢向闵胜浩手中的脚靶！她已经足足练了三个小时，是平时训练量的两倍。身体已经疲倦得有些发晃，金敏珠的眼底依旧仿佛有火山在喷发，继续直踢、后踢、斜踢，怒吼着向脚靶追踢而去！

“喝——”

高高跃起的身姿，那力量欲将脚靶踢碎！

“叮咚。”

门铃却不合时宜地被摁响了。

闵胜浩打开门。

一个小时内，酒店的服务生小姐这是第三次出现。服务生小姐笑容尴尬地看向将沙发、茶几全都移开，站在空旷的客厅对她怒目而视的金敏珠，不安地说：

“很抱歉，我们又接到其他客人的投诉电话，现在已经是夜里十一点，其他客人正在就寝，需要安静。您看，是否可以……”

“才十一点就睡觉，太可笑了！”金敏珠愤怒地喊回去，“让他们全都戴上耳塞！”

“是，知道了，我们会安静下来。”

闵胜浩沉静地回答，目送服务生小姐离开后，将门关上。

“不用理他们！我们继续！”

一挥手，喘了两口气，金敏珠准备继续再练。她就不信，这一次她会再败给戚百草！

“敏珠。”

闵胜浩凝视着满头汗水的金敏珠，沉声说：

“你太紧张。”

“紧张，哈，我会紧张？”仿佛受到了莫大的侮辱，金敏珠两眼瞪得滚圆，“这次我一定会打败戚百草！我知道，这次我一定可以打败她！”

闵胜浩伸出手，放住她的左肩，用力一握。

“啊——”

金敏珠痛得惨叫！

“你的肌肉已经紧张得成了铁块，腿法也变得僵硬，”闵胜浩肃声说，“难道你自己毫无察觉。”

扁了扁嘴，金敏珠有些颓然。

“你在担心什么？”闵胜浩问得很直接，“并不只是因为戚百草，对吗？决定参加这场国际邀请赛的时候，还不知道戚百草也会报名，你就已经开始紧张，为什么？”

夜风轻轻吹动窗帘。

汗水渐渐在身上变凉，金敏珠发了一会儿愣，颓然地坐倒在地上，说：“我有点害怕。”

“害怕什么？”

“……”抿紧嘴巴，金敏珠神色黯然地摇摇头，“就是很害怕。胜浩师兄，你第一次出国打比赛的时候，害怕吗？”

“不害怕。”

回答着，闵胜浩想起自己第一次出国打比赛是五年前。那时方廷皓还在叱咤风云，轻松就拿到了那次国际大赛的冠军，而自己输掉了半决赛，并没有机会同方廷皓交手。

“为什么不害怕?”

金敏珠错愕。

“我初出茅庐，并没有人知道我是谁，”闵胜浩平静地答，“即使预赛输掉，也没有什么可丢人的。”

“怎么会不丢人?!”

金敏珠的情绪激动起来，她握紧双手，愤怒地说：

“如果拿不到冠军，如果落败了，那就是耻辱！是永远无法原谅的耻辱！要么，就不要出去比赛，要么，就一定要拿到冠军!”

“那样的话，所有的比赛都只能由一个人参赛，因为永远只会有一个冠军。”闵胜浩回答她。

金敏珠愤怒地瞪着他!

胸口用力地起伏着，咬紧牙齿，良久，她恨声说：

“别的人都可以落败，我不可以！虽然没有人说，但是我知道，韩国跆拳道界的每一个人都还记得我父亲的那场比赛！当年，父亲担负着所有国民的期盼，却在预赛的第一场就落败……明天的比赛，也是我的第一场正式比赛！如果我没能拿到冠军，如果我在预赛的第一场就……”

牙齿咬得咯咯作响。

金敏珠猛地低下头，死死低着头，不让闵胜浩看到自己骤然变红的眼圈！她不想败，她想要自己的第一战就光芒万丈、站在冠军的领奖台！她要让世人看到，她是金一山的女儿，她是强者，她是天生的冠军!

***　***

夜风吹动小旅馆的窗帘。

睁着眼睛，百草怔怔地望着木梁的屋顶。明天就要比赛了，上午是预赛，如果可以进到前十六名，就要参加下午的复赛乃至决赛。这是她第一次参加国际大赛，以前参加过的多是青少年级别的比赛，市级、最多省级的比赛，世界美少女跆拳道大赛就是她参加过最受关注的比赛了。

心里有些紧张。

但也不是太紧张。

若白师兄说，要做好心理准备，就把明天的比赛当成是岸阳的跆拳道道馆挑战赛。哪怕体育馆内所有的观众都为"婷宜"加油，也要集中精力，将比赛打好。

那就——

当成是，一场被所有人都不看好的比赛好了。

闭目深吸口气。

百草轻轻翻了个身，努力让自己赶快睡着，好将身体状态调整到最好，明天的第一场就要对阵加藤了呢。

"咯、咯。"

夜晚，纸门的另一边，传来若白的低咳声。

缓缓坐起身，百草在黑暗中望向那扇纸门，心中抽紧。从今天上午开始，在体育馆观看预赛时，若白就开始一阵阵抑制不住地咳嗽。下午在室外空旷处的日常训练中，若白的咳嗽变得更加严重，为她拿着脚靶的双手也有些不稳。

她真的很担心。

她怀疑若白师兄是不是生病了。

虽然他的体温还不算高，但是，会不会有些病是并不发烧的呢？揪紧身上的薄被，黑暗中，百草心惊胆战地听着若白师兄分明已经在极力克制，却仍旧一声又一声抑制不住地重重咳嗽——

“若白师兄……”

跪坐在榻榻米上，百草紧张地伸手想要拉开那扇纸门。

“我没事。”

纸门另一边，若白咳嗽得微微喘息的声音传来，然后，还没等她拉来那扇门，“咯噔”一声轻响，他竟从自己那边将纸门绊住了！

“若白师兄！”

心中一沉，百草越发不安起来，她焦急地用右手拍着那扇纸门，唤道：“若白师兄，我想看看你！让我看看你，好吗？”

“睡吧。”

仿佛是全身的力气压下咳嗽，若白的声音微哑，纸门那边传来沙沙的起身声。

“屋里有些闷，我出去走走。你先睡，不要等我。”

“我……”

百草大急，慌忙也从榻榻米上站起身。

“不许跟着我！”

黑暗中，若白的声音异常沙哑而冰冷，吓得百草呆立在原地，黑暗中，她能听到若白房间的房门被打开又关上，脚步声也消失在走廊中。

拉开窗帘。

月色洒照进来，百草咬紧嘴唇，呆呆望着窗外楼下走出的那个熟悉的身影。幽静的街道中，若白的身影挺秀如雪山上的青松，却消瘦得令人心惊。从旅馆的窗口下，他缓缓走远，背影被月光拉得斜斜长长。

她知道。

若白师兄是怕她担心。

怕他的咳嗽会影响她的休息。

若白师兄是想让她打好明天的比赛。

她懂。

她全都懂!

可是——

这样异乡的夜晚，若白师兄独自一人在旅馆外，她就能够不担心了吗?

心急如焚，但又不敢真的不顾若白师兄的命令追出去，正百般焦急，突然，她心念一闪！急忙跑到榻榻米上的背包前，她翻出自己那只白色的手机，慌忙加上国际区号，按下若白那只黑色手机的号码。

拨通了!

窗外的夜色中。

隐约的。

那曲手机铃声远远地从楼下的街道轻声飘进来——

…………

愿意为你

我愿意为你

我愿意为你　忘记我姓名

就算多一秒停留在你怀中

…………

铃声一遍遍地响着，却始终没有被接起，百草拿着手机急忙赶回窗边。幽静的小街，月色淡淡，若白依旧是背影，他站定了脚步，正低头凝望着掌心那一遍遍响起音乐铃声的手机。

…………

我愿意为你

我愿意为你

我愿意为你　被放逐天际

…………

终于，若白沉默地拿起了手机。

百草一喜。

手机在耳畔，窗边的她高兴地低喊：

“若白师兄!”

“嘟、嘟、嘟。”

手机中传来的却是被挂断的忙音。一颗心重重沉下去，等她再茫然地望向窗外的小街时，若白的身影已仿佛雾气般消失，只余夜空中一轮淡色的弯月。

夜风凉凉地吹进来。

百草久久地呆站在窗前，期待下一秒就会出现若白回来的身影。

夜愈来愈深。

靠着窗户，百草跪坐在榻榻米上，趴在窗楞上继续呆呆地等着。眼皮越来越重，她的脑袋在窗楞上一顿一顿。

夜空渐渐发白。

她蜷曲在窗边，睡梦中，身体有些发冷，她睡得很不安稳，时不时含糊地梦呓几句。

清晨，纸门被轻轻拉开。

身上染着淡淡的露水气息，若白皱眉望向蜷曲着睡在窗前的百草，他轻轻抱起她，将她放回榻榻米的床铺上。小心翼翼为她盖上薄被，若白盘膝坐在她的身边，久久不忍心吵醒她，想让她再多睡会儿。

阳光从窗户照进来。

枕头上，百草眉心一皱，睫毛颤动了一下。

若白起身，轻步走到窗前，小心翼翼地正将窗帘拉上，想要为她遮住阳光，却听到身后的她已经如同炮弹一样腾地坐了起来！

“若白师兄！”

那声音里充满了狂喜和渴盼，若白转过身，目光撞到百草那双又惊又喜如同窗外太阳一般明亮的双眼！

“若白师兄，你、你什么时候回来的？”

声音中又添了一些不安，百草担心地望着他。

“昨晚很早就回来了。”

若白淡淡说。

“啊，很早就回来了吗？”百草呆了下，“为什么我一点也没有察觉呢？”

“你睡得很沉，”为她打了一盆洗脸水，若白说，“我把你从窗边抱回床铺上，你也一点没有发觉。”

百草脸红了。

不好意思地挠挠头，她羞涩地说：

“是……是吗？”

心底松了口气，呼，她好怕若白师兄一整晚都没有休息，那样他的身体会更受不了的吧。想到这个，她又急着问：

“那你的身体现在感觉好些吗？”

“昨晚睡得很好，已经好多了，” 若白淡淡地回答她，“也不咳嗽了。”

真的！

从刚才到现在，若白师兄一点也没有想要咳嗽，喜悦充满百草的心间，她傻傻地望着他，高兴得什么也说不来，只能傻乎乎地笑起来，对他露出一个灿烂无比的大大的笑容！

“快起床吧。”

眼底闪过一抹暖意，若白把她的毛巾放好在脸盆边，在她的牙刷上挤好牙膏。看到她听话地立刻跑过来，飞速地低头刷牙洗脸，望着她因为睡觉而显得凌乱的头发，若白心底一软，又说：

“不用急，时间还来得及。”

***　***

从旅馆步行去体育馆，在沿路的小食店吃了早餐，若白和百草到达国际跆拳道邀请赛的比赛场馆的时候，今天有比赛的其他国家的选手们也基本上全都到场了。

场馆内无数灯光，灯火通明。

“加藤——”

“加藤——”

百草虽然做好了心理准备，但观众席上那黑压压满座的神情激动的日本观众们，那满场飞舞人手一只的小旗，那一幅幅扯起来为加藤银百合加油的横幅，还是让她有些愣神。

昨天的开幕式，观众席也只坐了八成。而今天上午仅是预赛而已，居然会有如此多的人到场。

“加藤——”

“加藤——”

选手们还未出现，体育馆的呐喊就已有了震耳欲聋的声势！

“走吧。”

仿佛对现场的气氛视若无睹，若白淡淡地说。于是，百草的心也跟着定了下来。随着若白来到体育馆内的选手准备区，她换好道服出来，在宽敞的准备区角落开始做一些简单的热身运动。

加藤银百合同教练一同进来的时候，周围呼啦啦围着一大群日本记者，记者们争先恐后地伸着话筒，询问她关于比赛的各种问题。加藤银百合一律含笑不答，她的教练则板着面孔，警告记者们不许再问，不许给加藤压力。

忽然。

加藤银百合脚步一停。

记者们不解地也跟着停下来，见加藤银百合望着一个方向，便随着看过去。那里有一个短发的女孩子，有一双小鹿般的大眼睛，穿着一身发旧的道服，道服的胳膊上绣着一面小小的五星红旗。

那女孩子正在热身。

两条小鹿般的长腿压在地上，笔直笔直，那女孩子缓缓弯腰，上身几乎完全平压在左侧的腿上。

“您好，好久不见。”

同教练告知了一句，加藤银百合静步走到那正在热身的百草身前，恭敬地对她弯腰行礼。

“您好。”

百草连忙站起身，对她弯腰回礼。

看着加藤对她如此恭谨，落在后面的日本记者们互相探问这个中国女孩的来历，终于有人认了出来，说这就是曾经在美少女跆拳道大赛中打败了加藤的戚姓中国女孩，今天也正是她将和加藤首轮交手！

日本记者们哗然。

待加藤银百合进入更衣间后，一部分日本记者四散在周围继续等候，而一部分日本记者则围住了百草，不顾她满脸的茫然，将七八只话筒对准她，连珠炮般地发问说：

“您曾经在中国打败过加藤?”

“马上就要同加藤比赛，您紧张吗?”

“上次您侥幸战胜了加藤，这次在日本的土地上，您觉得自己是否有战胜加藤的可能性?”

“您怎么看待加藤上次在比赛中……”

日本记者们的提问又急又快又嘈杂，百草被他们围在中间，吃力地听着。她以前跟若白学习过一些简单的日语对话，虽然不能完全听懂他们究竟在说什么，但是不断冒出的“加藤”的字眼，使她明白，记者们询问的是即将开始的同加藤的比赛。

“很抱歉，她……”

将百草挡在身后，若白正要拒绝众日本记者的采访，忽然看到选手休息区又进来几位记者，那几位记者若白却是认识的。那几位记者的目光在休息区内寻找了一下，就立刻兴奋地向两人跑了过来!

“百草——”

“百草——”

若白和百草互看一眼，都有些吃惊。在前段时间的世界美少女跆拳道大赛中，两人经常会看到这几位记者，知道他们都来自各著名的体育报纸和大网站，没想到也会来到今天的国际邀请赛。

“百草，我们是为了你专门赶来的!”

几位远道而来的中国记者对百草兴奋地说。

原本而言，这次的跆拳道日本国际邀请赛并不算特别大的国际赛事，没有引起国内太大的重视。但是前段日子百草光芒夺目，被国内无数喜爱跆拳道的人们所关注。当得知，这次是百草她第一次参加国际赛事，首战的对手又是曾经败给她的日本跆拳道全民偶像加藤银百合，于是几大媒体商量之后决定前往日本追踪报道。

“会有网络直播?”

听到中国记者这样说，百草有些发怔。

“是的！因为来得太仓促，来不及安排电视直播，所以我们安排了网络直播，到时候所有上网的观众都可以直接看到你比赛的实况了！”

“…………”

莫名地有些紧张，百草抬头看向若白。

“感谢你们能够前来为百草加油，”若白对中国记者们客气地说，“百草一定会全力以赴，现在还请多给她一些准备时间。”

“好，好，一定要加油啊！”

“百草，我们相信你一定会取得胜利！”

几位中国记者纷纷给百草加油打气，散开的时候还将在旁边的几位日本记者也一起拉走了。一边向选手休息区的角落走去，日本记者一边好奇地问中国记者：

“她是你们国家非常厉害的选手吗?”

“那当然！她是一位非常了不起的跆拳道选手，她从出道以来，所有的比赛都没有败过！”一位中国记者骄傲地回答。

听到这里，几位日本记者既是有些惊喜，又有些忧心忡忡起来。

距离比赛的时间越来越近。

“喝——”

背脊上已有了薄薄的汗水，百草横踢向若白手中的脚靶！网络直播？她的比赛过程都会被全部直播出去吗？心脏跳得急促而紊乱，身体从空中落地，百草忍不住又看向旁边那些记者。

喘了几口气。

努力克制着心神，百草抬起头，见若白正面无表情地看着她。他虽然什么都没有说，但眼底的神情令她顿时羞愧难当。

“我……”

因为心中的杂念，百草羞愧得简直不敢再看他。

“没有直播，你也要打败加藤。有了直播，你更要打败加藤。”凝视着她，若白沉声说，“听到了吗?!”

“是!”

身体一震，百草条件反射般地回答。

陆陆续续，今天参加比赛的所有选手都到齐了，仰着头一副睥睨众生状的金敏珠也换好了道服开始热身。气氛渐渐开始越来越紧张，有的选手在接受记者们的赛前采访，有的选手在埋头热身。眼看着距离入场的时间只剩下十分钟，若白让百草坐下来休息。

给了她一杯水，若白坐在她身边说：

“放松一下。”

选手休息区的屏幕上显示着距离比赛开始还剩“9分30秒”。

咕咚咕咚喝了两口水，短发湿湿地粘在脸上，百草拿起毛巾擦了擦脸，又用手指梳顺微湿的头发。虽然没有化妆，虽然没有加藤银百合漂亮，但她还是希望直播的时候能够看起来好看些。

黑发中的手指忽然顿了下来——

她愣住。

手指不安地又重新摸过去，然后又摸了一遍——

脸色苍白起来。

她霍然起身，猛地冲向选手休息区那面唯一的落地镜!

镜中有个脸颊涨红的女孩子，眼睛惊恐地睁大着，她望着镜中的自己，颤抖地伸出手，用手指继续在发丝间摸索着，没有！她侧身，转身，在镜子前反复地寻找着，没有！脑后没有！衣服上没有!

真的没有了!

“怎么了？”

从未见到她如此失常，若白皱眉，跟过来问。

惊恐地睁大眼睛看着他，百草脸色雪白，竟说不出一句话。身体颤抖着，她突然又转身冲向换衣间，差点跟刚刚热身完毕的金敏珠撞到一起！金敏珠生气地咒骂了几句，才跟着闵胜浩先出场等待去了。

经过若白身边时，闵胜浩对他行了个礼。

选手休息区的时间显示牌上，距离开场时间还剩“7分40秒”。

若白焦急地站在换衣间的门口。

等百草终于出来的时候，时间只剩下“6分20秒”，大部分的选手都已经离开休息区进入比赛区。若白沉着面色，正准备厉声训斥百草，却见冲出来的百草脸色苍白，仿佛失魂落魄一般，看到他就如即将沉水的人看到浮木，一把抓住他，慌乱地喊：

“不见了！”

“什么不见了？”

按捺着火气，若白尽量平静地问。

“草莓发夹！我的草莓发夹！”紧紧抓着他的胳膊，百草万分紧张地喊，“出旅馆的时候，我明明把它戴在了头上，现在却没有了！一定是丢在了什么地方！我刚刚去换衣间找过了，也没有！我……我在休息区再找找，说不定是刚才热身的时候，掉在什么地方了！”

说着，她急得像没头苍蝇一样蹲下身到处去找！

若白脸色铁青，厉喝说：

“丢了就丢了！快起来，现在要出场了！”

除了百草，整个选手休息区仅剩下两个选手。当最后那两个选手离开时从百草身旁走过，看到她慌乱地趴在地上寻找东西的模样，都向她投以奇怪的目光。

时间显示牌上，只剩下“4分10秒”。

“够了！”

紧绷着脸，若白一把将苦苦寻找发夹的百草从地上拎起来，怒声说：

“不许再找了！现在出场！”

“可是……可是……”选手休息区的地面空空荡荡干干净净，一目了然没有任何东西，百草心中渐渐生出绝望，连若白的声音都只是嗡嗡地响，仿佛隔了很远，“我的草莓发夹……我找不到我的草莓发夹了……一定是丢在了什么地方，出门的时候我明明是戴着的……”

“只是一个发夹而已！”若白怒了，“丢了就再买！”

“以前所有的比赛我都是戴着它的！”

以往的每一场胜利，她都戴着那只草莓发夹。百草的心底仿佛漏了一个洞。她的嘴唇微微颤动，眼底有泪水渐渐涌上，对他说：

“草莓发夹是我的幸运物，只有戴着它，我才能获胜。现在，它没有了，我、我……”

“胡说什么！”

偌大的选手休息区正剩下若白和百草两个人，时间也只剩下“2分15秒”。看着失魂落魄与平时判若两人的百草，若白又怒又急，喝道：

“你把所有的胜利，都归结在一枚发夹上?！你还能不能更迷信、更愚蠢?！戚百草，我命令你！现在就出场，把那个发夹彻底忘掉！”

拉住她。

若白重重将她拽到选手准备区的门口！

隔着那扇门。

场馆中，比赛区传来激昂的音乐声、解说声和呐喊声，那气氛热烈得如同沸扬的海浪！

“出去！”

厉声说着，若白一把将门打开，将仿佛失了魂般的百草推入比赛区！

比赛区的灯光明亮到晃眼。

视线有些模糊，观众席上坐满了黑压压的人。身体还在微微发抖，百草深吸一口气，竭力将涌至眼底的泪水又逼回去。是，没错，她知道若白师兄说得对，不应该迷信，以往获得的胜利，都是因为刻苦的训练。草莓发夹丢了没有关系，再也找不到了也没有关系。

可是……

死死咬住嘴唇，低下头，没有了发夹，她的发间空落落的，心底也空落落的……

“百草应该能战胜加藤吧。”

不远处的媒体席中，华南体育报的刘记者一边望着场中列队进场的选手们，一边问身旁的戴记者。

“应该能。”

戴记者来自于国内最大门户网站“网度”的体育频道，他埋头飞速地敲着键盘，进行这场跆拳道国际邀请赛的文字直播和解说。

“上次百草同加藤的那场比赛我就在现场，”刘记者津津有味地回忆着，“百草这个小姑娘，打法真强悍，看着过瘾！难怪这么短的时间，风头就快要超过方婷宜了。你不知道，自从美少女跆拳道大赛，我们报社接到无数电话和信件，都是支持百草的，希望她能够代表国家参加世锦赛。”

“是啊，我们网站也是，”戴记者手指不停，盯着屏幕说，“百草的人气旺得很，所以老总才特批，网络直播今天的比赛。瞧瞧，这会儿体育直播频道，等待观看这场比赛的国内网友，就已经有上百万了！”

“但我怎么觉得，戚百草的神情有些不对。”

另一旁来自《体坛先锋报》的杨记者听到了他们的说话，插嘴进来说：“好像有些紧张，你们看，她脸色发白，神情也有点恍惚。她毕竟是第一次参加国际比赛，我觉得你们还是不要太乐观。”

满场的欢呼和呐喊声。

虽然只是上午的预赛，但那震耳欲聋的欢呼声就如同是决赛的现场一般。十几台摄像机从不同的角度对准赛场中央，蓝色的赛垫，黄色的边界线，液晶的时间比分显示屏，裁判们开始出现，气氛越来越高涨！

虽然已经在竭力地克制。

跟其他选手们一起巡场完毕，向观众们鞠躬致意后，在满场喧嚣的声音中，百草穿着红色的护具站在场边，脑中忍不住一遍又一遍闪过从旅馆离开之后的每一幕画面。她可以肯定，出发前她是戴上了那枚草莓发夹的，当时她还特意用手碰了碰它，在浴室的镜子前调整了一下位置。

然后就出了门。

一路和若白师兄是步行。

应该不会好端端地就从头发上掉下来才对。

啊……

难道是——

早餐的那家小食店里，当吃完饭她把自己和若白师兄的餐盘端回柜台交给那位老板娘的时候，刚一转身，一个似乎很赶时间的青年人匆匆忙忙撞到了她的身上！那青年人袖子上的什么东西好像刮了一下她的头发，但是当时青年人的皮包掉在地上，她忙着帮他去拾起来，就没顾得上……

一定是在那个小食店！

或者，是发夹当时松了，后来掉在了路上……

如果现在立刻去找，说不定还能找得回来！想到这里，百草慌忙抬起头， 体育馆灯火通明的光线中，她甫一抬眼，正撞到若白那冰冷沉怒的目光！

“还在想那个发夹?!”

声音中带着克制的怒气，若白低喝说。

“……可能是掉在小食店了，”双手紧张得绞在一起，百草的心中也在翻搅挣扎，那只是一个发夹，她知道自己不该，可是，可是，“……我……我想去……想去……”上午的预赛是男子比赛和女子比赛穿插进行，首先要进行的是男子组第一场预赛，然后才会轮到她上场。

“你想去找回来?!”

“……我会跑得很快！从小食店到体育馆，我可以十五分钟就跑个来回，不会耽误……”看到若白的目光越来越冰冷，一种冰冷到近乎刺骨的视线，百草的声音越来越小，不敢再说下去。

就在她害怕，以为若白会雷霆大怒的时候——

若白强忍着闭了闭眼睛。

赛场上第一组比赛的男子选手已经上场了，又过了几秒钟，若白睁开眼睛，面无表情地说：“究竟是为了什么？我不相信，只是因为那是你的幸运符而已。就算那是你的幸运物，没了它，你就连比赛都不会打了吗？说，究竟是为什么?”

"…………"

百草呆呆地站着。

"说!"

若白声音中的冷酷，仿佛骆驼身上的最后一根稻草，惶恐和不安冲破她最后的防线。当她羞愧低下头的那一刻，泪水从眼底滚落了出来，自空气中，滴落到她的鞋尖。

"那是……那是初原师兄送我的……"

生日的那一天，当她打开储物柜的铁门，在那身雪白的道服下面，看到那枚她非常喜欢，却舍不得买的，红晶晶闪亮亮的草莓发夹。旁边的卡片上，绘着几颗草莓，上面有初原师兄漂亮的字体，祝她生日快乐。

从没有人……

那样细心地留意过她。

只是在夜市中匆匆看了她一眼，就留意到她喜欢那枚草莓发夹，就为她买了下来。虽然草莓发夹只要八块钱，可是，她喜欢它，她喜欢它甚至超过那身崭新的道服。从小到大，她都是路边杂草般的存在，那是第一次，被人那样细心、珍惜地留意着。

从那一天起。

她从未让那枚草莓发夹离开过她。

泪水无声地从空中滴落。

又一次浸湿雪白的道鞋鞋尖，百草死命地低着头，她不敢哭，她知道自己不对，她知道若白师兄在生气，可是——

"……那是初原师兄送我的。"

明亮到近乎晃眼的体育馆内，呐喊声震耳欲聋的四周，百草的声音很轻很轻，带着脆弱透明的泪意。

那是她最珍惜的……

草莓发夹。

她知道，比赛很重要，可是，那是她最珍惜的草莓发夹啊……

“初原送你的?”

灯火通明的体育馆，加油的声音如同一波波的海浪，听到她的那句话，若白的身体渐渐僵硬成了石头的雕塑，他神情古怪地看着她那失神低垂的面孔，僵硬地重复：

“你是说，那是……‘初原’送你的?”

观众席上阵阵震耳欲聋的加油声，仿佛要将顶棚冲开，望着她低垂落泪的面容，一切恍如突然间慢得静止了下来。脑中木然地闪过一幕幕画面，缓慢的，他以为自己早已忘记的那些画面。

…………

春日的午后。

那个卖饰品的小摊前，她傻傻地照着摊主青年递给她的小镜子。午后的阳光中，即使隔了那么远的距离，他也能看到她脸上那个傻呵呵的表情，她已经看得傻住了眼睛，就好像她认为别在刘海儿上的那个草莓发夹是全世界最漂亮的饰物。

…………

夜市上。

一串串亮着的灯泡光芒下，她再次从那个卖饰品的小摊上拿起那枚草莓发夹。顶着一头被剪得乱七八糟的短发，她呆呆地望着手中的那枚中午时还很喜欢的发夹，表情有些悲伤，他喊了她几声，她竟然呆呆没有听到。

…………

不希望她将精力放在训练之外的其他事情上。

只是，那天是她的生日。

打开她从不上锁的储物柜，他沉默地将那枚草莓发夹放了进去。储物柜里只有她的书包和鞋子，他将草莓发夹轻轻放在她的书包旁。

…………

体育馆内的灯光亮得晃眼，她的泪水自空中低落，无声地浸湿她道鞋的鞋尖。一切是如此安静，若白木然地想起——

…………

韩国的昌海道馆。

绿茵茵的草地，灿烂的阳光。

“你戴着它？”

看到她的刘海儿上别着那枚红晶晶的草莓发夹，映得她的眼睛更加乌黑明亮。他竟然问了跟训练无关的话题。

“啊？”

摸了摸自己头发上的草莓发夹，她的脸腾地红了，喃声说：

“……嗯。”

因为她的脸红，他的心跳也突然有些异常。

“……喜欢吗？”

“……喜欢。”

死死地低着头，她的脸红得如同清晨的朝霞……

…………

原来，她以为那是初原送给她的。

体育馆炫目的灯光让人有些头晕，若白不适地皱了皱眉心，然后，又漠然地笑了笑。

身旁是令人不安的寂静。

没有等到批评，没有等到怒斥，没有等到任何声音，耳边只有异样的寂静。加油声从四周的观众席铺天盖地传来，而她身旁的若白师兄，沉默得仿佛不存在了一般。

“若白师兄……”

这种寂静，令百草越来越不安。吸了吸鼻子，将残余的泪意赶走，她急忙抬起头，眼眶微红地说：

“对不起，我知道错了……等上午的比赛全部结束以后，我再去找我的发夹……若白师兄，对、对不起，我不会再去想发夹了，你不要生气……”

见若白依旧面无表情。

他木然地站着，并不看她，也不说话。

恐惧顿时攫紧了她的心脏！

上次在韩国，她同金敏珠约定败了就退出跆拳道时，也曾见过他如此的神情。若白师兄是真的生气了！是真的发怒了！她害怕极了，紧紧地抓住他的胳膊，语无伦次地喊道：

“我知道错了……”

“若白师兄、若白师兄……我真的知道错了……”

“……我只是因为……因为那是初原师兄送我的发夹……我不想丢了它……才会……才会……”泪水不受控制地流淌下来，这次却不是因为发夹，而是因为她的害怕，她哭着说，“……我不要那个发夹了，若白师兄，就算比赛结束，我也不去找那个发夹了……好不好……若白师兄，你原谅我好不好……”

在加油声震天响的体育馆。

没有人注意到发生在这个角落小小的混乱，赛场中央男子选手第一组的预赛已经进入了第二局。

手臂被她慌乱地抓紧，若白缓缓望向她，看着她那双充满害怕惊恐的眼睛，心底仿佛死寂般地陷开了一个洞，他淡淡地说：

"那枚发夹，不是初原送你的。"

"…………"

她的眼睛霍然睁大！

若白面无表情地说：

"所以，忘了它吧，那只是我送给你的而已。"

傻在了那里，什么也没有听懂般，她呆呆地望着他，仿佛隔了很久很久之后，声音干哑地说：

"草莓发夹……是你……是你……"

"是。草莓发夹是我从那个黄头发的摊主手中买来的。"若白淡漠地说，"它很便宜，丢了并不可惜，也并不是初原送你的。所以，从现在开始，你可以彻底忘掉它，集中注意力在比赛上面了吗?"

"……为什么?"

她的面孔雪白雪白。

"什么为什么?"若白皱眉。

"……为什么要买那只草莓发夹给我?"她死死地咬住嘴唇，但泪水仍然控制不住地流淌下来，"……为什么，我一直误会那是初原师兄送我的，你也不……也不告诉我……"

不再看她，若白的唇色淡白。

"我买它送你，只是因为它很便宜。你误会是初原送你的，是因为，你希望那是初原送你的。"

"我没有！"

泪水狂涌，那种从未有过的委屈使得百草再也控制不住自己！她讨厌哭，可是，她不要这样被若白师兄冤枉！她没有因为那是初原师兄买给她的草莓发夹，她是因为有人在意她，有人留意她，有人知道她喜欢什么……草莓发夹很便宜，可是，那是她最爱的东西，哪怕只值一块钱，那也是她最爱的东西！

哭着，百草松开了他的手臂！

“我去找它！”

用手背擦着满脸的泪水，她面容苍白地猛然转身，向赛场外冲去！她要找回那枚草莓发夹！她要立刻找回来，是她弄丢了它，是她一直弄错了送她的人，是她伤了若白师兄的心，那是她最宝贵的东西！

“你做什么——”

疾跑几步，从身后抓住她，若白气得胸口都疼了起来。回过身，泪水迷蒙了视线，百草却梗直了脖子说：

“我要去找回它！”

“那只草莓发夹?!”若白不敢置信。

“对！”

“你知不知道马上你就要上场比赛了?!”

“我知道！”

“那你……”若白气得面色煞白。

“比赛可以有很多场，”泪水扑簌簌地落下，她哭着，固执地硬声说，“这次输了，我可以去打下一次！但是，我的草莓发夹只有那一枚，丢了就再也没有了！我要找回它，我一定要找回它！”

“你——”

若白气得反手扬起一掌！

惊骇地闭上眼睛，百草死死地握紧双拳，等待若白师兄盛怒下的掌掴。但，谁也不能阻止她！

她要去找！

她现在就要去找回她的草莓发夹！

眼睛紧闭的黑暗中，那等待的掌掴迟迟没有落下，当她迟疑地睁开眼睛时，看到的是若白缓缓落下的右手和他沉黯失望的表情。

“好。”

低哑的声音从她的头顶飘下来。

“你留下来打比赛，”仿佛有了决定，若白克制着，淡淡说，“我去替你找回那枚发夹。”

“…………”

她张口欲言！

“如果这样都不行，”眼神冰冷，若白厉声说，“那么，从此你再不要认我是你的师兄了！”

不远处，金敏珠看到了这边的这一幕。

“哈！”

得意地狂笑起来，金敏珠对身旁的闵胜浩说：

“看到没有，戚百草怯战想逃，她的师兄痛骂了她一顿，哈哈，她被她师兄骂哭了！没出息的家伙，还没比赛就腿软了！看，她师兄都气走了，不理她了，哈哈！”

想一想，金敏珠又不高兴起来，嘟囔说：

“哼，被这样怯战的家伙打败过，真不是一件让人开心的事情！”

看到若白的身影消失在赛场的出口，场边只剩下百草一个人在呆呆流泪，闵胜浩有些疑惑。难道接下来那场同日本跆拳道全民偶像加藤银百合的比赛，若白决定让百草一个人独自面对吗？

爱之名

CHAPTER 7

体育馆内加油声鼎沸!

男子组的预赛第一场结束了，伊朗选手3：2战胜约旦选手。这场比赛结束之后，加油声不但没有减弱，反而更加热烈了起来，因为即将出场女子组预赛第一轮的将会是——

加藤银百合!

日本跆拳道国民偶像加藤银百合!

“加藤——”

“加藤——”

在日本，加藤银百合是家喻户晓的明星。

她出身于政界名流家庭，从六岁开始学习跆拳道，她就成为众媒体追逐关注的焦点。最初，公众的注意力并没有放在她的跆拳道上面，只是将她看做首相热门人选的女儿。

她出过唱片。

接拍过广告。

出演过偶像剧。

所以在相当长的一段时间内，在日本公众的印象中，加藤银百合的跆拳道选手的身份只不过是她区别于其他艺人的一项特殊才能。直到一年前，加藤银百合正式参加比赛，在国内令人震惊地夺得了一连串的冠军，才真正使日本公众惊愕她在跆拳道上的实力。

作为异军突起的新秀，加藤银百合狂扫国内的冠军奖杯。而她出国比赛的第一战是参加在中国举办的世界美少女跆拳道大赛，连战连胜，甚至打败了中国著名的跆拳道明星方婷宜，以六连胜引起亚洲各国跆拳道界的瞩目！

可惜的是，之后她竟意外地败给一位名不见经传的中国选手，让无数喜爱她的日本公众扼腕不已。

这次的日本跆拳道国际邀请赛，是加藤银百合再度参加具有国际性质的大赛。凡是热爱她的日本民众，都纷纷选择来到现场为她加油。当听说抽签结果是，她在预赛第一场就将遇到那个曾经打败她的中国选手，原本总是显得冷清的预赛现场，就也变得像决赛一样座无虚席了！

"加藤——"

"加藤——"

如同沸腾的海浪，满场热烈的呐喊，到处是"加藤必胜"的条幅，现场的转播屏幕上突然出现前排观众席中一对日本中年夫妇的特写镜头，丈夫穿着高级的西装，气质儒雅，妻子一身美丽的和服，温和善良，两人周围有几位黑西装的保安。

在场的观众们激动起来！

那正是下届首相呼声最高的政界名人加藤峻二和他的妻子，是加藤银百合的父母！加藤夫妇也亲来现场为女儿加油助威了！

"加藤——"

"加藤——"

在满场热烈的声浪中，坐在媒体席的几位中国记者也受到了影响，开始有些担心。

"加藤的气势很强大啊!"

一边翻开着加藤银百合的资料，负责网络文字直播的戴记者一边手指如飞，噼里啪啦地敲着新闻稿，"加藤父亲现场助阵，日本观众情绪高涨"。

"毕竟是客场作战，"《华南体育报》的刘记者对百草颇有好感，"希望百草能够顶住，不要被现场的气氛吓倒。"

"好像已经被吓倒了。"

《体坛先锋报》的杨记者探头，看到场边的百草居然还呆滞般地僵立着，连裁判示意她入场都没看见。

"她毕竟还小，"看到百草终于踏上赛垫，刘记者松了口气，"第一次参加国际比赛，谁都会紧张的。"

体育馆的中央。

通明的灯光。

深蓝色的赛垫上，身穿蓝色护具的加藤，身穿红色护具的百草，在裁判示意下走到赛垫中心，首先向现场的观众们鞠躬致意。

"加藤——"

"加藤——"

在一浪浪鼎沸的加油声中，比赛马上就开始了!

中国。

冲浪网吧。

"快！快！快——"

满头大汗地挤在液晶电脑屏幕前，从学校里逃课出来的晓萤和梅玲焦急地对着亦枫喊，催他赶快找出来日本跆拳道国际邀请赛的网络直播页面!

呼——

视频开始缓冲了——

20%!

40%!

70%!

90%!

当视频中终于出现跆拳道赛场的画面，晓萤和梅玲激动地蹦起来，欢呼："耶，百草，是百草——"

安静的网吧中突然出现这样不协调的声音，四周其他上网的人们向她们投以谴责的目光。但是，等他们发现，那台电脑屏幕中正在播放的是日本跆拳道国际邀请赛的直播，而且好像有岸阳的选手百草参加，很多人便悄悄也找到打开了相同的直播页面。

"百草穿红色护具!"

激动得双眼发亮，晓萤紧紧掐住梅玲的胳膊，喊着说：

"百草穿红色是必胜的！她穿红色的时候，从来就没有败过!"几年前，道馆挑战赛上败给婷宜的那次，百草穿的是蓝色护具。而这次抽签抽中红色护具，这说明什么，这说明这次的冠军必定属于百草!

"嗯嗯，红色是很好，很吉利。"

目不转睛地盯着屏幕中的比赛，梅玲顺手拉了把椅子坐下。

"…………"

亦枫皱了皱眉。

在镜头带到场边的时候，他怎么没有看到若白的身影？

"现在比分多少了？"

激动得根本坐不下来，晓萤用力凑到屏幕前，着急地问。

"……看不到哎，"梅玲也有些着急，忽然，直播中的镜头闪到了一下比分牌，"啊，2：0!"

"哈哈!"晓萤狂笑，"才开场一会会，我家百草就2：0了啊！太强大了！哈哈哈！这就是实力！这就是实力啊啊啊!!"

“……好像是加藤2，百草0，”梅玲犹豫着，不太敢相信，“我再看看，说不定是刚才看错了。”

“怎么可能！肯定是你看错了！”晓萤急了，整个人趴到屏幕上去，“加藤那个手下败将，被百草打得稀里哗啦的，怎么可能先得两分呢？”

“确实是加藤领先两分。”

网吧里，旁边座位上的一个少年人说，他打开的是日本跆拳道国际邀请赛文字新闻直播的页面，上面最新一条赫然写着——

“戚百草暂时0：2落后于加藤。”

“…………”

呆呆地张大嘴巴，看着那条文字新闻，晓萤完全无法相信。直觉告诉她，一定是弄错了，百草怎么可能会让加藤先得分？！她还记得，上次百草跟加藤的那场比赛，刚刚开场十几秒钟，百草就干脆利落地用一招旋身双飞踢踢中加藤，夺得一分！

怎么可能是百草落后！

笑不出来了，晓萤忧心忡忡坐到了椅子上。镜头再次扫过比分牌，距离第一局比赛结束只剩下30秒，而比分确实是——

加藤2：0领先。

“怎么回事？”

同样的忧心忡忡，梅玲也开始有些担心。

屏幕中的比赛有些沉闷，已经领先两分的加藤显得很沉着，似乎不再急于进攻，她积极调整着步伐，保持同百草不远不近的距离。百草稍一接近，她便后退，而百草稍一后退，她便抢入。

“进攻啊！快进攻啊！！”

晓萤焦急地喊！

仿佛听到了她的呼喊，屏幕中的百草“喝——”地高喊一声，腾空跃起，向加藤的胸口直踢而去——

“好——”

跳起来，晓萤握紧双拳！

略退一步，直播屏幕中的加藤如同早有准备，一个旋身，高高腾空，在百草将要落地的那一刻，“啪——”，左腿向她反击踢去——

“啊……”

梅玲吓得吸气。

好险，百草反应迅速，将将闪过，梅玲正要松开那口憋住的气，却大惊失色地看到——

“啪——”

加藤的右腿顺势接着踢出！

“砰！”

那一脚重重踢在百草的头上！

直播屏幕上，仿佛慢动作般，百草的身体极力后仰，试图闪开，然而加藤那重重的一击如同闪电，狠狠踢上她的头部，百草整个人都被踢得如断线风筝一样向右侧飞摔出去！

“砰——”

那重重地摔落在赛垫上的声音。

即使不在现场，即使那声音只是通过转播讯号传来，网吧里所有的人依旧可以心惊地听到那声巨响……

灯火通明的体育馆。

先是满场鸦雀。

日本观众们全都看呆了。

一秒。

两秒。

“哗——”

“哗——”

惊天动地的欢呼声响起，日本的观众们激动地起立，发出惊涛骇浪般的欢呼和呐喊：

“加藤——”

“加藤——”

在以往的比赛中，加藤都是优雅的技术派，靠踢中对方的点数获胜。而今天，加藤展现出了她的力量！即使容貌清纯美丽，加藤也有着将对手一击斩杀的霸气！

一雪前耻！

如此完败前次曾经打败过她的中国选手，这一踢足以证明，加藤才是跆拳道这个级别新一代的霸主！

4：0

跟直播屏幕中日本观众如同疯了一般的欢呼不同——

冲浪网吧内。

是死一般的寂静。

泪水在眼底打圈，晓萤死死地掩住嘴巴。

她恨为什么摄像机只知道拍摄赛垫上向着日本观众挥手致意的加藤，她恨为什么镜头连观众席中加藤父母激动的神情都拍到了，却不肯让她看看，跌倒在赛垫上的百草现在是什么情况！

百草……

百草……

百草还好吗……

体育馆内的媒体席。

当看到裁判数秒数到6时，赛垫上的百草终于吃力地摇摇晃晃站了起来，《华南体育报》的刘记者叹了口气。

“有的选手就是这样的，”《体坛先锋报》的杨记者摇头说，“内战内行，外战外行。平时在家门口成绩再好，一到了外面，连训练水平都发挥不出来。”

“还是婷宜沉稳，不管什么国际比赛都很冷静，从来没有发挥失常过，”网站的戴记者惋惜地说，“唉，我还以为百草这孩子能挑起大梁。”

顶棚的灯光亮得晃眼。

头部一阵阵的眩晕，胸口憋闷欲吐，百草吃力地站着，挣扎着努力不让身体摇晃。耳膜有欲裂的轰鸣声，她只能隐约听到裁判宣布比赛继续，眼前阵阵黑影，甚至无法看清加藤的方位。

网吧里。

正在观看的直播的人们变得有些沮丧。

继婷宜之后，百草是岸阳最值得骄傲的女子选手。前段时间的世界美少女跆拳道大赛，百草异军突起，使大家充满了希望，甚至觉得百草说不定能有与韩国少女宗师李恩秀一决高下的潜力。

可是，却是这样。

一旦到了国际大赛，连曾经被她干脆利落地打败过的加藤银百合，都能够轻松地将她打垮。

默默的，网吧中有人将直播页面关闭了。

看着直播画面中的百草，晓萤的心一直一直向下沉。她很想哭，她从未见过这样的百草，是受伤了吗，是身体不舒服吗，为什么百草一直在闪躲加藤？

就好像……

畏惧了加藤一样。

身体有些摇晃，百草远远地避着加藤。加藤高喝着刚一抬腿，百草就向后退两步，晓萤心里难受极了，她甚至可以听到直播画面中传出日本观众的起哄声。

“……百草怎么了？”

有些不敢再看下去，梅玲悲伤地自言自语。

亦枫眉头紧锁。

这样异常的百草也是他从未见过的。可是若白呢，为什么若白对百草没有任何指导，为什么镜头中从没有闪到若白的身影？身旁静悄悄的，没有听到以往晓萤那唧唧喳喳、大呼小叫的声音。

亦枫不禁扭头看向晓萤。

愣住——

默默无声的，晓萤正哭得满脸泪水，眼睛鼻子已经全都哭得肿了起来，却硬是克制着没发出声音。

“哭什么！”

亦枫叹息，敲一下她的额头。

“早知道……早知道会这样……”哭得泣不成声，眼泪哗哗在晓萤脸上流淌着，“……就不让百草出国去打比赛了……百草已经没有信心了……这场比赛，会毁了百草的……”

日本的体育馆内。

“滴——”

第一局比赛结束。

4：0。

在满场日本观众的欢呼中，加藤银百合如同凯旋的胜利者般回到赛垫旁的休息位，她的教练和助理教练立刻围上来，布置下一局的战术，给她水、帮她按摩放松。

另一角。

百草孤零零地坐着。

汗水湿透道服，胸口急促地喘息着，她紧闭双眼，努力想要自己平静下来。她不知道自己是怎么了，刚刚结束的第一局比赛，无论怎样进攻或者反击，似乎都是不对的，不但没有得分，反而屡屡被加藤得手。体力却比平时流失得要快几倍，如果不是时间到了，也许自己会再度丢分。

而且……

可怕的是，她无法集中精神。

偌大的赛场，沸腾呐喊的日本观众，她早已有心理准备。哪怕再多的人为她的对手加油，只要有若白师兄在，她什么也不怕!

可是，没有。

在这空旷的体育馆里，只有她一个人。当她站在赛垫上，场边没有人为她观战，没有人会平静地告诉她，她哪里做错了，要怎样改进。忽然之间她就像失去了目标，不知道该看哪里，不知道该听什么。这一刻，她才明白，原来自己一直那样依赖着场边那个淡淡的身影，哪怕他沉默地什么也不说。

“喂——”

一个愤怒的声音从场边响起，孤零零地闭目而坐，百草没有回头。直到那个声音更加愤怒地吼道：

“喂！戚、百、草！我命令你、不许输!”

缓慢地睁开眼睛，体育馆内刺目的光线令百草眯了一下眼睛，才缓缓看清场边两米外那个像咆哮的小豹子一般的金敏珠。

“你！想侮辱我、吗?!”

不理会后脑勺被闵胜浩敲上的戒尺，金敏珠大吼着说：

“你！能打败我！就能、打败加藤！你是除了、恩秀师姐之外！唯一选手、能打败我！不许害怕！不许、丢我的脸！你胆小、气走了你师兄！再胆小、我也会、看不起你！”

气走了你师兄……

如同突然被刺了一针，百草痛得心底一阵剧痛。呆呆地望着对面围绕着加藤的教练和助教，是的，是她气走了若白师兄。因为那枚草莓发夹，若白师兄一气之下，将她独自一个人留在了赛场……

“如果、你输了！你师兄、再也、不会理你！我、也永远、看不起你！”翘起鼻尖，金敏珠愤怒地喊。

抿紧嘴唇。

百草沉默地盯着自己的脚尖。

“水！给你！”

伴随着金敏珠的吼声，一瓶矿泉水直直向着百草扔过去，在场看到的人都吓了一跳。就在将要被那瓶矿泉水砸到时，百草头一侧，左手反抓，将它握在掌中。

站在场边，看到戚百草默默地拧开那瓶矿泉水喝了几口，金敏珠忽然又觉得她很可怜，气鼓鼓地对闵胜浩说：

“她的师兄太可恶，就算要走，至少也要给她留下水和毛巾！就算她再不争气，她的师兄临阵抛弃她，也很不道德！胜浩师兄，如果你那样对待我，我永远不会原谅你！”

“啪！”

戒尺敲上她的脑袋，闵胜浩沉着脸说：“不要议论别人的事情，很快就该你上场了！”

如果你输了。

你师兄再也不会理你……

亮如白昼的体育馆，裁判示意第二局比赛开始。如同被消声了一般，听不到从四面观众席传来的加油呐喊声，走向赛垫中央的百草，脑中旋转充斥着的只有刚才金敏珠的那句话。

记分显示牌。

0：4。

在满场明亮的灯光中，百草看着加藤银百合。

加藤银百合离开她的教练和助理教练，向赛垫中央走来。自从若白离开后，脑中始终缠绕的那抹浑噩开始散去，视线越来越清晰，百草看到了正走过来的加藤银百合。

怔了怔。

在明亮的光线下，百草突然发现，面前的加藤同美少女跆拳道大赛中的加藤是不同的。以前她见到的那个加藤，脸上化着精致美丽的妆容，眼睛里戴着晓萤说的“美瞳”镜片，假睫毛又长又卷，唇上涂着唇彩，连双手的手指甲上都涂着美丽的指甲油和镶着闪亮的水钻。

而此刻的加藤。

脸上干干净净，一点点的妆都没有，在她看着加藤的时候，加藤也正回视她。纵使满场日本观众都在加油助威，加藤的双眼仍旧沉静，没有因为第一局领先四分而有任何放松的迹象。

百草的心往下一沉。

她有些明白，为什么第一局会输掉。加藤是用十二分的精神，异常认真地对待这场比赛。

而她自己……

裁判宣布第二局比赛开始！

“喝——”

满场日本观众的体育馆内，深蓝色的赛垫上，穿着红色护具的百草握紧双拳，高声大喝！是的，金敏珠说得没错，如果她输了这场比赛，若白师兄就再也不会理她了！

她已经落后了四分！

再也不可以去想那枚草莓发夹！

再也不可以去想，为什么她竟然会误会那是初原师兄送她的，而说了那些伤害若白师兄的话。即使一直以来为草莓发夹所感动的心情，突然间发现是一桩乌龙。即使在她的心中，有陌生的、难以控制的情绪在坍塌、在重建……

但现在——

是比赛的时刻！

她已经落后四分，她不可以再胡思乱想，她必须打赢这场比赛！否则，若白师兄就真的再也不会理她了吧……

国内。

冲浪网吧。

“快看！”

睁大眼睛，梅玲惊喜地盯着屏幕说：

“百草好像活了！”

吸吸鼻子，晓萤用抽纸擦着脸上残余的泪水，看到直播画面里开始主动进攻的百草，抽噎着说：“嗯，这才像我家百草，刚才那局百草肯定是中邪了。不过，已经落后四分了，会不会不好追了啊。”

“呃，”梅玲为难地说，“是不太好追。如果加藤稳固防守，只剩下两局，再万一百草求胜心切……”

“是啊！”

晓萤着急地说：

“若白师兄到底到哪里去了?!刚才局间休息也没看到他！这么关键的时刻，若白师兄跑哪里去了啊！为什么不陪着百草身边，为什么不指导百草?!平时跟百草形影不离的，怎么一到关键时刻就没人了呢，这若白师兄也真是的!”

“闭嘴!”

亦枫瞪了晓萤一眼。

只是，他心底的不安也越来越重。

飞往日本的前一天夜里，若白突然发起了高烧。

为了不影响第二天的行程，若白不理会他的反对，硬是吃了很多退烧药下去。躺在床上，若白出了半宿的汗，浑身就像是从水里捞出来的一样，天亮的时候高烧是退了，但整个人异常虚弱。

这么重要的比赛，若白竟然不在场边。

难道……

不敢再往下想，亦枫心中有种不祥的预感。

“喝——”

体育馆内无数的灯光，彼此试探了几秒钟之后，百草抖擞起精神，略退一步，她厉声大喝，旋身高高跃起!

那如旋风般的身影!

在光线璀璨的赛场上空，那灌满了力量，仿佛旋涡般高高跃起的身影，将一切如漫画镜头般地定格住！已经落后四分，她必须拼了！积聚全身的力量，凭借着自空中落下的旋身威势，百草的左腿向着加藤重踢而去——

“旋风三连踢——”

媒体席上，刘记者激动地喊出声!

终于又看到了！当百草后退高喝的那一瞬间，直觉就告诉他，他终于又可以看到百草那威震四方的旋风踢了！

深蓝色的赛垫上。

当百草高喝跃起的那一瞬，加藤面孔微仰，神色一凛！空中，腿影携着旋转的强大力量，向着加藤的前胸踢去——

“呀——”

屏幕前，晓萤尖叫，恨不得将自己全身的力量也加到百草身上！旋风踢！所向无敌的旋风踢！百草终于还魂，终于使出了她那惊世骇俗的旋风踢！

电光火石间——

加藤向外一闪！

“砰！”

左腿踢空，半空中，正待踢出双飞第二击的百草愣了愣。

“啊……”

屏幕前的亦枫惊住！

他已经见过很多次百草使用旋风三飞踢，若白训练百草的时候，他也经常在旁边。旋风三飞踢并不是表面看起来那么简单，并不只是连续踢出三脚就可以。

百草在左腿踢出第一脚的时候，会使用向内扣的力量和角度，逼对方向百草的右腿方向摔去，这样正好撞在百草第二击踢出的右脚上！

而加藤——

竟然能够不被百草的力量牵制，反而向外侧闪去！那么百草的第二踢该怎么办呢？

“咦！”

场边的金敏珠瞪大眼睛，猛然间如醍醐灌顶，又狂笑起来：

“哇哈哈！聪明！对！戚百草的旋风三连踢，这才是正确反击！哇哈哈！原来所谓的旋风踢，破解起来这么容易！哇哈哈！！”狂笑着，金敏珠心底也悄悄收起原本对加藤银百合的小觑之意。

顶棚的灯光无比晃眼。

眼看着加藤已闪出进攻范围之外，百草脑中一空，僵滞在半空中的右腿却不得不发，而左肋一寒，眼角扫到加藤竟已移到她的身侧！

“啊——”

晓萤和梅玲齐声惊叫！

眼看百草的进攻已经落空，加藤竟是准备反击，已经提腿直踢向百草的左肋——

“砰——”

重重相碰的声音在体育馆内炸开！

“百草……”

惊骇得捂住眼睛，晓萤难过得又快哭了，直到梅玲推了推她，说：“没事、没事！加藤没有踢中百草，没得分！”

“啊？”

不可能啊，明明刚才百草已经没有反击的机会，只能任由加藤偷袭得手了啊！晓萤惊疑不定地看着屏幕，深恐是梅玲骗她。

0：4。

比分没变。

场边，金敏珠脑中回放着方才的画面——

就在加藤不仅闪避开百草的旋风第一踢，反而绕向百草身侧，直踢向百草左肋时，半空中身体已经失重的百草，居然借助右腿的旋踢之势，硬生生将身体在空中旋转了过来，右腿正好迎上加藤的进攻！

那是什么样的力量啊……

那样的状况，竟还能在空中转过身来，迎住加藤的进攻。

金敏珠打个寒战。

看着正面交腿之后，双双踉跄退后的百草和加藤，金敏珠的神色越来越凝重。

观众席中，日本观众们的欢呼声地动天摇地响起！

虽然刚才那个回合一波三折，很遗憾加藤没能反击得手，但总归比分还是4∶0，加藤遥遥领先！

深蓝色的赛垫上。

胸口急促地喘息着，右腿传来一阵阵剧烈的疼痛，百草咬牙强忍。她自己知道，在刚才与加藤的正面交锋中，加藤是有备而来的进攻，而她是仓促防守，右腿被踢得很重。

她看向加藤。

加藤的双眼依旧沉静，不骄不躁，就像没有任何缺陷。而刚才的交手，能看出加藤对她早有准备，已摸透了她。她的旋风三连踢，以往在比赛中只要拿出来，从未失手过。

现在……

她究竟该怎么做？

茫然地站在深蓝色的赛垫上，百草的耳边是四周的日本观众们一阵阵沸腾的海洋般为加藤加油助威的声浪，而她，无论如何去寻找，也无法找到那个淡淡的身影。

若白师兄……

若白师兄，你在哪里……

***　***

秋日的上午，太阳依旧灼热。

掌心紧紧握着那枚好不容易找回来的草莓发夹，走在陌生的日本街道中，若白弯下腰，身体弓成虾米般，一阵阵剧烈地咳嗽着。阳光的照射，使他的身体出了一层层虚汗，体内却如坠入冰窟般的寒冷。

"您身体不舒服吗?"

有日本路人担心地问他。

勉力站直身体，在日本路人的频频回望中，若白缓缓打开自己右手的掌心。被汗水浸透，掌心那枚红晶晶的草莓发夹折射出上午的阳光，漂亮得就像晶莹的梦境，他沉默地望着它，直到从胸腔处涌上一阵阵的咳嗽。

重新抬起头，他望向不远处终于即将赶回的体育馆。

不知道……

她现在比赛进行得如何了……

他希望，即使他没有陪在她的身边，她也可以拿下这场比赛。每一场的比赛，最终都取决于选手本身，他希望，即使千万人的赛场中只有她一个人在孤军奋战，她也可以战胜对手，取得胜利!

剧烈的咳嗽使他的肺部痛得难以忍受。

不远处的体育馆仿佛被朦胧的光晕笼罩晃动着，虚弱的汗水浸透后背，他吃力地站直身体，一步步向前走去。

他又还能陪她多久呢?

假如有一天……

他再也不能陪她训练，陪她比赛……

他希望，即使那一天最终到来，她也能够凭借自己的力量，拿下今后的每一场比赛。

秋日的阳光依旧热毒。

胸腔中的咳嗽仿佛无法抑制般，额头沁出虚汗，若白咳得再次弯下了腰。半晌，他只得先走进路边的一家药店，买了一瓶止咳糖浆。走出药店后，就像清晨回旅馆前时做的一样，他仰头，将满满一瓶止咳糖浆全都灌了下去！

***　***

体育馆内。

“现在，连旋风三连踢都不管用了……”

《华南体育报》的刘记者也开始失望起来，他一直希望国内能有优秀的女子跆拳道选手出现，打破韩国少女宗师李恩秀的神话形象。

“第二局马上就结束，落后四分。”

戴记者叹息。

而且还是零比四，作为第一场正式的国际比赛，难道百草要以一分不得的难堪局面被淘汰吗？

“看来，加藤下了很大工夫来研究百草，”网吧里，亦枫的心情很沉重，“针对百草的旋风三连踢，加藤肯定已经演练过很多遍，否则不会如此迅速地做出反应，并且反击的时机和角度都把握得这么好。”

“那怎么办……”

晓萤难过极了，原本以为胜利唾手可得，这场比赛却这么难打！

“第二局也快结束了，”梅玲有些悲观了，“百草还落后四分，加藤看起来又毫无破绽，难道……难道……”

医院的休息室。

刚刚从病房查房回来的初原，也看到了方才视频直播中百草与加藤交手的那一幕。看到深蓝色的赛垫上，百草那茫然失措的模样，初原心中一紧。

作为优秀的跆拳道选手，能够有自己克敌制胜的必杀技是件好事，但是如果太依赖那项必杀技，一旦被对手所破，也会立刻变得被动起来。

体育馆的灯光下。

百草的脑中有些空白，她僵硬地调整步伐，与加藤保持着适当的距离。她不敢再主动进攻，不知道该怎样主动进攻，而加藤也并不进攻，仿佛在跟她比耐心。

记分牌上的时间一秒一秒流逝。

0：4。

继续僵持下去，等待她的只是落败。她忽然觉得，这是她经历过最难打的一场比赛。以往，哪怕是惨败给婷宜，她也是闷头一股劲地往前冲，打得拼尽全力，酣畅淋漓。而现在，仿佛四肢都被绑了起来，整个人窝囊极了，她不知道该怎么做！

如果若白师兄在这里……

若白师兄……

“喝——”

想到若白，顷刻间仿佛力量又回到了她的身上！就算败，她也不要败得这么窝囊！她要进攻！她不要等死！纵声厉喝，百草握紧双拳，腾身跃起，向加藤的头部下劈而去——

那厉喝声如惊雷！

震骇住馆内满场的日本观众，前排贵宾席中的加藤母亲骇得紧握住加藤父亲的手！

医院的休息室。

盯着电脑的直播屏幕，初原眉心一皱。这样的进攻太草率，加藤明显已有准备，百草求胜心切、失去章法了。

身体滞留在半空——

眼前晃过的光线中，百草见到加藤将头部往后一仰，顺势回身，电光火石中加藤竟已做好了回身后踢的准备！而她的出腿已经用老，身体不受控制地向下坠落，眼看就要恰恰落入加藤的进攻范围……

心底空白茫然。

体育馆四周黑压压的观众，她仿佛已然可以看到那就在前方黑暗般的落败，身体极快又极慢地下落着，只除了场边那淡淡的熟悉的身影……

陡然大惊！

脚尖尚未落地，在加藤回身后踢迎面而来的凌厉腿风中，百草心神大乱地去寻找刚刚似乎眼花看到的——

场边的——

那终于回来的——

若白的身影……

"格挡——"

在满场日本观众炸雷般响起的欢呼声中，那冰冷严厉的吼声彻底惊醒了还没来得及完全看清的百草！脑中尚未反应过来，但那声音如同可以控制她的身体般，当加藤的腿风破空而来时，她的左臂下意识地抬起——

硬生生——

格挡了上去！

“砰——”

欲将胳膊踢碎的巨响在馆内迸出！

见到加藤没能再次得分，观众席上的日本观众们发出遗憾的叹息声。

左臂痛得已经麻木掉。

百草心中却是被狂喜充满，她听不到裁判在说什么，也顾不得刚才的进攻又失败了，她直直地扭着头，视线一刻也无法离开场边的若白！若白师兄回来了！他回来了！

没有气得再也不理她。

若白师兄回来了！

“注意比赛！别再丢分！”

比分牌上，第二局的时间只剩下六秒，场边的若白面若冰霜，呵斥着明显心神不属的百草！

“滴——”

终于熬到那六秒钟结束，百草一瘸一拐地飞奔到赛垫旁的休息位，看到若白已经等在那里了，胸口的激动让她的喉咙都热热的，眼眶也瞬间热了起来，喊道：

“若白师兄！你……”

“腿怎么了?!”

打断她，若白沉着脸问。听到百草羞愧地讲完第二局时她拿出旋风三连踢时的情形，他的脸色更沉了些。

“……我不会输的！”生怕若白会因为她丢人的表现而失望，百草紧张地说，“我、我会努力的！第三局我会拼了！我已经想好，第三局……”

“坐下！”

若白声音冰冷地命令她。

没说完的话被噎在喉咙里，百草怔怔地坐到休息椅上。先扔给她一瓶矿泉水和毛巾，若白迅速蹲了下来，从急救箱里拿出缓痛喷雾，卷起她右腿的裤管，“噗——”、“噗——”、“噗——”快速地喷在那瘀紫的地方，又卷起她左臂的袖管，连喷了好几下。

受伤的部分顿时冰冰的。

感觉不到疼了。

百草呆呆地看着蹲在她面前的若白，看到他满头的汗水，忍不住用手中的毛巾帮他擦了擦。

低着头，若白的手一僵。

把缓痛喷雾放回急救箱，再抬起头来时，若白的眼神淡漠无波。避开她手中的毛巾，他声音冷冷地问：

“0：4落后，第三局你准备怎么打?”

“……”呆了下，百草立刻鼓足干劲说，“我会力拼第三局，寻找一切机会进攻！我不相信，加藤会没有弱点!”

“加藤已经看透了你。”若白冷声说，“旋风三连踢的技术特点，她早有防备，你所有惯用的进攻方式，她也都有准备。”

“…………”

百草傻住。是的，在加藤面前，她就像是没有任何秘密的人，被看得通透。知己知彼，加藤做到了，而她对加藤只有过往那一次的经验。

将矿泉水的盖子拧开，若白等她木然地喝了几口，才继续说：

“是我的错，让你太依赖旋风三连踢，它在成为你优势的同时，也限制了你的打法。现在，彻底忘掉旋风三连踢，回到你最初的状态!”

“最初的状态?”她听得愣愣的。

“观察对手!”

“……”她愣愣地看着若白。

“观察对手的起势，洞察对手的意图，将你的心思放回到对手身上，而不是放在你的旋风三连踢上！”凝视着她，若白肃声说，“不仅用眼睛观察，也用你的直觉来观察。不仅要洞察她即将开始的动作，也要判断出接下来她的反应！然后，打败她！”

“可是……”

百草很忐忑。自从练了旋风三连踢，和各种旋身的踢法，她已经很久没有再练研究对手的起势了。

“你可以的！”居高临下地站在她面前，若白凝声说，“你已经练了三年，你的身体早已有了自己的直觉，你要相信它！”

还有十几秒钟就要开始第三局。

“是，我知道了！”

虽然还没有完全消化若白说的这番话，但百草郑重地点了点头回答若白说。当她起步准备返回赛垫时，若白却喊住了她：

“等一下。”

解开她头部的红色护具，若白面无表情地用手指为她梳理了一下被汗水濡湿的短发。然后，他从口袋里拿出一枚红晶晶亮闪闪的东西，别在她的黑发上。

“你的幸运物。”

若白淡淡地说。

手指摸到发间那颗无比熟悉的草莓，百草的心底顿时充满了滚烫的涌动，她颤抖着深吸了一口气，仰着头对他挤出笑容，说：

“是，我的幸运物！”

重新为她戴好头部的红色护具，若白淡声说：

“去吧。不管输赢，打好第三局。”

CHAPTER8

"若白师兄回来了!"

直播屏幕前，晓萤眼尖地看到了站在场边的若白，仿佛立时被注入了一针兴奋剂，她激动地跳起来喊：

"有了若白师兄，也许会有转机!"

虽然觉得已经第三局，还落后四分，比赛打起来会异常艰难，但看到若白，梅玲心中也燃起了一点希望，附和说：

"对！会好起来的!"

终于看到若白的身影，而且是站姿笔挺地立在场边，亦枫松了口气。

医院休息室。

当直播镜头从场边的若白身上闪过时，初原却有些担心。虽然若白眼睛目不转睛地看向赛场，身体笔直如松，但是，脸色竟苍白得隐隐透出一层青色。

体育馆顶棚一排排的灯光!

再次走到赛垫中央，站在加藤银百合的面前，百草心中反复思考着若白方才的指导。自从开始练习旋风三连踢，她已经很久没有习练过观察对手的起势。

明亮的灯光下，她看到加藤沉静的双眼。

所谓起势，是根据对手的眼神、神态，以及肩部、髋部等出腿前的微小变化，来判断出对手的意图和大致的进攻方向。虽然每个选手的特点都有所不同，但是，只要是从防守转为进攻，身体就必然会有变化——

“喝——”

一脚直踢，百草踢向加藤的腹部！

加藤目光一闪，后退避过。没有追击，百草收腿调整步伐，是的，加藤看出了她只是虚晃进攻，所以避而防守。

“喝——”

左脚一点，右腿向加藤的前胸抢踢而去，当加藤又是向后一避时，百草力贯全身，旋身飞腿一记后踢，向加藤的头部扫去！

加藤反应极快。

就在百草旋身的那一刻，已经闪至她的左侧，胯部一提，朝她的左肋反击而来——

“砰——”

看到加藤的腿踢中的是百草迅速转身后的背部，满场日本观众惋惜，居然又不是得分的部分。

“她在干什么？”

场边，金敏珠看得目瞪口呆。说是戚百草是在进攻吧，力量和气势完全不像，说是戚百草已经气馁得准备放弃了吧，此刻她脸上那副冷静专注的模样也完全不像。

“似乎……是在做实验。”

闵胜浩的神情严肃起来，他宁可看到戚百草像火焰一样燃烧，也不想看到她忽然变得像水一样沉静。对于金敏珠来说，这样的戚百草更加可怕。

“做实验？”金敏珠觉得荒诞极了，喊道，“她都落后四分了，第三局了，还做什么实验?!”

“百草好像不一样了!”

直播屏幕前，晓萤揉了揉眼睛，跟金敏珠同样发现了百草的改变。很难用语言来说，百草好像突然一下子静了下来，就好像……就好像正在用手术刀做外科手术的医生……

哎呀，这个比喻是很怪啦!

可是，那沉静地调整着步伐，不疾不徐观察着加藤的百草，仿佛周身有着宁静透明的水波，竟使得体育馆内的加油呐喊声都降低了一度!

深蓝色的赛垫。

计分牌上的时间在一秒一秒流逝，只剩下2分15秒。

盯着加藤，百草默默地调整着步伐节奏，脑中飞快闪过前两局以及上次跟加藤交手的场面。加藤是一个各方面都很均衡的选手，头脑冷静，反应迅速，准备充分，没有太突出的身体优势，也没有明显的缺点。

然而——

已经没有时间了。

心中有着尚未完全成型的想法，百草咬紧牙关，靠身体自己的直觉吗? 滴答、滴答，时间又流走两秒，红色的头部护具下，她能感觉到发间那枚红晶晶的草莓发夹。既然她的幸运物已经回来了，那么，就赌一次吧!

“喝——”

高声大喝又一次响彻馆内，深蓝色的赛垫上方，百草再次向加藤发起进攻! 这一次，她的喝声更加凌厉，似乎预示着要进行雷霆般的绝地反击——

加藤神色一凝！

握紧双拳，她也高喝一声，起势就要迎击！

而百草的出腿——

却没有带着与高喝声相称的力量，反而轻轻巧巧的，如同一个陷阱，在诱骗加藤还击。心中大警，加藤稍一犹豫，反击出腿便慢了半拍……

就是这半拍！

轻巧踢出的右腿在空中虚蹬了一下，百草的身体令人惊愕地在空中腾身跃起，以泰山压顶般的下劈之势，向加藤的头部劈去！

啊……

如同惊恐的电影镜头，满场的日本观众们惊骇地看着那慢动作般的下劈，朝着加藤头部而去！

场边，若白目光一凝。

是的，加藤是攻守均衡的选手，那么，在抉择是攻还是守的时候，就会出现犹豫。而在对手犹豫的那一刻，能立即把握住机会，就是百草身体的直觉反应！

她的反应是正确的！

当那雷霆般的腿影带着呼啸的风声下劈而来的时候，加藤心底慌张了一下，但毕竟赛前演练过很多次，她知道下劈也是戚百草的拿手绝技之一。她演练过，只要及时后闪，旋身横踢，不仅能闪开而且还能反击得分！

“呀——”

清叱着，加藤旋身要从百草的腿影中闪出去——

可是！

她竟不能够！

那下劈的力量强大可怕到仿佛旋涡一般，将她的身体牢牢吸住，她闪不出去，甚至无法抬臂架起！

"砰——"

那击中身体的声音如炸雷般响起，就在观众席中发出轰然的悲鸣声时，有人眼尖地发现，不是，那下劈没有踢中加藤的头部！在险而又险的那一刻，加藤拼命用尽全身的力气闪躲，终于使得对手那一踢只踢中了她不记入得分部分的肩部！

"没有丢分！没有丢分！"

正当日本观众又开始欢呼的时候，半空中的百草却左腿顺势追击——

"砰——"

又一脚踢中了向后仰去的加藤的胸部！

"噔、噔！"

勉力踉跄两步，胸口剧痛传来，加藤面色惨白地颓然仰倒在赛垫上！

"啊——"

直播屏幕前，心脏都要提到嗓子眼的晓萤和梅玲激动地欢呼尖叫了起来！虽然没能下劈得手，但是，百草开始得分了！

1：4。

当记分牌上，百草的得分终于发生了变化，晓萤和梅玲尖叫着泪流满面地拥抱在一起！得分了！得分了！虽然时间只剩下1分40秒，但是谁说百草就不可能乘胜追击反败为胜了呢?!

虽然比赛进行到现在，百草才刚刚得了一分。

然而就是这一分。

让体育馆内的气氛陡然凝结了起来。

日本观众们的欢呼声变低了。

前排的贵宾席上，加藤的母亲满脸忧色，紧张地望着正从赛垫上站起的女儿。加藤的父亲拍拍妻子的肩膀，低声安慰她。

媒体席上。

“百草的状态终于上来了！”刘记者欣慰地说。

“总算不是0：4了，”飞快地在键盘上敲着字，戴记者也松口气，“这样即使落败，也没那么难堪。”

“也许能胜呢？你看百草现在的气势多么强大！”刘记者说。

“只有一分多钟了，”戴记者摇头，“只要加藤稳固防守，百草很难有机会把比分赶上，除非……”

“除非将加藤KO！”

场边，金敏珠眼睛大亮地说！但刚说完，她自己也觉得那不太可能。刚才加藤一时不备，被百草进攻得手，但是即使在百草那么强有力的进攻下，加藤也只让百草得了一分。

虽然很不情愿，但金敏珠不得不承认，加藤实力不俗啊。

丢了这一分，加藤肯定会更加谨慎，转为加强防守。别说KO，百草再想得分都很难了。

深蓝色的赛垫上，加藤唇色发白地重新站起。

裁判示意比赛继续！

望着加藤，百草冷静地调整着步伐节奏。刚才的回合，证明她的想法是正确的。加藤攻守均衡，没有突出的优点和弱点。

而她有！

她的力量，她的速度就是她突出的优点！

“百草很聪明。”

直播视频前，匆匆赶来的申波听了晓萤和梅玲紧张地讲述前两局的情况之后，他推推鼻梁上的黑框眼镜，严肃地说：

“加藤之所以做充分的准备，针对百草演练各种应对的技巧和方法，是因为加藤畏惧，畏惧百草的力量和速度。如果百草因此放弃她最突出的优点，为了避开加藤，反而采用自己不熟悉的进攻方法，那就正中加藤下怀了。”

“而且时间不够。”

同申波一起赶来的林凤说：

“只剩下第三局，百草想迅速掌握一套全新的进攻方法，是不可能的。百草确实很聪明，刚才那个回合，她不但没有避开自己习惯的进攻，反而越发强悍淋漓地去使用它们！”

就像飓风过境，即使对手做足了防备，但在强大杀伤力的飓风席卷而来时，依然会被毫不留情地卷走。

医院休息室。

初原静静地回想刚才百草的进攻。当百草在空中下劈的时候，加藤是准备做出回击的，但是，百草那力贯而下的巨大力量，将加藤的身体控制住了！

“哇！那就是说，百草找对了方法！”网吧里，晓萤激动极了，握拳喊，“快快快！进攻！百草进攻！”

“也没那么容易。”看着直播视频中的加藤，林凤摇头，“可惜百草还落后三分，所以加藤只要严密防守……”

“是的，对于加藤而言，现在最好的策略就是严密防守，”申波凝神看着视频中的两人，“你们看，加藤拉开了同百草之间的距离。”

灯光通明的体育馆。

场边，教练位上的若白神色凝重，他可以听到赛垫的另一角，加藤的教练正用日语对场上大声喊着：

“防守！防守！距离打开！不要给她出腿的机会！”

深蓝色的赛垫上。

加藤的唇色依旧有些发白，她虚握双拳，紧紧地调整着步伐，百草略一接近，她便立刻后退，退出百草的有效进攻范围！

“喝——”

百草高喝着抢前一步抬腿！

迅速后退两步，加藤又一次远远地闪开，眼角扫到计分牌上的时间，距离比赛结束只剩下“1分02秒”。

“这算什么呀！”

直播屏幕前，晓萤又急又怒：

“这是在拖延时间吗?！还有没有比赛精神了?！百草一抬腿，她就躲！只不过才刚刚丢了一分而已，就把胆子都吓破了吗?！躲躲躲！躲什么躲！有本事就跟百草正面交手啊！”

“比赛就是这样啦，”梅玲无奈地说，“再拖1分钟，就能取得胜利，加藤才不会在意丢不丢人呢。”

“…………”

林凤叹息，眼看着百草已经一路把加藤快逼到了边界线，加藤还是只守不攻，远远避出百草的进攻范围。

直播视频中。

裁判忽然暂停比赛，向加藤银百合做出警告的手势！

消极防守，警告一次！

“哗……”

直播视频中传来日本观众们惊愕的声音。

“哈哈，看！丢人不丢人！在自己的家门口，因为畏惧作战被裁判警告！再消极防守，就会被罚分了！”瞪着视频中都被警告了一次居然还在坚持防守的加藤，晓萤气得大喊，“气死我了！怎么有这种人啊！再警告就会被罚一分，这样都不敢迎战?!”

“只剩51秒了，”梅玲愁眉苦脸，“就算再被罚一分，加藤也还领先两分，她的数学倒不错。”

“可是很丢人啊！”

眼看着加藤一味闪躲，硬拖时间，晓萤气得恨不得钻进直播视频里大骂！

“这就是比赛，”申波皱眉说，“最终看的是胜负的结果，而不是比赛的过程。而且，前面0：4落后的局面，也是百草自己造成的。”

“喂，你到底向着谁说话啊！”晓萤怒了。

“那现在怎么办呢?”一筹莫展地看着直播视频内僵持的局面，梅玲沮丧地说，“难道百草就这么输了吗? 这是百草的第一场国际比赛，如果第一局就落败，往后沈柠教练会更不肯派百草出去了吧……”

镜头扫到教练位置上的若白。

亦枫也很担心，百草真的会就这么输了吗?

顶棚一排排的灯光洒照下来，深蓝色的赛垫上，百草和加藤的第三局比赛依旧是胶着状态。计分牌上的时间一秒一秒流逝，48秒、47秒。加藤的双眼异常沉静，她只守不攻，退守在百草的有效进攻距离之外。

馆内的气氛也安静下来。

观众席上原本热烈的呐喊声渐渐减弱，虽然日本观众们都能理解加藤的战术，但这种避让的打法毕竟不是多么精彩。

“喝——”

再次纵身提腿进攻，见加藤又是立刻虚晃退闪，百草心中焦急起来。时间已经快要没有了！她试过了多种办法，然而不管是强攻，还是故意露出破绽诱使加藤进攻，加藤一概全不理会，严防死守。

看着加藤那双异常冷静的眼睛。

44秒、43秒，百草心中发沉，调整着步伐，寻找着每一个可能的机会。局面僵持着，当身体的角度面向教练位时，百草的目光忍不住去寻找若白的身影。

“冷静！激怒她！”

耳边听到若白这两句呵斥而来的声音，赛垫上的百草微怔。冷静她可以明白，是让她不要慌乱，而那句——

“激怒她！”

是让她去激怒加藤吗？

心底一愣，百草下意识地看向防守中加藤那双冷静无比的眼睛。这样冷静的一个对手，该怎样去激怒她？

“金敏珠！”

察觉到百草神情中的茫然和无措，若白又喝出一声！

听到自己的名字，场边正聚精会神看着比赛的金敏珠莫名其妙地回头看过来——

原来是戚百草的师兄。

戚百草的这个师兄太古怪了，不但前两场比赛抛下戚百草失踪，现在临场指导居然又喊她的名字。

鄙夷地想着，金敏珠把头转过来，视线刚重新看回赛垫中央的百草，猛地大吃一惊！

那——

那是戚百草吗？！

"喝——"

耀眼的赛台上，百草又一次迸发出大喝声，与以往不同的是，这声大喝里充满了嚣张！而面对加藤的再次后退闪避，百草圆目怒瞪，踢出的左腿并未立时收回，而是横在半空中——

对着加藤的脸部——

嚣张狂妄地停留了足足一秒钟！

"哗——"

像炸了锅一样，满场的日本观众群情愤怒了起来！这哪里是出击，分明是挑衅！这是在嘲弄加藤，甚至是在嘲弄体育馆内所有的日本观众！

"加藤——"

"加藤——"

惊涛骇浪般的呐喊声再次响起，除了贵宾席上神情复杂的加藤父母，所有的日本观众们高声呐喊着，他们要看到精彩的胜利！他们要看到加藤彻底打败她的对手！

"喝——"

面对着依旧克制着情绪继续后退的加藤，百草的喝声更加嚣张起来，她的鼻尖高高扬起，用眼角睥睨着加藤，然后进攻时的旋身动作刻意放缓，缓慢得如同初学跆拳道的选手！

那种傲慢的缓慢！

仿佛是在羞辱加藤的怯懦和畏惧！

"啊，百草怎么了?!"

直播视频前，梅玲惊奇地睁大眼睛，那是百草吗？怎么就跟邪魔入体了一样，百草突然间显得那么嚣张和张狂！

"哈哈哈！那不就是金敏珠吗?"晓萤大笑，笑得眼泪都快出来了，

“天哪，百草居然还有这一招！她学金敏珠学得太像了吧！哪天百草不练跆拳道了，一定要她去试试拍戏！”

想起了很久以前的道馆挑战赛中自己跟百草的那场比赛，林凤笑了笑，当时百草也是采用了心理战，用冷笑战术战胜了她的冷笑战术。

“百草是想激怒加藤，”申波思忖着说，“加藤太冷静。要反击得手，必须先击破加藤的冷静。”

“可是，好像不太好看哎，”梅玲挠挠头，“百草其实是谦逊有礼的，现在装成这么嚣张跋扈，跟金敏珠一样，观众们会不会误会她，会不会影响到她的形象啊……”

“比赛就是比赛嘛！只要能打赢就好，管它用什么方法呢！”完全忘记了自己刚才对加藤行为的抨击，晓萤又期待又紧张地说，“心理战希望管用啊！加藤你赶快生气！赶快发飙！不要再做缩头乌龟了！”

“哼！干吗学我？”

体育馆内，看着赛台上的戚百草以一种异常熟悉的跋扈嚣张姿态挑衅刺激着加藤银百合，金敏珠不乐意了，高扬起头，哼声道：

“我有那么难看吗？我的鼻尖有翘那么高吗？我看起来有那么欠揍吗？她是在刻意丑化我，对不对?!”

“砰——”

戒尺重重敲在她的后脑勺上，闵胜浩黑着面孔说：

“看清楚了，你平时的模样比这还招人讨厌！”

顶棚一排排的灯光。

面前半尺处是百草那刻意摆动的脚尖，嚣张无比，挑衅无比，耳边是自己国家的观众们的怒声呐喊，加藤银百合咬紧牙关，死死克制着内心狂涌的情绪，仍旧后退防守着。

戚百草所有参加的比赛，凡是录像能找到的，教练和她全都找到、看过、研究过。戚百草并不是一个轻狂的选手，此刻故意做出这种姿态，很明显是要激怒她，引她反击！

比赛时间只剩30秒。

她也并不想最后的时间打得这么窝囊。

赛前，教练把戚百草定为她的头号对手，反复推敲、演练了战术——出其不意，反击得手！如果对方被打蒙，无法恢复状态，就乘胜追击，大胜对方。而如果对方竟然又能找到新的有效方式，就稳固防守，伺机进攻！

然而没有料到的是——

第三局一开始，落后四分的戚百草竟然如此冷静了下来。短短两三个回合，就抓住她在攻防之间转换时的犹豫，进攻得手！不仅如此，令她心悸的是，那下劈而来的力量，那如同飓风般摧枯拉朽的力量，竟能够将她的身体凝固住一般！

虽然惊险地躲过了，只让戚百草得到一分。

可是——

她再也不敢冒险去正面迎击，比赛只剩下28秒，就算屈辱，就算被嘲弄，只要忍耐、坚持下去，胜利就已经等候在她可以看到的前方！

“喝——”

察觉到加藤原本冷静的眼底开始有了情绪的涌动，看到加藤的双拳越握越紧，百草心中一警，高喝着，她步步紧追，飞腿向加藤进攻！只剩下27秒，她必须嚣张、必须张狂，必须逼得加藤失去理智！金敏珠、金敏珠、脑中急速地想着，金敏珠是怎样做到的！

“喝——”

纵身长喝，当脑海中刚刚闪过印象最深的那幅画面，身随心动，百草向着后退闪避的加藤，左腿踢出，右腿跟随，踢出了第一个双飞踢！

加藤急速后闪！

“喝——”

脚尖刚一落地，竟再次腾空而起，百草左腿再次踢出！加藤急退，百草的右腿紧跟而上！第二个双飞踢！

“喝——”

第三个双飞踢！

体育馆内，在满场观众们死一般的寂静中，面色惨白的加藤已退得无可再退，眼看就要被逼出边线！

“喝——”

似乎是刻意放缓了速度，却更加羞辱地给了加藤在边界线改变退避方向的机会，百草厉声高喝着，踢出第四个双飞踢！在昌海道馆同越南队阮秀梅的交手中，金敏珠用出了连环十八双飞踢，那是她所见过最嚣张跋扈的腿法！那样的嚣张和蔑视，任何一个跆拳道选手都很难忍受！

“加藤——”

“反击——”

看着那中国选手气势如虹，连环双飞踢一路追击，而加藤只是颓然地退了又退，死寂般的观众席中，终于迸发出激烈的呐喊声！

“喝——”

纵声大喝，在炫目的灯光下，百草脚尖一点，继续向着脸色越发难看的加藤银百合，踢出第五个双飞踢！

这一次！

她的速度放得更慢！

似乎是在用她的身体语言告诉加藤，即使如此缓慢，你依然不敢反击，你已经畏惧，你已经失去了斗志！无论前两局领先的分数再多，但在第三局，你是彻彻底底的失败者！

“加藤——反击——”

“加藤——反击——”

满场的日本观众无法再看下去，他们希望看到加藤胜，可是，是要酣畅精彩地胜！不是退缩忍耐地胜！越来越多的声音会聚在一起，惊涛骇浪般地奋力呐喊着：

“加藤——反击——”

“加藤——反击——”

“抄袭我……”

场边，金敏珠脸色铁青，面容扭曲，瞪着赛台上的戚百草，愤怒地说：

“这是我的必杀技，居然敢来抢！啊呀呀，可恶！不过，哼，哼，我的连环十八踢，当时是脚脚都踢到了阮秀梅的身上！她这连环双飞踢，连加藤的身体都碰不到！而且，速度还这么慢，出腿一点力道都没有！可恶！要抄袭就抄得像一点！”

“她是有意的，”紧紧看着赛台上的局势，闵胜浩肃声说，“故意放慢速度，不放力量，她是为了……”

“为了引诱加藤进攻！”

直播视频前，晓萤也看出来了，她激动紧张地说：

“这么慢的速度，这么没有力量的进攻，加藤都不敢面对的话，那就真的是缩头乌龟，太窝囊了！”

“但是速度这么慢，力量也不大，”梅玲却有些担忧，“万一加藤真的反击，也很容易得手啊。”

推了推黑框眼镜，申波紧盯着屏幕，说：

“我觉得……”

灯光通明的体育馆。

“喝——”

在满场日本观众惊涛骇浪般的加油呐喊声中，百草纵身高喊，冲着加藤的头部，踢出第六个连环双飞踢！四周的呐喊声震耳欲聋，左脚踢向加藤的那一瞬，她看到加藤的眼底已出现了情绪的裂痕！

“防守——”

场边，加藤的教练厉声大喊，试图喝醒已开始动摇的加藤！

“喝——”

百草却不能给加藤任何清醒的机会，纵身大喝着，她右脚向加藤的下颌踢去，逼得加藤抬起头来无法去认真听教练的指令！只要再加一把力，再加一把力！

右脚遥指着加藤的下颌！

后退着，加藤的眼睛愤怒地眯起！

紧接而起的第七个双飞踢！那左腿飞起的速度如此缓慢，就如是赤裸裸的挑衅，在满场沸腾激烈的呐喊声中，火焰从心底喷涌而出，加藤知道观众们想看到的是什么，知道贵宾席中的父母想看的是什么！

那一腿是如此的缓慢！

是的，她没有忘记戚百草那摧枯拉朽般的力量，只剩下不到十几秒钟，只要忍耐，胜利就属于她！可是，那一腿是如此的缓慢，就要晃过她的面前！

“呀——”

灯光璀璨的体育馆中，群情激动的日本观众们终于等到了加藤银百合那爆发出的清丽叱声！这一次，加藤没有后退！满场的日本观众全都站了起来，挥舞着手中的小旗，用尽全身力量呐喊：

“加藤——”

“加藤——”

灯光亮得晃眼。

只剩十几秒，领先三分，不能冒险反击，可是，那缓慢而没有力量的左腿，就在她的面前！在满场日本观众的呐喊声中，加藤厉声清叱，格出双手，抓向面前的那条腿！不能冒险反击，但是，抓住这条毫无力量的左腿，只要顺势一推，就可以将戚百草重重推翻在地上！

这是安全的反击！

是不会造成任何危险，又能化解那嚣张跋扈得让人喘不过起来的连环双飞踢进攻的，最安全的反击！

微微发旧的道服裤管。

就在百草的左腿被加藤双手抓住的那一刻！

时间凝固了……

医院的休息室，初原屏住呼吸！

场边的教练位，若白霍然握紧双手，目中神光大闪！加藤的教练大惊失色，怒吼声将体育馆的顶棚冲破！

在时间凝固的那一刻——

“喝——”

那雷霆万钧的高喝声，顷刻间将体育馆内沸腾的声浪压了下去！如同是惊雷炸开，令人心惊胆惧的爆发力！恍若慢格镜头，如同已经等了很久很久，所有的积蓄，所有的迸发，都等到了这一刻！

错了！

她错了！

当双手抓住百草左腿的那一刻，加藤脑中轰然，一片空白，飞闪过一个可怕的预感！在她的掌中，那条原本看似没有什么力量的左腿，竟陡然发力！加藤骇然大惊，然而还来不及甩开它，百草的左腿就已借着她双手的抓力——

“喝——”

旋身腾起！

仿佛是精心设计好了的，就在加藤抓住她左腿的那一刻，如同有了最佳的支点，百草厉喝声，顺势反身右旋——

就如遒劲浓墨的一笔！

搅动最强势的气流！

用尽体内全部的力量，那是她的——

决胜一击！

“啊——”

体育馆内，满场的日本观众都惊呆了，他们胆战心寒地看到，深蓝色的赛垫上，当加藤银百合的双手还停留在对手的左腿上无法闪躲时，那中国女孩已旋身出腿，向着她的头部重重横踢而去——

“砰——”

沉重的闷响！

光芒璀璨的赛台上，如同一切被按了静音，缓慢地，加藤那带着蓝色护具的头部重重而缓慢地向左侧偏去……

那巨大的力量……

仿佛是山谷中巨大的回音，一层层，一波波，在那倒下去的时候，竟感觉不到痛，在身体失去重心，朝着深蓝色赛垫倒下去的时刻，恍惚看到场边教练在狂怒地大呼，看到满场的观众们呆立着变得鸦雀无声，看到前排的父母正惊恐万状地冲过来……

“砰——”

如同毫无生气的布偶般，加藤银百合的身体从空中跌落，无力地摔倒在赛垫上！

“啊……”

直播视频前，晓萤、梅玲、林凤、亦枫、申波也全都惊呆了，看到那惊人的旋身横踢，看着头部被击中倒地的加藤，一时间竟忘了欢呼！

这是——

KO吗？

在距离全场比赛只剩下不到10秒的时候，百草竟然奇迹般地，将加藤KO了吗？

“啊——”

两秒钟后，大梦初醒般的晓萤和梅玲尖叫着拥抱在一起，拼命地跳啊叫啊：

“KO了！KO了！”

“至少也是三分！”激动得难以自抑，林凤也跳了起来，“旋身踢中头部，百草可以得三分！即使加藤没有被KO，比分也可以打平，进入加时赛了！”

灯火通明的体育馆。

看着破布偶般仰倒在赛垫上，面色惨白，久久一动不动的加藤，百草握紧双手，心中忽然一慌，下意识地回头去找教练席上的若白。

“冷静！继续比赛！”

看出她眼底的慌乱，若白冷声呵斥她！

计分牌上的时间暂停住。

距离第三局结束还剩6秒钟。

“……3、4、5！”

比画着手指，裁判趴在加藤的身前读秒。

加藤的父母已从观众席上冲到了场边，被组委会的保安拦住。在片刻的呆滞和静默之后，满场的日本观众们疯了般地呐喊起来：

“加藤——”

“加藤——”

“加藤——”

“加藤——”

“……6！7！”

当裁判喊到7的时候，赛垫上，加藤惨白着面孔，颤巍巍，摇摇晃晃地试图站起来，沙哑着回答：

“……可以继续……”

“加藤——”

“加藤——”

“加藤——”

那满场震耳欲聋、惊涛骇浪般的呐喊声！

“8！9！10！”

当数到10的时候，看到加藤那虚弱无比、摇摇晃晃、踉踉跄跄重新站起来的身影，无数的日本观众振臂激呼，体育馆都要被震塌了一般！

心中升起尊敬。

百草向后退了一步，将赛垫中央的位置留给身体依旧摇摇晃晃、面色惨白骇人的加藤。

“加藤还能继续打?”

直播视频前，晓萤错愕地说。

似乎有同样的担心，裁判上前，扶住加藤的头部，拨一下她双眼的眼皮，检查她现在的状况。

又喊了几位边裁上来商议。

气氛凝固住。

终于，裁判站回赛垫中央，做出手势——

蓝方身体不适合再继续比赛。

红方KO胜！

“啊——”

沸腾的欢呼声，网吧里无论是认识的人，还是不认识的人，全都齐声欢呼，激动地跳了起来！

“胜了——百草胜了——”

“百草胜了——”

激动得满脸是泪，晓萤和梅玲、林凤紧紧拥抱在一起！没想到会是这样艰难的一场比赛，没想到百草在最后时刻终于还是胜利了！

“果然是这样！”

心情同样激动，申波对亦枫说：

“百草是推断出了加藤的反应，她知道前面的那一连串双飞踢，以加藤冷静谨慎的性格，只会闪躲，不会反击。所以，百草也并没真正放力量进去，而只是摆出空架子，一则挑衅激怒加藤，二则将所有力量留在这一击上，彻底打败对手！”

“但她怎么知道加藤究竟会在哪一刻忍不住呢？”

看到戚百草获胜，金敏珠的心情很复杂，听着闵胜浩的分析，她还是不太理解，不服气地说：

“依我看，这就是运气！前面那么多腿，每一腿都很慢又没有力量，偏偏加藤正好撞上戚百草准备好的进攻时刻，太倒霉了！”

“每一腿，戚百草都准备好了。”回想着，闵胜浩说。

“哼！那不可能！”金敏珠怒目圆睁，“要将原本无力的左腿灌满力量，还要顺势旋身横踢，这一切，肯定是在加藤出手之前就准备好的！否则时机稍瞬即逝，即使戚百草的反应再快，也不可能做出这一连串动作！”

是的。

闵胜浩皱眉，一惊！

难道说……

那是她身体的直觉。

望着那从赛台上向他飞奔过来，满头是汗，眼睛亮得如小鹿一般，兴奋得满脸通红的百草，若白慢慢站起身。

在加藤即将出手的那一瞬。

百草的身体就已经有了她最直觉的反应。所以，才会在加藤刚接触到她左腿的时刻，就瞬间发力，紧接着旋身进攻！如果经过脑部的思考，再传达到身体，会滞后至少一拍，给加藤留出闪躲的空间。只有身体的直觉，才是最迅速、最有效的！

他知道，百草的身体具备这种直觉的能力。

医院的休息室。

镜头扫到红方教练区那个淡静笔挺的身影，初原忽然觉得，也许沈柠教练的眼光是正确的。指导百草冷静下来、采用心理战、听从身体的直觉，从而使得第三局局势逆转，若白具备十分优秀的教练素质。

直播视频中。

那小鹿般满是汗水的身影飞奔着冲到若白面前，激动地紧紧将若白拥抱住，兴奋地喊着什么！

初原一怔。

镜头很快又闪走了，他默站几秒，关掉了电脑。休息时间马上就要结束，他相信后面的比赛对百草来说，基本没有什么问题。

体育馆内一片哭声。

还沉浸在兴奋中的百草茫然地回头，发现几乎全场的日本观众都在悲伤地垂泪，无数“加藤必胜”的条幅被放了下来。场边加藤的母亲掩面而泣，哭得全身颤抖，加藤的父亲单臂拥着妻子，看着仍旧呆在赛台上的加藤，神色亦是戚然。

深蓝色的赛台上。

面色依然惨白如纸，加藤的身体摇摇晃晃，仿佛随时会倒下。有队医跑上去，想要将她扶下去。加藤挣扎着推开队医，绝望地抬头，缓缓望向四周观众席上为她而来的日本观众们。

解开头部的蓝色护具。

泪水如溪流般，一行行淌在加藤的面颊上。

顶棚一排排的灯光，将赛场照射得如同一场无法醒来的梦。缓缓地跪下，加藤银百合流着泪，将脑袋重重叩在浸满了汗水的赛垫上，朝她的教练磕头谢罪。

站起，又跪下。

加藤银百合向着四面的观众席——

磕头谢罪。

最后，加藤哭着，朝场边已泣不成声的父母，磕头谢罪。

“比赛就是比赛。”

看到百草脸上的戚然与不安，若白淡淡说：

“有胜利者，就有失败者。只有用尽全力去打比赛，才是对对手最大的尊重。”

“是。”

咬住嘴唇，百草回答说。

“这只是今天的第一场比赛，后面你还会遇到很多对手，”仿佛体内有什么地方在疼痛，若白眉心一皱，“如果心软，不敢放手去打，你现在就可以弃权了。”

爱之名

CHAPTER9

体育馆内。

接下来的几场淘汰赛，百草已经完全进入了状态，她打得酣畅淋漓，几乎每场都是以大比分战胜对手晋级。然而，场内观众们关注的焦点却被韩国的金敏珠分走了不少！

“这个韩国小将挺抢风头的。”

媒体席上，《体坛先锋报》的杨记者吃惊地看着赛台上的韩国小将金敏珠，她正用着跟百草第一场时如出一辙的连环十八双飞踢，将对阵的泰国选手打得毫无还手之力！

“但是她的出腿，”《华南体育报》的刘记者摇头，“好像是在模仿百草同加藤之战。”

“那倒是。”想了想，杨记者又说，“第一场的百草和加藤之战，真是让人意料不到啊，最后还差不到十秒的时候，百草居然能够KO反败为胜，太精彩了！”

“是啊，百草这小姑娘很有潜力，”手指飞速地敲打着键盘，描述着刚才结束的百草战胜美国选手的精彩场面，戴记者赞叹地说，“虽然一开始有点紧张，但现在临场发挥越来越自如，再胜一场，就可以晋级下午的复赛和决赛了。”

“日本的记者们很沮丧，”偷眼看了下隔壁的日本媒体席，杨记者同情地说，“现场来了这么多观众和媒体，结果加藤第一场就败了。”

“比赛的结果不是事先就可以预料的，”戴记者说，“现在日本的媒体和观众们应该会期待百草能够打进决赛，如果百草可以打进决赛，加藤就有机会参加复活赛争夺铜牌了。”

“杀——”

灯光通明的赛台上，伴随着金敏珠充满杀气的大喝，泰国选手像断线的风筝，被连环十八双飞踢的最后一脚重重踢出边线之外！

那嚣张的杀气！

张扬的霸气！

“哈——哈——”

当裁判宣布红方获胜后，身穿红色护具的金敏珠高举着双臂，厉目圆睁，对着四周的观众席怒吼欢呼，仿佛一头浑身燃烧着火焰的豹子！

“切，不过是手下败将而已。”

直播视频前，晓萤撇撇嘴，不屑地说。明明是百草打败了加藤，应该是全场最引人注目的选手，偏偏那金敏珠一出场就无比嚣张，又是狂笑又是怒吼，出腿又凶又狠，才一会儿就已经将两位选手打伤至下场医治，完全是来抢戏的嘛！

“嗯，她打不过百草的，现在越嚣张，下午被百草打败的时候就越丢人。”津津有味地吃着话梅，梅玲很放松地说。

“不能轻敌。”

申波一脸认真。

“我饿了，”亦枫打个哈欠趴在网吧的桌子上，“我要出去吃饭，你们是跟我一起去，还是继续看上午的最后一场？”

“我去！”

梅玲蹦起来，百草最后一场的对手很弱，胜负没有一点点悬念。林凤、申波也同意早点吃完午饭，好不耽误看下午的复赛及决赛。

晓萤还有点犹豫。

“走啦！”梅玲拽住她往外走，“难道百草会输给那个巴拉圭选手？

你也太小看百草了吧!”

体育馆内。

马上就要进行上午的最后一场比赛，百草一边朝赛台走去，一边担心地频频回头看向教练位置的若白。若白神色淡然地坐在那里，随着一场场比赛的结束，他的面色越来越苍白，甚至隐隐有透明的青色。

上场前，她忍不住碰了碰他的手心。

他的手心里有冰凉的虚汗。

一定是身体有哪里不舒服,再想到昨晚他那一阵阵抑制不住的咳嗽,站在深蓝色的赛台上,百草的心紧紧揪在一起,又一次扭头看向场边的若白。

如雪山上的青松，若白淡淡地坐在那里。她的心底却莫名地一慌，突然怕他会如山顶的云海一般，淡淡地散去。

“喝——”

当巴拉圭选手抢身飞踢过来时，百草只得强忍着收起心底的焦虑，打起精神，全神贯注于眼前的比赛！这场比赛打得并不艰难，她以领先对手六分的优势结束第二局。

局间休息的时候。

她匆匆赶回场边的休息位，若白已等候在那里。

“你坐!”

没等若白开口，百草便抢先说，硬是将他按在椅子里。手指触到他肩膀的那一瞬，冰凉刺骨，仿佛沁入深井里一般，她打了个寒战，心底的恐惧更深了几分。而按住若白身体的时候，她惊骇地发现，他的身体竟似已经没有同她对抗的能力了!

椅子里，若白虚弱地闭上眼睛。

勉强提了一口气，他似乎想要说话，还没张口，眉头骤然锁紧，体内仿佛被某种虚弱痛苦的感觉攫住，身体竟冰凉得微微发抖。

“若白师兄!”

惊呼失声，百草跪下身来，惊恐地扶住他！

"……我没事。"

声音沙哑得有些听不清楚，若白缓缓睁开眼睛，眼睛如常的淡然冷静，缓慢地说：

"……去，把比赛打完。"

那最后的第三局，百草完全不记得自己是怎么打下来的，每一次身体转向教练席的方向，她总忍不住看向那个淡若透明的身影。甚至不知道最后的比分是多少，当裁判宣布是她胜出，匆匆同对手致意行礼之后，她便再也顾不得什么，狂冲向身体竟已摇摇欲坠般的若白！

"师兄！"

触手是骇人的冰凉，顾不得脱掉护具，百草慌乱着，用身体撑住浑身被冷汗湿透的若白，失措地喊着：

"师兄，你怎么了？师兄！"

"……"低哑地咳嗽着，若白的嘴唇干得有些裂开，"……有点累，想回去躺一下。"

"好，我们这就回去！"

急得快哭了，百草什么都顾不得，搀扶着若白便往体育馆的出口走去！身后有组委会的工作人员喊她，有选手和观众们诧异的目光，她全都听不到也看不到！

体育馆内漫长的通道，嘈杂的人声，百草的脑子昏昏一片。她紧张不安地用肩膀撑住若白，用手臂揽紧若白，然而可怕的是，她感觉到——

若白的身体越来越冰！

越来越沉！

如同渐渐垮塌的冰山般，向她的肩头压下来，她咬牙用力地撑着，然而最后那轰然的一塌，她惊惧地抬头，发现若白竟已昏了过去！

脑中的最后一根神经崩裂！

那馆内刺目晃眼的光线，晃得人什么都看不见，那刺目的白茫茫，那如噩梦般的寂静，那苍白如纸的双唇，因为昏厥而紧闭的双眼，那永远冷静笔直地站立着，如同松柏一般支撑着她的淡淡的身影——

喉咙紧缩着。

她颤抖地抱着怀中那淡如透明的身体……

“…………”

从未有过的恐惧让她的喉咙里一点声音也发不出，嘎嘎地干哑着，耳膜如隔着千山万水般的巨响，泪水狂涌而下，她死命地抱住那淡如透明的身影……

“……来、来人……”

“来人啊……”

抱着昏厥过去的若白，百草绝望沙哑地向四周狂喊着：“来人啊——来人啊——救命啊——”

***　***

“滴——滴——滴！”

闪烁着灯光，救护车一路飞驰向医院！

颠簸的救护车内，紧紧握住若白冰冷的手，望着氧气面罩下他苍白透明的面容，百草无声地哭着。

她恨透了自己！

早在飞来日本的机场上，她就察觉到了若白师兄身体的不对。比赛之前的昨晚，若白师兄咳嗽得无法抑制，却为了怕影响她睡觉而深夜出去“散步”。若白师兄身体不舒服，早就有了端倪，她却像瞎子一样，没有关心他，没有照顾他。

她只顾着比赛。

只顾着找那只草莓发夹。

这样紧张的比赛气氛中，她惹得若白师兄生气，害得他为她去找草莓发夹。如果不是跑出去那一趟，如果一直是坐在场边休息，若白师兄的身体未必会严重到晕过去！

救护车在医院门口停下。

等候在那里的日本医生和护士们冲过来，一路推着急救床上的若白，快步向急救室而去！奋力追在急救床的旁边，百草也挤进了急救室，经过一阵令她心惊胆战的救治和忙乱，她看到医生在对组委会跟随而来的工作人员询问着什么。

"我是病人的队友，"深呼吸，百草连忙走过去，用不熟练的日语说，"医生，有什么需要知道的事情，您可以问我。"

"病人的病历带来了吗？"日本医生严肃地问。

"病历？"

百草愣住。为什么医生首先问的是病历？

"他的病情，不合适再参加任何剧烈活动，尤其不能够参加跆拳道这种激烈的对抗比赛，难道你们不清楚吗？"看到她身上的跆拳道道服，日本医生谴责地说。

"…………"

脑中蒙蒙的，如同被大棍击中，百草吃力地说：

"什么病情？我师兄是什么病？"

听到从日本医生口中说出的那个名词，百草听不懂，她的日语水平只能应付简单的对话。她哀求着组委会的工作人员帮她翻译，那工作人员很为难，他也只通简单的汉语，不知道那个日语名词翻成中文是什么。

"等病人苏醒过来，再观察一两天。"

急救病房内，日本医生让护士为依旧昏迷中的若白吊瓶输液，严肃地叮嘱百草说："记住，不要让病人做任何剧烈的活动，他的身体必须长期静养，否则，将来可能就必须动手术。"

"……是。"

咬紧嘴唇，百草用力地点头。

液体一滴一滴输入若白的体内。

除了病床上的他，急救病房里只剩下百草和组委会的工作人员。找到一张纸条，百草请工作人员帮她写下那个听不懂的日语词汇，盯着那个词，她呆呆地看了好几分钟，才将字条小心地收好。

沉默地守在若白的病床旁。

百草一动也不动。

墙壁上的时钟一分一秒地走着。

身上依旧穿着被汗水浸透的红色护具，百草沉默地守在若白的病床旁。昏迷中的若白睡得很不安稳，他的眉心紧紧地皱着，似乎在梦境中挣扎，仿佛忧心着什么，挣扎着想醒过来。

"你先回去吧。"

看了看墙壁上的时钟，工作人员好心地对百草说：

"下午的比赛两点钟就要开始了，医院里会有护士照顾病人，你回去准备一下吧。"

沉默着，百草摇摇头。

"刚才我问过医生，药物中有可以使病人休息的镇静剂，病人在两点之前是无法醒来的。"工作人员劝说她，"你不必留在这里。"

"……谢谢您，"百草哑声说，"我要陪着他。"

"可是，这样你会错过比赛的！"

"没关系，"握住手心那只冰冷的大手，怕吵醒睡梦中的若白，百草声音低哑得近乎无声，"我想陪着他。"

工作人员惋惜几声。

急救室，墙壁上的时钟一分一秒地走着。

昏迷中的若白越来越不安稳，他的头部吃力地在枕上辗转，苍白的嘴唇仿佛想要说出什么，如同即使在最深的昏迷中，也有他无法安心的事情！

"他是在疼吗？"

心痛得紧缩在一起，百草的面色也变得苍白，她急忙站起来，刚想去按唤人铃，耳边忽然听到从病床上传来的剧烈咳嗽声！

"病人居然醒了！"

工作人员吃惊地说，医生分明告诉他，镇静剂的药效至少要到下午四五点才会消退。

剧烈地呛咳。

病床上，若白紧闭双眼，面容苍白地咳着，身体无法克制地颤抖着。怕输液的针头会跑针，百草小心地按住他的手臂，又惊又喜地喊着：

"若白师兄！若白师兄！"

听到她的声音，若白的眉头仿佛锁得更紧，面白如纸，他缓慢吃力地睁开眼睛。看到病床旁的她，若白的眼神微微有些恍惚，默默地望着她，然而，似乎在一瞬间，他想到了什么，眼睛霍然睁大，瞪着她说："你怎么在这里！"

"……我，"有点被他吓到，百草呆住，结结巴巴地说，"若、若白师兄，你生病了，我、我送你到医院……"

"现在几点？！"

完全没有听她在说什么，若白挣扎着从病床上坐起，苍白着脸问。当他看到墙壁上的时钟已经指向中午1点02分时，气得嘴唇也煞白起来，怒声说："还不快走！比赛很快就要开始了！"

“心里想着事情的人，就连镇静剂也会失去效用。”日本医生板着脸走进急救病房，呵斥着，让若白重新躺下，“你的病情，你自己不清楚吗？你必须静养，情绪也不能够起伏太大。还有，为什么喝下那么大剂量的止咳糖浆？即使咳嗽非常严重，过量的止咳糖浆对身体也是会有伤害的，往后不可以再做这种荒唐事情！”

过量的止咳糖浆？

当听到这一句话，百草呆滞住，忽然渐渐明白了！为什么咳嗽不止的若白师兄忽然会不再咳嗽。那并不是他的病情好转了，而是，为了不让她担心，而喝下了大剂量的止咳糖浆吗?!

训斥了若白一番，又再三叮嘱他静养，日本医生才终于离开急救病房。勉强抑制住胸口的咳意，若白瞪着呆滞般的百草，虽然很生气，但虚弱使得他只能断断续续地说：

“……快……快去体育馆！”

后退了一步，百草含泪摇头说：

“我不去。”

仿佛没有听到她的话，若白吃力从身上掏出一把日币，递向她：“……打车过去……再买两只面包……和一盒牛奶……快回去……现在还来得及……”

慌乱地摇着头，她仍旧说：

“我不去。”

沉默地看着她，若白的气息越来越冰冷，凝视她两秒钟，他眼神淡漠地说：“……如果你还把我看做是你的师兄……就听话……现在立刻回去体育馆……打好下午的决赛……”

“……你是我的师兄，我听你的话……”摇着头，泪水扑簌簌从眼眶落下来，百草哭着说，“可是，我不要去，我要留在这里陪着你。你生病了，我不可以丢下你一个人在这里……”

“这是医院!”若白怒了，胸口剧烈地起伏着，额头也沁出细密的冷汗来，“……你不是医生，也不是护士！你留在这里，也什么都做不了!”

“我可以的!”百草急声说，“如果你不舒服，我可以去喊医生和护士输液的时候身边必须有人，我曾经见到过……”

“我没有那么容易死!”

胸口窒闷得又咳嗽起来,若白挥手打掉她想要过来搀扶的双手,吃力地说:“百草,你冷静一下。我们来日本,是为了打比赛,你不要分不清轻重……”

“分不清轻重?”流着泪，百草伤心地说，“难道，一场跆拳道的比赛，会比你的身体还重要吗？为了这场比赛，你怕我担心，生病咳嗽都要半夜出去‘散步’！为了这场比赛，你身体不舒服却什么都不跟我说！是，我知道，比赛很重要。可是，比赛也只不过就是一场比赛，难道真的有那么重要吗?!”

“你——”

“我不会回去比赛的!”吸了吸鼻子，眼圈通红着，百草倔犟地说，“我就要留下来陪你！哪怕你骂我，哪怕你生气！我一定要留在医院，陪你输液，看着你好起来!”

胸口的咳嗽越来越剧烈，若白的唇色变得雪白。看着她那红着眼圈梗着脖子顽固到底的模样，他沉默了几秒，将输液针头从手背扯下来，虚弱地从病床下来，哑声说：

“……好，我陪你去体育馆。”

“师兄!”

百草惊慌地冲上去。

“……下午的比赛，原本我也并不放心……”挡开她试图扶住他的双手，若白吃力地向病房外走着，他的脸色苍白得吓人，身体摇摇晃晃，额头沁出豆大的汗珠，“……我陪你去，这样你可以不离开我，我也可以在场边指导你……”

“……我不是这个意思!”

泪水再次崩溃在百草的脸上，她死死地拉住若白!

闻讯赶来的护士们大惊失色，冲上来帮着百草扶住若白，想要将他扶回床边。经过这一番折腾，若白的身体已经虚弱得仿佛随时会再晕倒，整个人也如同透明的一般，然而即使如此，他那沉默固执的神情使她们明白，即使这次被她们按回了病床，下一刻他还是会再起身离开。

“好，我去……”

被逼得退无可退，深吸口气，百草用手背用力地擦去脸上的泪痕，声音颤抖地说：

“你别动，我听你的。你好好躺着，我现在就去！若白师兄，你等我，我很快、很快、很快就会回来的!”

凝视着她，若白吃力地说：

“要拿到冠军。”

“好，我一定拿到冠军。”她咬紧嘴唇回答。

“……小心金敏珠。”

“是。”

不舍地又深深望了他好几眼，在转身离开之前，百草眼圈红红地颤声说：“我走了。若白师兄，你等着我，我很快就回来。”

冰冷的手拉住她。

“打车去……别忘了买点吃的……”

病床上，若白低低地咳嗽着，将那把日币塞进她的手心。看着她身上那还没来得及脱掉的被汗水浸透的红色护具，看着她那哭得像小花猫一样的脸，他挣扎着拿起床边的毛巾，帮她擦了擦脸和头发。

直到她重新变得整洁起来。

目光落在她发间那枚红晶晶的草莓发夹上，若白声音低哑得近乎无声："……对不起，比赛要靠你自己了。"

***　***

灯火通明的体育馆。

虽然下午的比赛是复赛及决赛，但因为日本跆拳道全民偶像加藤银百合在上午的预赛中就已经被打败，所以观众席中的人数反而还少了些。也因为没有日本选手角逐冠军，日本观众们的心情很放松。

女子组比赛的焦点主要集中在两个人身上，一个是首场便打败加藤的中国选手戚百草，一个是比赛风格异常嚣张以至令人过目不忘的韩国小将金敏珠。

国内，冲浪网吧。

"日本观众应该很希望百草胜吧，"直播视频前，看到选手们已经陆续进场，梅玲兴奋地说，"如果百草能打进决赛，败在百草手下的加藤也就有了参加复活赛，甚至争夺铜牌的机会。就算为了加藤，日本观众也会为百草加油的吧，那赛场不就相当于成了百草的主场了吗?"

"未必。"

撇撇嘴，晓萤嘀咕着说：

"万一日本观众很小气，还记恨着百草打败了加藤，不但不给百草加油，反而给百草喝倒彩，可怎么办啊。"

"不至于吧。"林凤白她一眼。

"哼，难说。"

"不管观众为谁加油，百草那么迟钝，她不会有什么感觉的。"趴在桌上睡午觉，亦枫哈欠连天地说。

"嘿嘿，那倒是，百草的抗干扰能力是很强的！上午加藤银百合的加油声铺天盖地，百草不照样把她KO了吗?!"说着说着，晓萤又开始信心满怀，“没了加藤，下午的比赛也就金敏珠还有点看头。但金敏珠也是百草手下的常败将军，哦哈哈！说不定还是把金敏珠KO，哦哈哈！看她还敢不敢嚣张，还敢不敢抢百草的风头！”

“不要轻敌。”

推推黑框眼镜，申波谨慎地说：

“上午的比赛，金敏珠每场都是以至少五分的优势获胜，还KO了两位选手。”

“百草每场也是大比分获胜啊，也KO了加藤！”晓萤不服气地说。

“而且你们发现没有，”看到已经走上赛台的金敏珠，申波研究着说，“金敏珠的身高增加不少，身体也更加强壮。”

“哈哈哈！你是说金敏珠长胖了对不对！”晓萤大笑，“金敏珠原本就不漂亮，现在又变胖，看起来真是很彪悍啊！”

“安静点。”林凤瞪她一眼，“申波的意思是，金敏珠的力量变强了。百草和金敏珠都是力量型的进攻打法，对于其他防守型选手来说很突出的力量优势，在金敏珠面前未必会那么奏效。”

“哈——”

伴随着充满杀气的嚣张大喝，身穿红色护具的金敏珠反身后踢，出腿凌厉，如同愤怒爆发的火山，重重将对手踢飞摔倒在赛垫上！

5：2！

当裁判宣布金敏珠获胜，深蓝色赛垫上的金敏珠又是一声咆哮般的大喝，对观众举起双臂，如嗜血的勇士般率先进入二分之一决赛！

“切，嚣张什么啊……”

虽然也有些嘀咕，但晓萤心底还是对金敏珠充满不屑的。不管申波怎么说，她绝对坚信，金敏珠一丁丁点都不可能打败百草！

“也许就是这个韩国小将要跟百草争夺冠军了。”

很难得能在跆拳道决赛中看到两个进攻型的选手进行比赛，《华南体育报》的刘记者很是期待。

“咦，你们看，”体坛先锋报的杨记者忽然看到不远处贵宾席上的一个人影，“那是不是国家体育总局的官员蒙清池先生？”

“是他。”

顺着杨记者的视线望过去，刘记者也看到了，疑惑地说：

“怎么蒙先生也会来这场比赛，难道是日本跆拳道协会邀请他来观赛，或者是颁奖嘉宾？”

蒙清池是国内最早一批的跆拳道选手，曾经在韩国接受过训练，随后长期在国内传播跆拳道运动和组建跆拳道协会，被选为国家跆拳道协会的会长。跆拳道国家队最初就是由他一手创建，他也培养出了包括金牌教练沈柠在内的很多出色教练。

因为在跆拳道运动上的杰出贡献，蒙清池后来升任国家体育总局的高级官员，主管跆拳道、柔道、空手道等一系列近身搏击型的竞技体育。

“会不会，蒙先生是特地来看百草的比赛？”

话一出口，戴记者自己就摇头了。

近年来在跆拳道运动上，蒙清池对婷宜的青睐有加是众所周知的。几乎在所有有关跆拳道的采访中，蒙清池都将婷宜视为女子选手中的领军人物。

“其实，就最新出台的跆拳道新规则而言，百草的打法是最具优势的，”刘记者叹息，“旋身进攻的加分很多，一般动作踢中得分部位是一分，而旋身踢中是二分，一般动作踢中头部是三分，而旋身击头是四分。”

“确实如此，”戴记者说，“希望百草今天能拿到冠军，再多积攒些比赛积分，真正能够具备跟婷宜竞争的实力。”

下午的比赛分组是重新抽签决定的。

金敏珠的比赛结束后，又进行了两场女子组的比赛，然后，终于轮到了百草的四分之一决赛。

“啊！百草！百草！百草终于出场了——”直播视频前，看到身穿红色护具的百草踏上赛垫，晓萤激动地跳起来！

“终于要开始了！”

梅玲也兴奋地放下正在玩的手机，连睡梦中的亦枫也醒了过来。

“百草这次对阵伊朗选手。”

说着，申波有些皱眉。

“她叫波伊那，”林凤认出了那位伊朗选手，“我曾经看过她的比赛。她的身体很坚韧，很耐打。在我看过的那场比赛里，虽然她的对手踢中的都不是她的得分部位，但是出腿都很重，她连连被踢，却跟没事人一样。”

“后来呢？她胜了还是败了？”晓萤急忙问。

“胜了。她很耐打，把对手的体力消耗光了，最后反击得手。”

“…………”

晓萤沉默。

“好像伊朗选手都有这个特点，就跟橡皮人一样，怎么打都没事，”梅玲担忧地说，“不知道是他们本身身体素质特殊，还是有什么特别的训练方法。希望百草的体力不会被她……”

“砰——”

就在梅玲的这句话还没说完的时候，直播屏幕里，灯光璀璨的赛台上，身穿红色护具的百草面容沉肃，高喝地腾身而起，一个旋身，重重下劈，当劈在波伊那头顶的那一刻，声音如同透明的波纹般在体育馆内层层炸响！

这时——

计分牌上的时间显示，第一局刚刚开始四十秒。

“…………”

观众席上的所有人都傻住了！

深蓝色的赛垫上，百草沉默地后退一步，看着裁判俯身对着仰倒在地的波伊那数秒。当裁判终于宣布，红方KO胜时，百草沉默地向裁判、对手和现场观众行礼完毕，就转身退场了。

刚刚四十秒。

比赛就结束了吗？

“轰——”的一声，如梦初醒般的日本观众们开始惊愕地议论起来！

“这、这是百草胜了吗？”

错愕地看着这场以迅雷不及掩耳之势结束的比赛，晓萤心里觉得怪怪的，居然异常失落。她好容易盼啊盼啊，等到百草上场，结果还没看清怎么回事，比赛居然就、就结束了。

“呃，没错，是百草KO胜。”

梅玲茫然地说，她怎么觉得，百草整个人完全不对劲呢？胜利了，一点高兴的感觉都没有，如果不是可以确认是胜利没错，她简直以为是百草败了。

“怎么没有若白？！”

镜头扫过场边教练席的时候，没有看到若白的身影，胜利后的百草也是沉默地孤零零退场，亦枫的心一下子揪了起来，上午时那种不祥的感觉又出现了。

爱之名

CHAPTER 10

"哇呀呀！她是故意的！她是故意的！"

场边，金敏珠气得鼻子都歪了，怒目圆睁，对着退场中的戚百草怒吼："她是在炫耀！她嫉妒我上午很出风头，所以故意这么快就KO对手！哼！有什么了不起！我也会！等着看吧，看究竟是谁KO对手的速度更快！我不会输给你的！"

"啪！"

戒尺重重敲在金敏珠的后脑勺上，闵胜浩斥声说：

"比这些干什么！打好你的比赛！"

但金敏珠偏不。

轮到二分之一决赛的时候，金敏珠攒足了劲，像愤怒的豹子般拼命抢攻，谁知遇到的是个超级能防守的对手，她拼尽了全身的本事，才在第三局的时候终于将对手KO。

"…………"

累得呼哧呼哧喘气，退场后的金敏珠阴沉着脸，闵胜浩跟她说话也不答理，蹲到场边直生闷气！

很快，戚百草就上场了。

一分二十秒。

在第一局开始一分二十秒的时候，戚百草以一个干净利落的旋身后踢，击中人高马大的英国选手的头部，KO胜！

"啊——"

金敏珠看得双拳紧握、咬牙切齿、怒目圆睁！

她从没这么讨厌过戚百草！虽然她一直很讨厌戚百草，越来越讨厌戚百草，但是，现在她对戚百草的讨厌已经到达了前所未有的高度！

绝对是故意的！

抢风头也就抢了，嚣张也就嚣张了，偏偏还非要做出一副沉默孤独的英雄模样，让全场所有的观众们都为她疯狂，对着她拼命拍照！

这世上还有比戚百草更会装的人没有了啊啊啊！！！

“百草怎么了？为什么那么不开心？”

直播视频前，晓萤都快担心死了，紧紧抓着梅玲问：

“快说啊，百草到底怎么了？我从没见百草这么心神恍惚，不对，也不是心神恍惚，就是……好像灵魂出窍一样，哎呀，呸呸呸！她比赛打得这么好，超乎想象地好，为什么却看起来这么难过呢？连着两场KO，连笑也不笑一个。”

“会不会是……”

欲言又止，梅玲看看晓萤，不敢说。

“快说啦！”

晓萤急声。

“……”咽了咽，梅玲胆怯地说，“会不会是……若白出了什么事……所以百草才又是有如神助……又是心神恍惚……”

“胡说什么！”

亦枫震怒，喝断了她。

“你乱说什么呀！”晓萤也急了，心里乱成一团，“若白师兄怎么会出事呢！如果若白师兄真的出了事，百草哪里还会有心情比赛！呸呸呸，你别乌鸦嘴了，快把刚才的话收回去！”

“好好好，我收回去收回去！”

吓得一缩脖子，梅玲什么都不敢再说。申波和林凤互相看了看，也什么话都没有说。

气氛一下子诡异起来。

晓萤变得明显地心神不宁，连刚才为百草进入决赛而雀跃的心情都没有了。直播视频里，开始进行的是复活赛以及铜牌争夺战，打进决赛的百草和金敏珠要过一会儿才会最后出场。

亦枫也一反常态地没有打瞌睡。

眼底充满担忧，他站起身，走到网吧外面，拿出手机，加上日本的国际区号，按下一串号码。

日本医院的急救病房。

秋日的下午，有一只青色的小鸟在窗台外悠闲地踱来踱去，若白静静地躺在病床上，看着墙壁上的时钟。

四点十分。

这个时间，应该正在进行她的半决赛。

灯火通明的体育馆。

场上正在进行加藤银百合的复活赛，满场的日本观众又开始疯狂地呐喊助威，气氛比刚才的半决赛要热烈好几倍。

角落里。

道服被汗水湿透，额前的草莓发夹也微微有些斜掉，百草拿出那只白色的手机，犹豫了一下，按下长长一串号码，放在耳边屏息地听。

“滴、滴、滴、滴。”

手机中传来占线的声音。

怔了怔，百草呆呆地将手机收起来。

如果接到她的电话，若白师兄会生气吧，若白师兄一定会生气她在比赛中还分神想其他事。但她没有分神，前面两场比赛的时候，她一丁点都没有分神。

她从未那样地注意力集中过。

原来，当注意力完全集中的时候，整个人会如同在水波中一般，变得可以感受到很多以前忽略的东西。对手眼瞳的收紧，手指细微的放松，腰间黑带的轻微晃动，道鞋中脚趾的微微抓地。

还有风……

一抬臂、一提腿时，气流即时被搅动的微妙方向。

百草呆呆地坐在角落。

她只希望复活赛和铜牌争夺战能够进行得快些，再快些！不管是谁拿到铜牌都好，只要可以快点开始决赛，快点打完，好快点回到医院……

不知过了多久。

时间一分一秒，慢得难以忍受。

“啊——”

终于，体育馆内爆发出经久不息的最热烈最激动的巨浪般的欢呼声，百草默默地仰头望去，看到赛台上的加藤喜极而泣，挥舞着手臂，又朝着对她欢呼的日本观众们激动地四面弯腰行礼。

铜牌争夺战结束了。

那么决战即将开始了，拧开矿泉水的瓶盖，百草默默地喝了几口，重新将额前的草莓发夹戴好，开始做简单的赛前热身。

直播视频前。

“开始了！开始了！”

一看到百草和金敏珠踏上赛台，梅玲就立刻兴奋地喊起来。正在翻看漫画书的晓萤赶紧抬起头，站在网吧外打电话的亦枫也走了回来。

“若白师兄没事吧？”

仿佛心电感应一般，晓萤猜出了那个电话是打给谁的。

"没事。"

脸上轻松了很多，亦枫打个哈欠，又回到了懒洋洋的状态。

"那就好！"

晓萤松了一大口气，刚才被梅玲说得有点惴惴的心终于放了下来。

"哎呀，不好。"

梅玲忽然紧张地喊。

申波和林凤不解地看向直播视频，晓萤的心立刻又提了起来，惊恐道：

"怎么了？"

"你们看！决赛了，居然是金敏珠穿红色护具，百草穿蓝色护具，会不会……"梅玲担心极了。跟晓萤说的一样，她也发现了，之前百草和金敏珠在各自的比赛中都是穿红色，都是一路大胜，现在到了决赛，百草竟然被指定穿蓝色。

"…………"

晓萤傻住了。

"迷信。"

林凤白了梅玲一眼。

"就是！"干咳一声，晓萤挺起胸，用不屑的语气说，"就凭她金敏珠，别说是穿一身红色护具，就算是穿十身红色护具，也不是百草的对手！"

灯光通明的体育馆。

或许是因为受到了加藤夺得铜牌的鼓舞，现场的日本观众们热情高涨，为决赛呐喊助威的声音也空前热烈起来！

深蓝色的赛垫上。

身穿蓝色护具的百草，身穿红色护具的金敏珠，都已经走了上来。几个裁判还聚在一起讨论比赛时的一些事宜。金敏珠那边的教练席上，坐着她的韩国教练和闵胜浩，百草这边的教练席上，只有一把空空的椅子。

“听说、你师兄、生病了!”

在比赛正式开始之前，金敏珠瞪着百草，用不流畅的中文说。上午的时候，她跟很多选手一样，看到百草的师兄生病晕倒在体育馆内。

百草沉默地看着她。

没有说话。

“你、不用、担心!”眼睛瞪得如铜铃般，金敏珠的脸上却忽然露出一种类似尴尬的表情，用凶巴巴的语气说，“你师兄、会没事的!”

怔了下。

百草哑声说：

“谢谢。”

“但、是！就算、你没有、教练！我、也不会、手下留情!”怒目一睁，金敏珠高高地仰起头，倨傲地说，“今天、我要打败你！冠军、是我的!”

沉默地望向金敏珠，百草说：

“……对不起。”

“什么?!”没有预料会听到这样的回答，金敏珠拧眉瞪着她，喝道，“就算、你为以前、向我道歉！我也、不会放过你!”

“对不起，我想KO打败你，尽快结束这场比赛。”百草垂目，凝视着深蓝色的赛垫，“我想尽快赶回医院。”

瞪着她，金敏珠像是一时没有听懂。

几秒之后，金敏珠的脸部霍然涨红，她双拳紧握，两眼喷火，惊天动地地怒吼一声：

“啊——”

“戚百草，你、羞辱我！我不会、被你、KO！想早回去、就、被我KO吧！啊啊啊！气死我了!”怒声咆哮着，金敏珠气得目眦欲裂，她从未受过这样的羞辱，还没有开始比赛，对手就扬言会把她KO!

会被KO的是戚百草！

为了对付戚百草，她日日夜夜苦练秘密武器，任何比赛中不曾拿出来过，就为了再次遇到戚百草的时候，能够出其不意，一击将戚百草拿下！

那从赛台上突然迸发出的怒吼声，震得满场观众目瞪口呆。

“金敏珠疯了。”

看到直播视频里金敏珠气得面红耳赤、濒临崩溃的模样，晓萤咂舌说。

“会不会又是心理战？”梅玲好奇地说，“比赛还没开始，就先气得金敏珠失去理智，从而好顺利地拿下这场决赛？”

“不像。”

林凤摇头。

“金敏珠是愤怒型的选手，”推推鼻梁上的黑框眼镜，申波认真地说，“即使对手没有招惹她，金敏珠也会先让自己愤怒起来，越是愤怒，她就能越大限度地点燃自己体内的力量。”

“金敏珠就像火山，”亦枫哈欠着说，“只有愤怒，才能使她体内的熔浆般的力量全部喷发出来。”

裁判走到赛垫中央。

身穿蓝色护具的沉默的百草，身穿红色护具的愤怒的金敏珠，一左一右，在裁判的指令下，彼此鞠躬行礼，再向观众行礼。

比赛正式开始！

“哈——”

就在裁判刚刚喊出喝令的下一秒钟，金敏珠就已经愤怒地大吼一声，抢先向百草发起进攻！握拳提气，右脚脚尖点地，金敏珠抬起左腿，向百草猛冲而来！

那一腿带着千万钧的力量！

凶悍无比地！

踢向百草额前的头部！

“啊……”

媒体席上，刘记者和杨记者大惊。

曾经看过很多场百草的比赛，这还是第一次看到，竟然有选手的力量足以同百草匹敌。不，这一腿猛踢过来的力量，带着凶狠的杀气，甚至比百草的力量还要惊人！

顶棚一排排的灯光。

伴随着金敏珠愤怒的吼声，那直踢过来的左腿，如同罩着重重黑影，向百草的额前猛推而来！下意识地仰头一避，百草心底并不吃惊，同金敏珠交手那么多次，她对金敏珠的进攻方式已很熟悉。

在仰头闪过的那一瞬。

金敏珠左脚的力量已经用竭，滞留在空中，与百草的额头留出足足五寸的距离！

“喝——”

纵身提气，就在金敏珠左脚踢空的这一瞬，百草高喝着旋身回踢！她不会放过这次机会，对手进攻力竭的空当，就是她反击的最好机会！她要尽快结束比赛！她要尽早赶回医院！不知道若白师兄是不是还在输液，病房里有没有护士守着，还有那张字条上的病情名称……

然而，就在她准备旋身回踢的这一瞬——

金敏珠眼中竟闪过狂喜的光芒！

百草心中一警，尚未反应过来为何金敏珠会有这样的表情，赫然发现那原本停滞在空中的，距离她额前尚有五寸的，力量已经用竭的金敏珠的左腿——

竟然——

令人难以置信地——

“砰——”

脑中如有白光炸开，百草戴着蓝色护具的头部被金敏珠的左脚重重推踢而中！顶棚的灯光刺眼地眩晕摇晃，被那一脚重重击中，耳膜轰然巨响，百草的头部被踢得向后侧甩去！

“啊……”

媒体席上，刘记者和杨记者惊愕地失声，连戴记者也震惊地忘记了敲字。

这、这是——

“这是——”

直播视频前，晓萤、梅玲、林凤大惊失色！

“砰——”

深蓝色的赛垫上，金敏珠推踢而出的左腿，竟然在第一次进攻已经力竭的情况下，令人难以置信地二度发力！百草的头部被直直击中，虽勉力站住没有跌倒，依旧面色苍白地摇摇晃晃后退了好几步！

2∶0。

开场仅三秒钟，金敏珠就以令人闻所未闻的二度发力推踢进攻，抢先得分！

“啊哈哈——”

灯光璀璨的赛台上，金敏珠得意地振臂狂笑，她得分了！她得分了！那狂笑声无比的嚣张，仿佛几年来的怒气终于在这一刻得到了抒发，向着四面观众席上的日本观众们，金敏珠双手掐腰，肆意地狂笑：

“啊哈哈——”

“金敏珠竟然可以二度发力？”直播视频前，林凤怀疑自己是看错了，“这怎么可能！第一次进攻落空，金敏珠腿部的力量就已经用尽，毫无借力点，怎么可能同一条腿又再度发力，而且还能有这样的力量?!”

“没有用尽。”

推推眼镜，申波严肃地回答说：

“金敏珠应该是在踢出左腿时就保存了一部分力量，所以才能把握住时间差，紧接着推踢出第二击。”

“终于用出来了。”

场边的教练席，望着赛台上已经得意得有些忘形的金敏珠，闵胜浩摇摇头。

自从跆拳道训练营中接连两次败给戚百草，金敏珠深觉耻辱，每日每夜地钻研和苦练新的腿法。后来，终于被她练出了这个二度发力的推踢战术。

但练出来之后，却无论是怎样激烈困难的比赛，金敏珠都不肯把这个腿法拿出来用，他以为是金敏珠对这个腿法信心不足。现在才明白，原来她是将它作为了秘密武器，一定要用到戚百草的身上。

“百草没事吧……”

看着直播视频中，身体不稳、面色雪白的百草正被裁判检查能否继续比赛，晓萤担心极了。

“没事没事!”

见裁判对百草点了点头，示意比赛继续，梅玲捂住胸口，刚舒了口气，又忍不住转头问申波说：

“那百草该怎么办？金敏珠的二度发力，力量这么大，节奏这么快，如果还击，百草即使躲得过第一击，也很难躲过第二击！”

林凤眼睛一闪：

“如果不等金敏珠出腿，百草就抢先反击呢？”

“百草擅长的是旋身进攻，而金敏珠是直接推踢，”申波神情凝重地说，“从速度上来讲，金敏珠的直线进攻要比百草的旋身快得多，可能百草还来不及旋身，金敏珠就会踢中。”

“…………”

众人呆住。

“如果若白师兄在现场就好了……”

晓萤沮丧地说。奸诈的金敏珠，居然藏了这么一手，如果早点用出来，百草也可以有所防备啊。现在，百草该怎么办才好啊！

亮如白昼的体育馆。

见识了金敏珠刚才那惊世骇俗的二度发力，看到前两场打法强悍的戚百草一开始就被打得丢掉两分，馆内的观众们开始热烈地为金敏珠加油！

“哈——”

嚣张地大喝着，金敏珠双眼瞪如圆铃，居然刚才那一踢没能把戚百草KO，这让她很是不忿！提腿大喝，金敏珠原样重施，再次用左腿向着戚百草的头部踢去！

“又来？！！！”

直播视频前，晓萤怒了！

深蓝色的赛垫上，面色依旧有些苍白的百草身影一闪，后退避开！脑袋还是阵阵晕痛，如同被塞满了棉花，她知道刚才那一回合，自己是有些急躁了。如果没有那么急着反攻，或许会有闪避的机会。

“哈哈哈！”见她避闪，金敏珠狂笑，继续紧逼，“来呀！你、不是、KO我吗?！来呀！有本事、别躲！”说着，厉喝一声，照样是势大力沉的左腿推踢而来！

灯光通明的赛台上。

出现了一边倒的局势，金敏珠嚣张地连连进攻，而百草只闪不攻。观众席上的日本观众们越来越热烈地为韩国金敏珠加油，直播视频前，晓萤等人一筹莫展，场边比赛完毕的加藤银百合聚精会神地凝看着。

贵宾席上。

“她叫金敏珠，是我国昌海道馆新一代女弟子中最优秀的选手。她的身体素质非常出色，进攻勇猛，亦有智慧，这种在推踢中二度发力的腿法，就是由她本人研究出来的。”看着金敏珠如火山喷发般的进攻，韩国跆拳道协会的副会长朴仁厚介绍说。

其他各国跆拳道协会官员纷纷点头认同。

“贵国的这位选手，也十分具备实力，您对她熟悉吗?”看向身旁中国跆拳道协会的现任会长蒙清池，朴仁厚客气地问。

“她叫戚百草。”

蒙清池凝目望着赛台上那身穿蓝色护具的身影。

“这是我第一次看她比赛。”

…………

“中国有位年轻的选手，名字叫戚百草，”半个月前，宁静的茶室中，多年未见的老友云岳盘膝而坐，“她的毅力、悟性和灵性是我见过最出色的。也许，她将会是可以战胜恩秀的人。”

…………

直播屏幕前，当裁判对持续防守的百草做出警告一次的判决时，虽然沮丧的晓萤万般不愿承认，可是目前的局面跟预赛第一场的第三局非常相似——

百草如同当时的加藤。

因为畏惧金敏珠推踢时的二度发力，又找不到好的解决办法，只得苦苦支撑一味闪躲防守。可是，其实还不如加藤，当时加藤至少还有三分领先的优势，而现在的百草已经落后两分了！

“…………”

悲伤地低下头，晓萤不敢再看。

“…………”

梅玲和林凤也是完全静默。

“怎么都垂头丧气的，”只有亦枫还是懒洋洋，满不在乎地说，“百草都不慌，你们慌什么。你们看，百草在调整步伐节奏了，还有她的表情，她应该是已经想到了办法。”

如同在透明而宁静的水波中。

耳边金敏珠那愤怒的咆哮声恍如被按了消声键，当慢动作般，金敏珠再一次纵身提气，百草的身体在那一瞬间开始旋转。推踢中的二度发力，其实跟双飞三连踢的道理有相似之处，都会使节奏更快，使对手更难以避闪。

而且，金敏珠的身体力量要胜过她。

所以——

“杀——”

见到这一次戚百草居然没有闪避，而是旋身开始回击，金敏珠热血狂涌，她等的就是这一刻！她是直线，戚百草是旋身，在戚百草还没来得及完成旋身动作之前，她就可以击中戚百草的头部！

哈！

愚蠢的戚百草！

最佳的反击应该是直线反击，而不是势必会落后一拍的旋身！蠢笨的戚百草已经只会旋身进攻，把其他所有腿法都荒废了！这一次，她不会再给戚百草机会！这一次，她将彻底击垮戚百草！在国际跆拳道界，没有任何一名选手的腿部力量可以胜过她！

如狂怒喷发的火山！

“杀——”

力贯全身，金敏珠握紧双拳，用足毕生所有的力量，厉吼着，左腿推踢向百草的头部！

“为什么要旋身！”

晓萤又惊又急，在直播视频前失声惊呼，连她都能看出来，旋身的动作会拖慢速度，为什么百草竟然会想不明白呢?!

那如同可以将世间一切摧毁的——

可怖的力量——

观众席上传来颤抖的惊呼声！

那刚刚旋身出去的身穿蓝色护具的百草，如同惊涛骇浪中的一叶小舟，眼看就要被那巨浪撕扯得粉身碎骨！

却——

在巨浪凶险万分咆哮着吞没过来的时刻，那一叶小舟竟如同顷刻间被注入了更加千百倍的力量！

旋转着！

以令人难以置信的速度——

"喝——"

旋身左腿!

向着金敏珠的头部横扫而去!!

"砰——"

在顶棚一排排的灯光下!

被踢中头部的!

不是百草!

而是，那如噩梦般骇然醒悟却已为时太晚连狂吼声都来不及发出的——

金敏珠!

伴随着金敏珠的身体重重落地的声音，体育馆内先是惊呆成一片，然后，激烈的喝彩声和呐喊声轰然而起!

直播视频前。

晓萤和梅玲全都傻了眼，她们已经做好了心理准备。就算百草输了这一场，那也至少是亚军，对于第一次打国际比赛的百草而言，亚军的成绩也完全可以交代过去了。

可是——

为什么被踢中的是金敏珠……

"……这个回合，跟百草被踢中的那个回合，不是几乎完全一样的吗?"林凤也呆呆的，无法理解，"为什么上一次是百草被踢中，这一次就换成金敏珠了呢?"

"这次百草似乎快了一点。"亦枫说。

"是的，没错!"申波的神情中有按捺不住的激动，"虽然百草只是快了一点，却不但使得金敏珠的节奏被打乱，而且，金敏珠那用尽全力踢出的一腿，也被百草借用了！”

“借用?”

晓萤和梅玲齐声惊呼。

“对！百草借用了金敏珠的力量。选择在最恰当的那一瞬旋身，百草将金敏珠全势而出的那一腿力量借助过来，再叠加上自己的力量，给了金敏珠致命的一击！”克制不住激动，申波推了推鼻梁上的黑框眼镜，“你们看，金敏珠现在还无法从赛垫上爬起来！”

最恰当的那一瞬。

场边，加藤银百合的神情越来越肃穆。在上午的比赛中，戚百草也是抓住了最恰当的那一瞬。而刚才，面对打法如此凶悍的金敏珠，戚百草仍旧抓住了最恰当的那一瞬。

如果慢一拍。

金敏珠的左脚就将踢上戚百草的前额。

如果快一拍。

就无法借助上金敏珠的力量。

深蓝色的赛垫上。

“……4、5、6！”

裁判趴在金敏珠的身旁，大声读秒。面色惨白，眼前金星乱冒，金敏珠吃力地双手按在赛垫上，挣扎着说：

“……我、我可以……”

“7、8！”

谨慎地观察着她，裁判继续读秒。在场边教练的厉声大喝中，金敏珠颤颤巍巍地撑起身体，口中虚弱地念着说：

“戚、戚百草……你、你等着……”

“9！”

“砰！”

脑部又一阵剧烈的眩晕传来，惨白着脸，金敏珠的身体又重重趴回到深蓝色的赛垫上！

“10！”

裁判喊完最后一秒。

比赛时间凝固在第一局的两分十五秒。

“哇——”

“哇——”

直播视频前，晓萤、梅玲激动地狂跳狂喊，林凤忍不住也跟她们抱在一起！申波和亦枫高兴地互相击掌。忽然，晓萤激动地又冲过来，热情地抱住亦枫，连声喊着：

“胜了！胜了！冠军！百草拿到冠军了！”

被她抱住，亦枫的脸顿时红了起来，然后立刻反手将她揪开，板着脸说：

“没大没小的！别凑这么近！”

看到笔记本的直播视频里，等金敏珠终于勉强地能够跌跌撞撞站起来，裁判宣布，蓝方中国选手戚百草获胜。

婷宜面无表情。

“啪”的一声，将笔记本重重合上！

体育馆内的贵宾席上。

四周是日本观众们因为看到如此精彩的比赛而发出的喝彩声，蒙清池谦和地接受了其他国家跆拳道协会官员们的祝贺。望着光芒璀璨的赛台上，那个即使在满场震耳欲聋的欢呼声中，依然沉默得有些孤独的女孩子，蒙清池开始认可老友云岳的说法，这是一个有悟性、有灵性的选手。

纯粹从力量上来说，她并不如金敏珠。

但是，她懂得利用旋身动作来增加身体的势能，懂得先让腿部放松、只在即将踢中对手的时刻瞬间发力，还懂得借力打力、将对手的力量叠加到自己身上。

所以，金敏珠的那一脚只得了2分。

而她却可以将金敏珠KO。

望着赛台上沉默退场的戚百草，蒙清池沉吟。

只是——

她原本可以打得更稳健。

对于金敏珠二度发力的推踢打法，她没有尝试其他更稳妥的防守反击打法，却是孤注一掷，将胜利全部压在速战速决的一脚KO之上。固然她成功了，但若是分寸把握稍有失当，刚才被KO的可能就会是她。

"哈哈哈——"

颁奖仪式之前，晓萤和梅玲挤在电脑上，兴奋地发现刚才居然有几百万人在同时在线观看百草的决赛，而且评论区里的留言都要热翻了！而观众们授予了百草一个新的称号——

"KO王！"

"不错不错，KO王！"晓萤得意地大笑，"这个名号好，比'旋风百草'要有霸气多了，我喜欢！"

"KO王……"

亦枫黑线中，他怎么觉得这个名称更适合金敏珠那副嚣张的模样。

"速度真快，这会儿各大网站就已经转发了百草夺冠的消息了，"另一台电脑前，林凤高兴地到处浏览，"哈哈，跟你们说的一样，很多新闻的标题都用的是'KO之王'戚百草！"

“我认为还是‘旋风百草’更合适，”申波认真地思忖着说，“‘旋风’是百草的技术特点，‘KO王’只是比赛的结果。跆拳道的比赛，我们应该更注重比赛本身，而不是……”

“哎呀哎呀！”

一看时间，晓萤手忙脚乱地又把界面换回直播视频，喊道：“颁奖仪式马上就开始了！”

顶棚一排排的灯光。

将体育馆照射得无比璀璨。

在场所有的观众全部起立，望着赛场中央那面缓缓升起的五星红旗。身旁左右是金敏珠和加藤银百合，站在冠军的领奖台上，百草怔怔地仰望着那面缓缓升起的五星红旗。

这样的场面，她曾经在电视中看到过无数次。

而这一次……

国旗是因为她而升起。

当国歌响起在馆内，回响在她的耳边，泪水忽然涌出她的眼眶，从中午开始一直压抑在心底的情绪再也克制不住。从七岁时开始，那日日夜夜的苦练，师父对她的期待，一定要成为了不起的跆拳道选手，站在最光芒万丈的巅峰。

泪水淌下她的脸颊。

仰望着那面缓缓升起的五星红旗，她多希望，师父能够就在现场，若白师兄能够就在现场。此刻的激动和喜悦，她多希望，能够有人跟她一起分享。

*** ***

晚霞悄悄出现在病房外的天际时。

一路狂跑着过来，胸口急促地起伏着，额头满是汗水的百草一把推开病房的房门！病床上有淡淡的霞光，若白扭过头，凝目望向她，仿佛一直在等待她的出现。

“冠军！我拿到了！”

又是想笑又是想哭，百草用手背抹了下鼻子，眼圈红红地冲到他的病床边，将那块金灿灿的奖牌给他看，说：

“你看……”

手指轻轻碰了碰那块金牌，若白重新望向她，目光仔细地将她从头看到脚，问：

“有没有受伤？”

“没有！”她用力摇头，急切地问，“你呢？身体感觉好点了吗？医生怎么说？”

“这里怎么了？”若白皱眉，抬手摸向她右额处的一块淤青，“是被谁踢中的？金敏珠吗？”

“嗯。”

百草点头。

苍白的手指慢慢地拂过那块淤青，良久才垂下，拿起准备在床头的干净毛巾，他沉默地帮她擦去脸上的汗水。中午离开之前，她的脸已经干净了，现在又变得汗津津的。

“你回来得很快。”

按照时间来计算，要拿到冠军，她至少要再过一个小时才能回来。刚才当她突然出现在病房门口，如果不是看到了她挂在胸口的金牌，他会以为她败在了半决赛。

“……我，”百草不安地低下头，“……我想快点回来，所以……所以KO了对手……”

病房里一片静默。

等了许久，都没有等到若白批评她的急躁，百草越来越不安，就在她忐忑地想着是不是该主动认错的时候，却听到他静声说：

“医生说，明天我就可以出院了。”

“真的?!”

百草高兴得两眼闪亮起来!

“嗯。”

“太好了!”

心情像是一下子飞扬了起来，既然明天就可以出院，那说明病情也并没有十分严重对吧！看着若白，她傻笑着，忽然还是觉得不放心，转身就往门口跑去：

“我去问问医生，今晚有什么要注意的事情……”

夜晚。

陪在病床旁，百草全心全意地照顾着若白，为他买饭，帮他倒水。没有开电视，她就静静地守着他，看着他，觉得心里仿佛溢满了温暖的水，是那么的心满意足。

再晚一点的时候。

有人敲开病房的门，竟然是金敏珠和闵胜浩来了。闵胜浩手里拿着果篮和鲜花，问候了若白的病情，用韩语对若白说：

“等您的身体恢复之后，希望能够有与您再次比赛的机会。”

虽然看起来还是一副气鼓鼓的模样，金敏珠对病床上的若白倒还是表现出来了恭敬。直到百草将两人送到病房外走廊的时候，金敏珠才怒瞪着她说：

“我、不会、认输的!”

“我也不会。”

凝视着金敏珠，百草认真地说：

“你的二度发力技术很出色，如果你可以把这个技术运用在各种腿法上，下次与你交手，我打得更加困难。”

“哼!”

虽然眼睛一亮，但金敏珠依旧摆出不屑一顾的模样，仰头说：“我、早就、想到了！你、等着！下次、一定、打败你!”

爱之名

CHAPTER 11

自从百草在日本跆拳道国际邀请赛中拿到了冠军，晓萤在国内可谓是喜上眉梢、春风得意！翻开所有体育类的报纸和杂志，上面全都大篇幅刊登着百草在日本夺得冠军的消息。所有的体育节目，甚至包括非体育节目也纷纷介绍百草在当日比赛中令人震惊的表现——

复赛之后场场KO！

哈哈哈，这是何等的耀眼、何等的霸气啊！晓萤大手笔地买下了一个小报亭里所有的报纸期刊，传阅给身边所有的人看！当然，她也没有忘记买一份，偷偷放在沈柠教练的办公桌上。

旋风百草！

KO之王！

多么响亮的名号！

继世界美少女跆拳道大赛之后，百草的声名和影响力又一次达到新的高度！人们热议百草的声音，越来越超过婷宜！体育节目中，记者们报道回来说，为了替百草即将参加的英国跆拳道国际大奖赛加油，英国当地和附近国家的华人已经组织了起来，要到现场为百草助威呐喊！

日本东京的机场。

玻璃的自动门打开，百草拖着一大一小两只行李箱，走在若白的身旁。若白皱眉，伸手试图把行李箱从她手中接过来，她再一次拒绝他，固执地说：

“若白师兄，你答应过我。我去英国参加比赛，你会把所有这些事情都交给我来做。”

先送若白到候机大厅的座位中坐下。

百草赶去登机柜台，办好登机和托运的手续，又赶回在他身边坐下。安检的时候，只剩下随身的一只小包，她依然不肯让他拿。登机的时候，她小心地护住他，不让旁边的乘客有撞到他的可能。

“矿泉水。”

让若白坐在临窗的位置，百草先帮他要了一杯水，看着他将上午的药吃下，才放心地舒了一口气。

“你要睡一会儿吗?”

见他的面色还是有些苍白，百草问乘务员小姐要来枕头和薄毯，小心翼翼地帮他垫好和盖好。看到她这副如临大敌、战战兢兢的模样，若白沉默良久，淡声说：

“你太夸张了。”

“医生说，你的身体必须保证充足的睡眠。”仔细地算了算，百草回答说，“昨晚你是十一点睡下的，今天早上却六点钟就起床，才睡了七个小时，要至少再睡五个小时才行。”

“…………”

若白无语。

“呵呵，”看出他的不悦，百草不好意思地笑着，“……若白师兄，你还是病人，按说应该在医院或者家里静养，本来就不该再跟着我去英国打比赛。其实，我一个人是可以的！你可以先回国，比赛我一个人去就行了，你不用陪着我……”

“知道了。”淡声打断她的啰唆，若白闭上眼睛，“到了五个小时就叫醒我。”

“……哦。”

望着他渐渐睡去，百草小心翼翼帮他拉好有些滑下的薄毯。她又怔怔地看了他好一会儿，直到确认他的唇色真的是红润了些，而没有前两天那么苍白，她的唇角才放心地露出笑容。慢慢转过头，她从随身小包中拿出英国跆拳道国际大奖赛的资料来看。

***　***

两天后，消息传回国内！

百草在英国跆拳道大奖赛中再次夺冠！

国内的媒体全都沸腾了！

这次，有更多的媒体记者赶到了英国比赛的现场，体育馆内有了华人为百草特意组织的加油助威团！决赛中，百草以她招牌式的旋风三连踢KO击败英国老将温森特的画面占据了几乎所有体育报纸的头条！

守在电视机前，跟松柏道馆所有的弟子们一起，晓萤看到了现场的实况转播！看到了获胜后的百草冲下赛台，紧紧拥抱住场边若白的那一刻！看到了百草站在冠军的领奖台上，仰望着五星红旗高高升起的那一刻！

KO之王！

当之无愧的新生代跆拳道霸主！

兴奋地将报纸上所有关于百草的报道和评论全都剪贴下来，晓萤打算等百草一回国，就立刻拿给她看！

原本，这样的激动和兴奋就已经让晓萤飘飘然，幸福得难以自拔。所以，当另一件惊天动地的好事情发生时，她简直忘记了欢呼，整个人都被震晕了！

这天的训练结束后，沈柠教练当众宣布，她将同时推荐婷宜和百草参加世锦赛。

婷宜当场为之色变，第二天便传出她一怒之下脱离岸阳跆拳道训练基地，改投国家队的消息。一开始晓萤以为这是假的。但当她连续几天没看到婷宜，再过几天，赫然在电视里看到婷宜站在国家队教练黄敬的身旁，讲说她备战世锦赛的情况，晓萤才愕然明白，婷宜居然真的因为这个叛离了沈柠教练！

天哪。

婷宜居然会做出这种事情！

就在晓萤又是气愤又是担心，因为虽然名义上跆拳道国家队和岸阳跆拳道训练基地是地位并列的机构，但是国家队毕竟是国家队，会不会为了婷宜而剥夺百草角逐世锦赛参赛资格的机会时——

国家体育总局正式下文说：

为了给全国所有的跆拳道选手一个公平竞争参加世锦赛的资格，将在两个月后举办全国锦标赛暨世锦赛选拔赛，届时将会选拔冠军选手参加世锦赛。

哇哈哈！

哇哈哈！

晓萤仰天长笑，顾不得昂贵的国际电话费，立时就把这个天大的好消息告诉刚刚抵达美国的百草！只要有机会公平竞争，胜利就一定是属于百草的！她简直已经看到百草站在世锦赛的冠军领奖台上，为国争光，光芒万丈的画面了！

***　***

美国芝加哥。

住在一家华人开的旅馆中，下午，百草向好心的黑人大厨借用了厨房，用文火慢慢炖着一锅汤。汤里有乌鸡、冬瓜和一些滋补的药材，咕嘟咕嘟翻滚着小泡，空气中已经弥漫出清淡的香气。

这锅鸡汤是为若白炖的。

一直在国外，好久没有吃过地道的中国饭菜了，知道若白师兄的肠胃会不舒服，于是在上午训练完毕后，她专门跑到附近的华人超市，买了这些材料回来。

鸡汤已经炖了一个半小时。

百草小心翼翼地用勺子舀出一点汤，尝了尝味道，又弄下来一小点鸡肉试了试，决定再炖半个小时就给若白端过去。

把火关到最小。

坐在料理台前的椅子里，她低头开始默读手中的英语课本，背诵里面的单词。

昨天接到晓萤的电话，知道世锦赛的参赛资格将由全国锦标赛中的名次而定。终于有了可以正式同婷宜竞争的机会，她心里很是激动，夜里辗转着很久没有睡着。

但这样一来。

如果真的可以参加世锦赛，世锦赛的时间就在高考之前。她必须现在就开始把握时间，抓紧复习功课。她答应了若白师兄，绝不因为比赛而耽误功课。

厨房的门口。

看着里面那正埋头苦读的百草，若白停下了脚步。鸡汤的香气清淡地飘过来，她黑发间依然戴着那枚红晶晶的草莓发夹，低声地读着英文课文，专心致志得完全没有发现他。

若白默默望着她。

从日本开始，她就承担下来了全部的杂务。确定旅馆，安排饭食，同比赛组委会进行各项联系，独自训练，每天收拾清洁她和他的房间，她小心翼翼、用尽全力地照顾着他。

他并不喜欢这种感觉。

他希望，他能为她做好所有这一切的杂事，让她可以心无旁骛地比赛和复习功课。这是他唯一能够为她做到的。而现在，固执的她却反过来细心地照顾着他……

"师兄!"

合上英语课本，一抬头，百草就看到了厨房门口的若白。站起身，她惊喜地刚喊了一声，就紧张地问：

"你不是还在午睡吗？怎么这么快就起来了?"

"今天已经睡足十二个小时了，"若白淡淡地说，跳过这个话题，"明天比赛的分组名单你看过了吗?"

"看过了。"

"说一下你的想法。"

"明天的比赛，欧美选手占到了一半，"见他走过来，百草赶紧把椅子搬过来让他坐下，"欧美选手普遍力量比较强，技术却比较粗糙，比赛中我打算以防守反击为主……"

鸡汤的香味弥漫在厨房。

百草为若白盛了满满的一大碗，一边高兴地看着他吃，一边说着自己对明天比赛的想法。明天的比赛，她会拿到冠军的，只要若白在场边，她就一定会为他拿下冠军！

***　***

第二天。

下午。

美国芝加哥的州立体育馆。

观众席上，专程赶来的海外华人加油助威团坐满了足足四分之一的席位，他们举着“百草必胜”的旗帜，整齐地高声呐喊着：

“百草——加油——”

“百草——加油——”

将赛场变得如同像国内的主场一般！

顺利地一路打进决赛，百草的对手是上届世锦赛的第四名，美国老将肯娜。肯娜人高腿长，进攻范围大，也是进攻型的选手。但是在决赛第三局的时候，百草已经摸清了她的套路。

“喝——”

就在肯娜一连串的直踢进攻之后，抓住她体力消耗来不及补充的那一瞬，百草高喝一声，高高地旋身而起——

“啪——”

半空中，当她双飞出第一脚的时候！

体育馆内所有的华人观众立刻意识到他们即将看到什么，激动地同声喊道：

“一！”

这一脚已然踢中肯娜的左胸！

“喝——”

再喝一声，百草的左脚顺势接着踢出！

“二！”

当华人观众们激动地从观众席上站立起来，齐声呐喊着时，这一脚踢中了肯娜的右胸！

“三！”

伴随着海外华人加油团那齐声热烈的呐喊，百草力沉右脚，迸发出全身的力量——

“喝——”

双飞第三击！

重重踢在肯娜的头部！

在踢出这一脚的时候，百草感到自己体内有着比以往更加充沛的力量，或许是因为若白叮嘱她加强了腰部的发力，或许是因为昨天那锅鸡汤在若白的坚持下最后还是有一半被她吃掉了。

亮如光海般的体育馆。

当肯娜被KO倒在赛垫上，除了满场欢呼呐喊的华人加油团，胸怀宽容的美国观众们也对百草报以热烈的掌声！

道服的后背被汗水濡湿。

站在深蓝色的赛垫上，百草高兴地用视线去寻找场边的若白，就在她转头的那一刻，耳朵里忽然听到一个异常熟悉却绝不可能在这里出现的声音——

“百草——”

“百草——”

冲在观众席的最前面，一个女孩子激动地跳着，拼命朝她挥着手，以比所有人都高八度的声音，兴奋地尖叫着：

“百草——我来了——”

***　***

“嘿嘿嘿，我也没想到居然真的可以赶过来，所以才没有告诉你啊！不过，就算知道，我也不会提前告诉你的！这才是惊喜！”

已经坐在饭店里，晓萤的情绪依旧处在高度兴奋当中，抓着百草滔滔不绝地说着：

“哎呀，还是在现场看比赛有气氛，比在屏幕前面看刺激多了！原本以为来不及了呢，幸好初原师兄事先安排好了计程车，我们才能一下飞机就狂奔过来，不但看到你最后制胜的KO一脚，还看到了颁奖典礼！呜呜呜，百草，你知不知道，我看哭了呢，国歌响起的时候，我的眼泪一下子就出来了！”

说着，晓萤又哭又笑起来，下定决心说：

“你打世锦赛的时候，我一定要去现场！从现在开始，我就开始存钱，一定要攒够机票！对了，百草，你有没有想我啊，这么久不见，我都快想死你了！我天天夜里做梦，都会梦见你……”

“好了！”

实在听不下去了，亦枫劈手给了晓萤一个爆栗，瞪她说：

“你累不累，一直不停地说！”

“不累啊，”兴奋得懒得答理亦枫，晓萤激动地继续说，“百草我跟你说哦，你不知道，沈柠教练宣布要同时推荐你和婷宜竞争世锦赛参赛资格的时候，婷宜的表情有多精彩！她居然还到沈柠教练的办公室，跟沈柠教练吵架了呢！嘿嘿，我当时趴在办公室的门上全都听到了，婷宜说……”

“砰！”

又一个爆栗敲在晓萤的脑门上，亦枫凶她说：

“闭嘴！”

委屈地扁扁嘴巴，晓萤终于没有再继续说下去。

看着晓萤脑门儿上那被敲过的红红的痕迹，百草心里很是不忍，很想伸手帮她揉一揉。这么久没有见，她也很想晓萤，听着晓萤叽叽呱呱说个不停，她的心底满满的，很开心。

“没事啦，”看出百草的担心，晓萤自己用手揉了揉脑门儿，横了亦枫一眼说，“他就是嫉妒而已，看见我这么爱你，吃醋了，哼！”

百草笑了。

“好啦好啦，我住口！”面对亦枫瞬间黑下来的脸，晓萤很识时务地举起双手，投降说，“百草，你别理我了，跟初原师兄说说话吧。嘿嘿，这次能来，多亏了初原师兄呢！”

粤菜馆的包间里。

装修比国内的餐厅带着更加浓厚的中国气息，房间里古色古香，挂着四盏红红的灯笼，仿紫檀木的圆桌上铺着龙纹的明黄色锦缎桌布，坐椅是清一色仿明朝式样的太师椅，再加上红色缎面的圆形靠垫。

百草的左边是晓萤。

右边是若白。

隔着若白，见百草的目光略显不安地望过来，初原温和地对她笑了笑。自从颁奖典礼之后见了面，晓萤一直拉着百草说话，两人并没有什么说话的机会。只是在晓萤嚷着要吃西餐的时候，初原询问了百草的想法，最后定下这间口味清淡的粤菜馆。

“百草，初原师兄是为了你，专门飞来芝加哥的呢！”看到百草和初原之间仿佛有种拘谨的气息，晓萤跳出来帮两人找话题。

“…………”

百草怔了怔，看向初原。

“也有一些其他的事情，”静了一下，初原温声解释说，“所以顺便过来了。”

“哪有！如果是顺便，怎么会把我和亦枫也带过来呢？初原师兄，你根本就是为了百草特意飞过来的啊！”

晓萤着急了。

明明是多么浪漫的一件事情，初原师兄为了给百草惊喜，特意不远万里飞来美国的比赛现场。百草这只呆头鹅也太不懂情趣了，居然不跟初原师兄坐在一起，非要跟若白师兄坐在一起，说什么要照顾若白师兄！

结果，百草竟然真的一直在照顾若白师兄！

为若白师兄倒水，帮若白师兄拿药，如果不是若白师兄看起来跟平常没什么两样，她简直以为是若白师兄得了重病，百草才这么担心呢。

有没有搞错！

现在的男主角应该是初原师兄才对啊！

"……初原师兄，谢谢你。"

听到晓萤那么说，百草的脸红了一下，有点不敢看初原，轻声说。晓萤顿时更加着急了，谢什么谢，这一谢显得更客气了，她正欲再插话，胳膊猛地一痛，回头，见是亦枫敲了她一下。

"比赛打得很好，"温和地望着她，初原微笑说，"同加藤的那一场我看了，你模仿金敏珠，很有趣，嚣张的模样跟金敏珠如出一辙。但你的眼神却一直很冷静，所以能及时抓住机会。"

羞红着脸，百草不好意思地说：

"那是若白师兄制定的战术，否则如果加藤一直严防死守，很可能那场我就输了。"

晓萤翻个白眼。

多好的话题啊，又被百草带到若白师兄身上去了。想着，晓萤忍不住偷偷看向若白，该不会是这段时间百草和若白两个人一直单独相处，发展出什么特别的感情来了吧。

可是——

又不像啊。

坐在百草身旁，若白师兄的神色是如常的淡然，甚至是有意往后挪了下，给百草同初原师兄的说话留出更多空间。

“对，”初原微微一笑，看向若白，“当时似乎听到若白在场边喊了声‘金敏珠’。”

“是的！”百草高兴地说，“否则我会真的想不到该怎么击破加藤的冷静。”

“道馆挑战赛的时候，对林凤那一场，也用过心理战。”亦枫懒洋洋地说，“那一场好像也是若白想出的对策。”

“是的！”

百草眼睛亮亮地望了眼始终沉默的若白，说：

“今天的这场决赛也是，肯娜的腿特别长，有效进攻范围比我大很多，若白师兄说……”

眼见着话题始终围绕着若白不放了，晓萤无奈地闷声长叹。这时，服务员小姐传菜进来，手中端着一盆似乎是汤品的菜肴，走到初原和若白中间。灵机一动，晓萤决心用这道菜把大家的注意力从若白身上拉回来，顿时提高声贝，高声说：

“啊——这是……”

晓萤的声音习惯了在体育馆内高声呐喊，却不料这一嗓子吓得正在端菜的服务员小姐手一颤，瓷盆中滚烫的汤顿时洒了出来！

“啊……”

百草大惊，扑过去用身体护住眼看就要被热汤溅到的若白！

另一边。

就在瓷盆倾斜那一刻——

初原已经骤然出手，用手指抓住瓷盆的盆沿！滚烫的汤在盆中剧烈颠了一下，终于没有全部洒出，只是大部分烫在初原手上之后又落了回去，和溅在百草的后背几滴。

"啊——"

晓萤吓得色变。

"你怎么样?"

顾不得自己被烫到的手，初原急切地去看被热汤溅到后背的百草。而百草还在紧紧地护住若白，用她的后背挡在外面，双臂将若白紧紧箍住，就像一只护住小鸡的母鸡一般。

"放开我!"

低喝一声，若白脸色铁青。刚才她扑过来的力量，竟比训练时最猛的进攻力量还要大得多，她死死地抱住他，令他的身体一时间完全无法挣脱。如果不是初原及时抓住那只瓷盆，如果那盆热汤向她全部浇下……

回头看到那盆汤已经被放在餐桌上。

百草怔怔地松开若白，这才感觉到后背处有几点灼热的烫感。正要说自己没事，她忽然大吃一惊，看到了初原右手上那红彤彤一片的烫伤。

"你、你的手!"

拉住初原试图掩藏起来的那只手，百草又惊又慌。

"我没事。"将自己的手从她手中抽走，初原眉心轻皱，说，"百草，让晓萤到洗手间去看一下你背上的伤。"

"我……"

百草正想说自己没事，若白声音冰冷地说：

"晓萤，带她去!"

晓萤吓得一个激灵，立刻听命地拖着百草就往洗手间走。

因为隔了一层衣服，百草背上的几点烫伤并不严重，晓萤松了口气。回到包间，服务员小姐和餐馆经理正在不停地道歉，初原被烫伤的那只手也简单处理过了。

接下来的时间里，气氛变得有些怪异。

得知百草的背部烫伤没有什么大的问题之后，若白变得沉默不语，一句话也不再说。手部涂过了烫伤药膏，初原依旧是温和的，只是说话也明显少了很多。

晓萤在心中长吁短叹。

看到百草心神不属地坐着，视线总是不安地落在初原那只被烫伤的右手上，却又好像不知道该说些什么，晓萤无奈地摇摇头，提一口气，故作开心地笑着说：

“百草，既然你没事，陪我出去逛一会儿商场吧！”

若白和初原都不同意，说芝加哥治安混乱，晚上不安全。亦枫说，如果真想去，明天可以大家一起去。

“来的时候看到了，商场就在隔壁不是吗？只是几步路而已。商场里到处是人，会有什么危险啊。”晓萤拉住百草，撅着嘴说，“反正我和百草也吃饱了，就当饭后散步，最多四十分钟就回来了。来之前，阿茵和萍萍她们开了购物清单给我，我和百草赶快买回来就解决了，明天可以好好玩了！”

透过包间的窗户。

可以望到不远处十字路口的那座灯火辉煌的大型百货商场，架不住晓萤的软缠硬磨，众人最后还是同意了。

***　***

“百草，你怎么了?!”

一走出粤菜馆，晓萤就严肃地开始批评百草：

“你刚才伤害了初原师兄，你知道吗?! 就跟如果同时掉到河里，你究竟会先救谁一样，在那盆热汤洒下来的时候，你怎么可以选择若白师兄，而不是初原师兄呢?!”

“…………”

百草心中也是乱糟糟的。

“唉，我也不是说，你不应该保护若白师兄，”沮丧地挠挠头，晓萤说，“但是，你当时也该想到初原师兄才对啊！你看，若白师兄毫发无损，初原师兄的整只手却都烫伤了。你这样子，初原师兄心里怎么可能会不难过呢?”

走在美国夜晚的陌生街道上。

“我……”

脑中乱乱的，百草不安极了。

她也不知道自己是怎么了，脑子还没有反应过来，身体就已经扑住了若白师兄。当看到初原师兄被烫伤的手背，她……她慌得不知道该怎么办，想要开口，想要解释，却整个人如同傻在了那里。

“你，”犹豫了一下，晓萤还是决定单刀直入地问，“最近没有跟若白师兄发生什么吧?”

“…………”

百草愣愣的。

“就是说，这段时间你跟若白师兄朝夕相处，你们……喀……有没发生什么特别的感情?”晓萤盯着她。

“……没有!”

面颊腾地涨红，百草用力摇头，着急地说：

“没有！我们什么都没有!”

“呵呵，”干笑两声，晓萤如释重负地说，“我猜也是啦。初原师兄对你那么好，医院好不容易有了几天假期，就立刻飞到美国来看你。一会儿回去，你好好跟初原师兄说说话。否则，看着你一直照顾若白师兄，刚才又只顾着保护若白师兄，初原师兄心里会很难过的吧。”

百草低下头，默默咬了咬嘴唇：

“嗯。”

跟着晓萤走过十字路口，美国的街头满是霓虹，慢慢地走着，百草的心神有些恍惚。那个写有病情名称的字条，她还没来得及去查那究竟是什么病，就被若白师兄收走了。

若白师兄说，他只是感冒，再加上有些贫血。

然而这段时间，虽然她努力不让他累到，努力让他每天休息静养，他的身体看起来好了些。可是，他还是那么单薄，唇色总是有着隐隐的雪白，那种虚弱得近乎透明的感觉，让她即使在睡梦中也无法安心。

昨晚，她做了个噩梦。

冷汗浸透她的身体，那噩梦让她恐惧害怕得无法再睡下，忍不住偷偷拉开若白师兄的房门，想看看他。却看到在深夜的灯光下，若白师兄竟然正苍白着面孔，手中拿着针线，一趟一趟，低头帮她缝补着比赛时要用到的道鞋。

那双道鞋。

因为经常穿它进行比赛，大幅度地发力和进攻，鞋面有些地方已经绷开。但是她穿惯了这双鞋，又软又合脚，就舍不得丢掉它。

深夜，她呆呆地望着若白师兄用最结实的针线，一趟一趟，反复地缝着它。她不知道若白师兄已经缝补过多少次那双鞋。因为每次，为了让她穿得更舒服，他都会小心地先把旧线拆去，才开始缝上新的。

“哎呀，好像走错路了！”

夜风吹来，当晓萤错愕地拽紧她的胳膊，百草从晃神中醒了过来。向周围一看，她发现自己和晓萤居然走到了一条黑暗偏僻的街道里，刚才路边林立的商厦和闪烁的霓虹灯全都没有了。

没有月亮。

星光很暗。

这条深深长长的街道透着一股阴森森的气息，空气里还弥漫着令人反胃的腥臭气息。

“我们不是要去商场吗？”

百草茫然地回头，她记得晓萤想去的那个大型商场就在粤菜馆的马路对面，一抬脚就到了。所以她才没有看路，任由着晓萤拉她走。而现在回头望去，竟然完全看不到那栋商场的影子了！

“……我原本想散散步，四处看看，”不敢告诉她实话，晓萤支支吾吾地说，“现在好像迷路了……”

来芝加哥之前，她上网查过旅游攻略，听说粤菜馆附近有个红灯区。以前只是在电影和美剧里看到站在路边风情万种的阻街女郎，她一直很想能亲眼看一下，一定会超刺激的！但是她也知道亦枫他们肯定不会同意，才想要拉百草一起来看。趁百草恍惚地没有看路，她偷偷地拉着百草一路探险过来，却怎么也找不到，反而……

越走越古怪。

越走越阴森。

脑海中禁不住想起美剧《犯罪心理》中的恐怖画面，在弥漫着腥臭气息的夜风中，耳边忽然像幻听一般，听到一阵可怕的脚步声从四周传来，晓萤浑身打个寒战，紧紧抓住百草，结结巴巴地说：

“……我、我们快回去吧……”

面色一凛，百草刚将晓萤护在身后，便看到从黑暗的小巷中幽灵般闪出几个高壮如铁塔的美国人！

“*&&*%￥%%！”

“&&%￥#！”

“@#@%*&#￥￥！”

那几个白人和黑人打着赤膊，刺有夸张的文身，浑身散发着浓厚的酒气，像是跟人打完架回来，眼底有狂乱和疯狂，他们狂笑着，眼睛直勾勾地盯着晓萤和她，嘴里说着污言秽语，向她们包围过来。

“咯、咯、咯……”

吓得牙齿抖成一团，晓萤惊恐地躲在百草身后。这、这是怎么了，这一定是她的幻觉，或者这些人只是路过。不、不怕，这只是幻觉，只是幻觉，只要闭上眼睛再睁开，所有的幻觉都会退散！

百草也有些紧张。

紧紧护住晓萤，她垂下视线，希望没有目光的接触会使得那些人觉得无趣，从而使得一切可以变得有惊无险。然而，那些人的狂笑声越来越淫邪，污言秽语越来越不堪入耳，百草的心脏越跳越慌乱，看到那包围过来的脚步越走越近，在昏暗的光线中，甚至可以看到那已经沾有鲜血的铁棍。

“快走！”

一把将晓萤拉在身后，百草咬紧牙关，猛地向那些人之间最松的那个间距冲过去！跑出去，只要能跑出这条巷子！她记得就在不远之处，就是有行人来往的马路！

“啊——”

被百草拉着狂冲，晓萤惊恐得失声尖叫。她的一只手被百草拉着，眼看就要从那些人身边冲过去，却如同噩梦的黑爪般，有人从身后抓住她的头发，剧烈地疼痛！

“啊——”

惨叫着，晓萤的身体被一个狰狞的黑人从身后拦腰抱住！她死命地踢打着，那充满酒气的体臭充斥在她的鼻间，那些摸在她身上的让人恶心的手，她狂哭着，哀求着：

“放开我——求求你们，放开我——”

手中一空，回头看到晓萤落在那些人的手上，原本已经冲出去的百草骇然大惊，立刻又冲了回来！

“喝——”

顾不了许多，百草腾身而起，向着那个拦腰抱住晓萤的黑人重踢而去！那黑人猝不及防，被踢得向后倒去，百草将哭得一塌糊涂的晓萤推出去，剩下的几个白人和黑人立刻吼叫着向她扑过来！

“晓萤！快跑！”

腾空踢腿，百草吃力地还击着那几个人，对边哭边回头的晓萤厉声喊：

“快跑——去喊人——”

哭得全身寒冷，望着泪水中视线一片模糊的百草，晓萤大哭着往巷口退。她恨，她恨自己是胆小鬼，看着百草被那些人围攻着，她却吓得浑身发抖，不敢像百草刚才救她那样地冲上去！

她知道，她应该跑出去喊人救命！

可是，看着百草孤单单的一个人，而那些发怒的白人和黑人已经拿出了铁棍向百草打过去！百草……百草……她没办法，她真的没办法就这么丢下百草一个人跑掉！

“快跑——”

肩部中了一记铁棍，火辣的闷疼在体内炸开，百草咬牙强忍住，腾身追出去，踢向那想要去将晓萤抓回来的黑人大汉，声嘶力竭地喊着：

“快去喊人——你要我们都死在这里吗?!”

就在踢向黑人大汉的那一刻，其他人手中的铁棍和铁链全都向百草招呼过来，她虽已努力避闪——

“啪——”

“啪——”

但后背处还是被几记铁棍重重打到，痛得体内血气翻涌，踉跄地退了几步，百草忍了几忍，噗的一声，从嘴里呛出一口鲜血！

那口鲜血……

使哭得全身发软的晓萤如同大梦初醒一般，痛哭着向巷口冲去！嘴里拼命地喊着，喊的是什么自己也不知道，这一生，她从未这样的害怕过，从未这样的后悔过！

晓萤狂哭着！

不知是向哪个方向狂奔出去，她一路狂奔一路狂喊，直到有警车雪亮的灯光照上她的眼睛！哭得全身颤抖，当晓萤带着警察终于狂冲回那个漆黑得如同噩梦般的巷子，惊恐尖叫地看到——

铁棍闪着狰狞的寒光！

从夜空中挥下，重重打在百草的右腿膝盖上……

爱之名

CHAPTER 12

一个月后。

松柏道馆。

慢慢将左脚放在地上，小心翼翼地站起来，缓缓将力量放在右腿，百草在晓萤的搀扶下，在屋里走了一步，再走一步。

“没关系，你放开我，我自己走走试试。”

额头沁出薄薄的汗水，百草吸一口气，轻轻推开满眼忧色的晓萤，很慢很慢地，独自走了十米，走到房间那头，又慢慢折回来。

“你看，我可以走路了！”

汗水沁湿后背，百草忍住膝盖处传来的阵阵疼痛，笑着对眼中充满泪水的晓萤说。

“哦，太好了。”

激动地擦掉夺眶而出的眼泪，晓萤赶忙又扶住百草，说：“不过你还是一次别走这么多，慢慢来，若白师兄说……”

“你们在干什么?!”

手中端着熬好的药膏，若白站在门口面有怒色地瞪着她们。

“我、我……”

晓萤吓得手一哆嗦，赶紧扶百草到床边坐下。若白师兄曾经郑重叮嘱过她，让她全天候盯紧百草，不许百草用受伤的左腿下地走动。

“……在床上待得太久了，”百草结结巴巴地解释说，“腿都好像生锈了，所以，我让晓萤扶我……”

“复健我会帮你做，要按照步骤来，不能急进。”沉着面孔，若白将刚刚熬好的药膏放在床边的小桌上，坐在她的床畔，卷起她右腿的裤管。

轻轻揭开她右腿膝盖处的纱布。

膝盖依旧微微红肿着。

上面留有微创手术后的疤痕。

若白眉心皱起。

用木板勺，把尚未完全放凉的药膏，一点一点，仔细地涂抹在她的整个膝盖上。

看着百草受伤的右腿膝盖，晓萤默默咬住嘴唇，眼泪吧嗒吧嗒地滴下来。即使已经过去一个月，她仍然忘不了那心惊胆战的一幕，铁棍重重打在百草的膝盖上……

她忘记了那时候亦枫、初原和若白他们是怎么赶到医院的，只记得那时候她在急救室里崩溃地对着百草大哭，最后害得浑身受伤的百草还要分神来安慰她。

为百草全身检查后，医生说，百草身上的伤基本都是皮外伤，过一段时间就可以恢复，只是右腿膝盖的十字韧带损伤，需要至少三个月的时间进行治疗和恢复。

三个月……

看着若白低头认真地为百草上药，看着百草被刚才走路时的冷汗浸透的上衣后背，晓萤心里难过极了，眼泪默默地淌着。三个月，要三个月的时间才有可能像正常人一样走路，可是，全国锦标赛暨世锦赛选拔赛只有不到一个月的时间了。

“我出去走走！”

心里痛得再也无法看下去，晓萤挤出一个笑容，低着头从屋里跑出去了。

百草担心地望着晓萤的背影，自从她受伤以来，几乎每晚都听到晓萤躺在床上辗转难眠。

“不要操之过急。”

低着头，若白将药膏一层一层敷满她的膝盖。药膏的药方是他去各家著名中医那里问诊，仔细研究之后，确认不会有副作用，才用在她的身上。

“即使错过这届世锦赛，还会有两年后的奥运会，”用纱布一层层将她的膝盖包起来，若白淡淡地说，“有完好的身体，你的跆拳道之路才能走得更久。”

“可是，我真的已经感觉好多了！”百草急切地说，“我的膝盖已经完全不疼了。你的药膏很管用，这些天我感觉膝盖暖和和的，很舒服，刚才我走了走，也没觉得……”

看到若白沉肃的目光，百草噎了噎，哑声说：

“……也只有一点点疼而已了。”

“从现在开始，一个月内，你的复健只能在医院或者我的帮助下进行，”为她轻轻按摩着右腿的肌肉，若白沉声说，“听到了吗?!”

“……是。”

***　***

傍晚，松柏道馆被晚霞映成淡红色。

闷闷不乐地走着，晓萤低头踢着路上的小石子。

自从百草受伤，道馆里气氛就变得异常压抑，所有的弟子都垂头丧气。大家都对百草寄予无限的希望，希望百草能够在世锦赛拿到好的名次，可现在百草连走路都很吃力。

马上就是晚课的时间了。

但她不想去。

为了照顾百草，若白师兄把道馆的日常训练交给了亦枫。她不想去晚课，不想见到亦枫。

"喂，发什么呆呢？"

踢出去的小石子又被滴溜溜地踢回来，听到那懒散悠闲的声音，晓萤的脸一皱，闷声不吭地转身就走。

"你这个家伙！"

仿佛早就料到了她会这样，亦枫一把揪住她的肩膀，拧眉教训她说：

"见了师兄，连声招呼都不打，还有没有规矩！"

晚霞中，晓萤愁眉苦脸地飞快看了亦枫一眼，他看起来还是懒洋洋的，一副没心没肺的样子。

"师兄好。"

很规矩地行了个礼，她垂头丧气地转身就走。

"喂，范晓萤，你究竟怎么了？"一脸莫名其妙，亦枫又揪住她，"这么长时间了，见了我就躲，好像我是瘟疫一样。"

垂着头，晓萤一声不吭。

仿佛在默认他的话。

望了她一阵子，亦枫叹口气，说：

"别怕，有什么你都可以直接跟我说。你是不是正在跟其他男生交往，所以想离我远一点？"

"…………"

晓萤吃惊地看向他。

“始乱终弃的臭丫头!”眼底有些无奈，亦枫恶狠狠地敲了她的脑门儿一下，“就算如此，我还是你的师兄，不许见了我就躲，没大没小的!”

委屈地捂住额头，晓萤眼泪汪汪地望着他说：

“我没有喜欢别的男生。我很喜欢你，事实上，你是我最喜欢最喜欢的一个男生！原本我还没有那么喜欢你，可是，后来，我就越来越喜欢你了……”

亦枫一怔，看着她。

“所以，我不要跟你在一起，不要跟你说话，不要看见你!”眼泪吧嗒吧嗒的，晓萤的鼻涕也哭出来了，“我要惩罚我自己！在百草的腿伤养好之前，我不可以开心，不可以高兴，不可以交男朋友，我一定要惩罚我自己，只有这样，我才会心里好过一点!”

“你这个笨蛋。”

看着她脸上崩溃而出的泪水，亦枫心中一揪，下意识地伸手想去安慰她。

“别碰我!”

受惊的小动物般躲开，晓萤哭泣着蹲在路边。

“百草受伤，大家都很难过，”叹一口气，亦枫在她的身旁蹲下，安慰她说，“但那是一场意外，谁也不想的。”

“不！不是！那不是意外!”拼命地摇着头，晓萤哭泣，“不是迷路，那是我故意的，是我拉着百草去那么偏僻的地方！你知道我是想去干什么吗？我是想去看红灯区，我觉得那很刺激很好玩！所以，我拉着百草一起去，我知道她不会拒绝我，她不会吵我，她什么都答应我……”

“我带百草到那么危险的地方去，我想着，就算真有坏人，百草那么厉害，一定可以把他们全都打趴下，”晓萤哭得脸上稀里哗啦，“你看，我想到了可能有危险，可是就算那样，我还是拉着百草去了!”

亦枫默默地听着。

自从百草受伤以来，晓萤就像完全变了一个人，再也没有笑过，她整天垂着头，眼圈红红的。

“一共有五个人，他们手里拿着铁棍，”泪水蔓延在脸上，晓萤哭着说，“百草拉着我往外跑，我跑得慢，我跑不动，又被抓回去，百草就只能又回来救我！可是，看着她为了我，跟那些白人和黑人打在一起，我却……我却害怕得只会躲在旁边哭……”

“亦枫……”

颤抖地抓住亦枫的手腕，晓萤难过地哭着说：

“以前，我一直觉得我是百草的好朋友，是最好最好的那种好朋友，可是，眼睁睁地看着百草为了我，跟那些人搏斗，我却只会躲在旁边哭……我什么用也没有……只会窝囊得像胆小鬼一样躲着哭……亦枫……是我拖累了她，是我害了她……我恨我自己，我恨死我自己了……”

“你怎么会是胆小鬼呢？你只是平时训练爱偷懒，所以身手太差而已，”反手握住晓萤哭得冰凉的手指，亦枫开玩笑般地说，“好在你是冷静聪明的，没有再冲上去给百草惹更多麻烦，而是飞快就找到了警察，不是吗？”

泪水流着，晓萤呆呆地摇头：

“如果不是我拉着百草到那里，就什么都不会发生……”

“好了，你快变祥林嫂了！”

将晓萤从地上拉起来，用手指帮她擦去满脸滂沱的泪水，亦枫无奈地说：“你也不用太担心，百草的腿伤会痊愈的。而且，能看出来，百草丝毫没有嫌弃你，她还是把你当成她最好的朋友。”

“可是，只有不到一个月了。”眼泪继续流着，晓萤伤心地说，“好不容易有了能够公平竞争世锦赛的参赛资格，我却害得百草受伤不能打比赛。

是，我知道，百草还是把我当成她最好的朋友，为了怕我难过，她每天都装得高高兴兴的，好像腿一点也不疼，一点也不会影响到马上开始的比赛。”

“我配不上百草……”

“哇”的一声，晓萤又大哭起来：

“我把她害得这么惨，她还要担心我……我……我……所以，亦枫，我们分手吧！”

“对，我们分手吧！”

用力地吸着鼻子，脸上哭得乱七八糟，晓萤壮士断腕般悲伤地看着亦枫说：

“在百草的腿伤康复之前，在百草没能拿到世锦赛冠军之前，我们分手吧！百草一天不好，我就一天不可以快乐高兴！我要惩罚自己，只有这样，我心里才会好受一些！”

“你这个家伙。”

亦枫无语地望着她。他能看出她是认真的，是无比认真的。

“只是，”可怜巴巴地瞅着他，晓萤哀求说，“分手之后你先不要跟其他女孩子在一起，好吗？这样，等百草拿到冠军，我就能再把你追回来了。”

“你这个笨蛋！”

黑着脸，亦枫怒瞪着她，恨声说：

“你难道以为我可以招之即来、挥之即去吗？！”说完，他咬牙切齿地大步离去，只留下晓萤傻呆呆地站在原地，心碎成了一片片。

***　***

夜晚。

听到一直在辗转难眠的晓萤终于沉沉睡去，百草轻手轻脚地从床上爬起来。换上道服，她摸到放在床头的拐杖，小心翼翼地打开房门，一瘸一拐地走到外面。

夜空中有半轮弯月。

关好房门。

百草拄着拐杖，慢慢走在寂静的松柏道馆里。路旁的树叶沙沙作响，夜风中混着静静的虫鸣，穿过庭院，穿过小树林，前面是黑暗一片的练功厅。

走上门廊的榻榻米。

拉开纸门。

熟悉的气息迎面扑来，拄着拐杖，百草怔怔地站了几秒钟，先是出国打比赛，再是受伤，算起来竟有将近两个月的时间没有来过这里了。

打开灯，练功厅内明亮起来，把拐杖靠在墙边，百草点着脚，慢慢走到垫子中央。

深呼吸。

将全身的重量缓缓地平均分配到两条腿上，右腿膝盖处顿时传来一阵扭曲般的疼痛，她提一口气，强忍着等那波疼痛缓解掉。然后，握拳，左腿支撑住，她缓缓抬起右腿——

收拢。

发力！

“啊……”

就在微微发力的那一刻，撕裂般的疼痛使得全身冷汗迸出，百草痛得眼前一昏，整个人软倒在垫子上！足足喘了很久，才将这波疼痛忍过去，她勉强支撑着站起来，不敢再踢右腿，缓缓地将右腿换成支撑腿，踢出左脚。

呼。

虽然右腿还是一阵闷痛，但是比起刚才那可怕的撕裂感，已经好多了，百草松了口气。

距离全国锦标赛暨世锦赛选拔赛只剩下不到一个月的时候，这条受伤的右腿连走路都还会疼，到底比赛该怎样去打，她心里也很着急。只是，这种着急她在所有人的面前都不敢表露。

晓萤已经歉疚极了。若白师兄自己的病情还没有痊愈，就日夜费心在她的伤势上，好几次，她都能看出他熬夜研究药方而熬得眼圈发青。初原师兄前阵子因为她的伤请了假，整天陪在医院里守着她接受治疗和帮她复健。

师父和光雅也来看过她好几回，带来各种营养品给她。甚至连常胜道馆的郑师伯都来看望过她。松柏道馆里无论是大弟子们还是小弟子们都在焦急地到处搜集各种秘方和偏方，希望她的腿能快快好起来。

她很感激。

她不知道该怎样去表达她的感谢。

所以，她更加不安。

她想要尽快地恢复，一定要在全国锦标赛之前恢复起来，打好比赛，拿到冠军。一定要拿到冠军，只有这样，才有资格参加世界跆拳道锦标赛，才能让关心她的人们放心！

按捺住心里的焦急，吃力地站在垫子上，百草努力思考解决方案。目前看来，右腿只能勉强作为支撑腿来使用，想要发力进攻的希望很渺茫。那么，双飞三连踢的战术就将很难发挥出来。

必须加强左腿的进攻。

"喝——"

将力量加大些，左腿踢出一个直踢！被牵拽着，扭曲般的疼痛瞬时从右腿膝部燃烧而起，她眼前一黑，冷汗涔涔地坐倒在垫子上，但是还好，这种程度的疼痛是可以忍受的。

强攻的打法会受到限制。

或许不得不调整为防守反击的打法。但这样一来，步伐就必须更加灵活。咬着牙站起来，百草开始尝试步伐的快速挪动。

"咝——"

每一次挪动，哪怕幅度再小，右腿的膝盖处都仿佛是有千万只蚂蚁在撕咬。但是还好，这疼痛也是可以忍受的，百草冷汗涔涔地咬紧嘴唇，只要习惯了就好，等到习惯了，就不会再感到痛！

一分钟。

再一分钟。

墙壁上的时钟走得异常缓慢。

吃力地挪动着步伐，百草抬头看向那仿佛坏掉的时钟，疼痛的冷汗让她整个人如同沁在冰水里，至少要能够站足全场三局的九分钟才行。

练功厅的纸门"刷"地被拉开。

"你怎么在这里！"

当若白沉怒的声音响起，百草吓得全身一抖，还来不及回头去看，就整个人摔倒在垫子上！

"我、我……"

慌乱得不知道该怎样才好，她坐起来，顾不得痛得抽搐的右腿，抓住脑中闪过的第一个借口，结结巴巴地说：

"……我睡不着，所以出来散散步。我、我没有练功，我只是站了站……"

"现在，你连撒谎都学会了吗？"

气得面容肃冷，若白走到她的面前。没有伸手去扶她，他只是冷冷地看着她，仿佛对她已经失望极了。

"…………"

百草羞愧地低下头。

窗外一轮弯月。

秋天的夜晚，虫鸣远远地传来。

“你……怎么还没睡呢？”

怯怯地望着若白的脚尖，百草忍不住问。现在已经将近夜里十二点，按照医生的嘱咐，若白的身体必须保证每天至少十二个小时的静养，为什么此刻他还会出现在这里？

“…………”

若白冰冷地望着她。

从他的宿舍，远远地可以看到练功厅。当练功厅的灯光突然亮起来，他就猜到可能是谁，没想到，居然真的是她。

“……我这就走，你也早点回去吧。”吃力地从垫子上站起来，百草不安地看向他，犹豫了一下，局促地说，“……你的药，都有按时吃吗？为什么我觉得，你最近好像又瘦了呢？明天我去医院复诊的时候，也、也陪你去检查一下你的身体，好吗？”

最近若白瘦得令她心惊胆战。

她不止一次想陪他去医院做个检查，但他每次都冷着脸拒绝，而腿部受伤的她也失去了硬将他拉去的力量。

“等我走了，你就再回来吗？”声音淡漠，若白仿佛根本没听到她说的另外一件事情。

“不会的！”

百草慌乱地摇头。

“那么明天呢？后天呢？”若白审视着她，“是否只要没人看见，你就会偷偷开始恢复训练？”

“…………”

百草呆住。

“回答我！”若白厉声说，“如果你敢再对我撒谎……”

“我的腿真的已经不疼了！”不敢听他说完，百草急切地说，“我刚才试了试，右腿虽然暂时还不能发力，但是作为支撑腿是一点问题也没有的！所以我想，只要多练习左腿的腿法，让左腿承担主要的进攻，再加快移动的步伐，从全面进攻转为防守反击，应该也是可以参加比赛的！”

“医生说过，三个月内不能剧烈活动，”若白冰凝着面孔，“否则如果你的右腿再度受伤，就可能再也无法完全恢复！”

“医生的话难道就是完全正确的吗？就像……就像有的人已经被医生宣布终生植物人，再也不会醒来，可是照样醒来了，活得好好的。有的人被宣布得了绝症，马上就要离开人世，可是照样活了很久很久。”

百草慌乱地争辩说：

“同样的受伤，每个人的恢复情况都是不同的啊。有的人可能是必须需要三个月，但是我的身体一向都很好，我只要两个月，不，只要一个月，我就可以完全恢复了！”

“不信你看！”

勉强地走出两步，百草咬紧牙关，左腿用力，纵身提气，腾身旋转而起！

“喝——”

她高喝着踢出右腿！

“砰——”

撕裂般的疼痛使空中的身体微微抽搐起来，她眼前发黑，死死咬紧牙关，靠身体的直觉——

“砰——”

踢出第二脚！

疼痛攫紧她的全身，整个人痛得仿佛从冰水里被捞出来的一般，她挣扎着想要用右腿再踢出第三脚，然而右腿竟已痛得麻木，完全不听她的使唤——

“扑通！”

从僵滞的半空，痛到流汗的身体重重地跌了下来！眼前痛得阵阵发黑，冷汗一层层地迸出，她挣扎着立刻坐起来，死命咬紧嘴唇，不让自己痛晕过去。在痛到模糊的视线中寻找到若白的身影，她拼命露出一个高兴的笑容，说：

“你、你看……就连旋风三连踢也基本可以……”话未说完，她的身体腾地被人抱起！

将痛得满身冷汗的百草横抱在怀中，若白又拿起她靠在墙边的拐杖，紧绷着面孔关上灯，抱着她走出来。

夜风吹来。

弯月依旧静静地挂在空中。

“……放下我，我太沉，”挂念着若白的身体，百草顾不得自己依旧剧烈抽痛的右腿，在他怀里仰起头，焦急地说，“我可以自己走，我……”

“闭嘴！”

冷硬地打断她，若白将她抱得更紧些。树影在夜风中婆娑，虫鸣时隐时现，走在夜晚寂静的小树林中，良久，他冰冷地说：

“忘了跆拳道吧。”

“什么？”她一惊。

“在你的腿伤痊愈之前，忘记跆拳道，忘记比赛。”树影在两人的头顶沙沙地响，他面无表情地说，“即使错过这届世锦赛，还会有下一届世锦赛。哪怕从此远离跆拳道，至少你还有健康的腿。大学毕业之后，无论你将来是学者、翻译、记者或者办公室文员，至少你的腿可以正常行走跑跳。”

睫毛低垂，他淡淡地说：

“这——比什么都重要。”

怔怔地望着他，百草的心中被某种酸涩的情绪涌满，嘴唇颤了颤，她挣扎着说：

“可是，可是我很想参加……”

打断她，若白冷冷地说：

“如果你再私自练功，就离开松柏道馆吧。”

在他的怀中，她的身体霍然僵硬起来，面容吓得雪白雪白，她惊慌失神地望着他：

“师兄……”

“你可以试试，看我是否当真。”月光的树影中，若白淡漠地说。

呆呆地被他横抱在怀中，百草可以看到他紧绷的下颌，可以感受到他胸腔内沉怒的呼吸。她的心渐渐沉下去，越来越凉。泪水默默从她的眼角滑落，闭上眼睛，她将脑袋窝在他的胸口，无声地哭着。

胸前透来泪湿的温热。

若白沉默着低头，只能看到她黑发的头顶和哭得微微抽搐的后背，将她抱得更紧些，他继续沉默地走在夜晚树林的小路上。

*** ***

同样的夜晚。

夜空中同一轮弯月。

“呀——”

跆拳道国家队的训练大厅，灯火通明，婷宜奋声高喝，身体旋转着腾空而起，接连踢出三脚——

“啪！”

“啪！”

“啪！”

轻盈地落地，婷宜的脸上已经满是晶莹的汗水，她高兴地朝坐在旁边的外公跑过去，喊着说：

“外公，我练会了！戚百草的旋风三连踢虽然看起来惊人，但是真正练起来并不难，您看，我才练了不到半个月，就已经比她更精准和省力！”

“小婷，外公早就说过，你是最有悟性的孩子。”万老馆主抚须而笑，“在跆拳道的天分上，也只有李恩秀那孩子能跟你一比。”

“外公，您就爱哄我！”

开心地笑着，婷宜撒娇地在外公肩上蹭了蹭，才拧开一瓶水，小口地喝着。

“哈哈，不是外公自夸，就算是李恩秀，她在比赛时的优雅也是完全不及你。”万老馆主笑呵呵地说，“当年你的母亲也是如此，她的跆拳道腿法被称赞为可以媲美艺术表演。”

婷宜出神了一会儿。

她还记得，那时候她还很小，但是母亲打比赛的时候会经常带她在身边。母亲那优雅美丽的身姿总是成为全场瞩目的焦点，让海内外无数的跆拳道爱好者为之倾倒。直到母亲去世多年后的现在，每年的忌日依旧会有很多当年的崇拜者到墓前献花。

“那为什么，”懊恼地皱皱眉，婷宜问，“上次的队内赛我会败给戚百草，而且戚百草现在俨然一副所向披靡的王者之势呢？”戚百草的打法明明那么粗笨。

“那是因为她的力量。”缓缓抚着胡须，万老馆主沉吟着说，“最近几次她在国外比赛的录像，你看过了吗？”

“看过了。”

“她的腿法，你可以做到吗？”

“可以！”

“那为什么，她可以将对手KO，而你只是能够得分而已呢？”万老馆主问她说。

“…………”

“你的腿法优雅、轻盈、精准，可以不费力气地踢中对方的得分部位。而戚百草的腿部具备瞬间爆发的巨大力量。被你踢中的对手，可以站起来继续比赛，而被她击中的对手，会无法再继续比赛。”万老馆主缓缓说。

“所以她能成为‘KO王’?”婷宜心情复杂。

“对。”

“……那怎么办?”

“在你原本的优势上，再加上她的力量，就没有人可以是你的对手。”万老馆主打开地上放着的一个包，“从现在开始，每天训练的时候在脚上绑着它们。”

那是一对沉甸甸的沙袋。

婷宜弯腰拿起它们，每一只都足足有将近二十斤。将沙袋分别绑在左右脚踝上，她试了试，简直连走路都变得困难了。

“外公，我想再练一个小时，”展眉一笑，婷宜说，“您先回去休息吧，别一直陪着我了。”

走到练功大厅的门口。

万老馆主回首，望着已经绑上沙袋，在垫子上一遍又一遍练着腿法的外孙女。

婷宜的灵性和天赋并不比她的母亲低，只是，因为幼时丧母，女婿太过宠溺她，将她养得有些任性和娇气。而几次在比赛中败给李恩秀，又使得婷宜自信心低落，转而把心思放在了接拍广告这类的娱乐圈行为上。

戚百草那小姑娘的出现，对婷宜未必是坏事。受到刺激之后的婷宜，开始空前勤奋地每天训练。

虽然他并不赞同婷宜一怒之下跟多年培养她的沈柠闹翻，改投到国家队。但是，有了坚决想要拿到的目标，总是一件好的事情。

***　***

屋漏偏逢连夜雨。

晓萤现在深刻明白这句话的含义了，就在百草的腿伤还未痊愈，连恢复性训练都无法开始，而全国锦标赛又迫在眉睫的时候——

若白师兄竟然生病入院了！

前天深夜，当急救车呼啸着开进松柏道馆，百草一下子就从床上弹坐了起来，连拐杖都顾不上拿就往外冲。当时她还觉得百草大惊小怪，结果没想到，出事的竟然是若白师兄！

救护车是亦枫喊来的。

当昏迷中的若白师兄被救护车送到医院，经过急救脱离危险之后，病房里亦枫说，这段时间若白每晚都低烧不断，他劝过好多次让若白去医院看一看，甚至请了假想要陪若白一起去，若白都固执地拒绝。

守在若白的病床前。

见百草呆呆地守着若白，整个人都有些恍恍惚惚的，晓萤一步也不敢离开她，生怕她会一不小心摔倒或者有什么意外。后来，医生唤初原和亦枫到值班室谈话，百草拄着拐杖立刻跟过去，亦枫黑着脸拦住百草，说若白以前严肃地叮嘱过他，不许让百草参与病情的讨论。

"你放心啦，不会有事的。"

看到医生值班室的门在百草面前关上，晓萤只得故作轻松地安慰她，"刚才医生不是也说了吗？若白师兄已经没有危险了，再过几个小时就会睡醒了。呵呵，若白师兄身体那么好，是咱们的大师兄哎，绝对不会有事的！"

百草面容雪白。

她木然地望着那扇门，从里面没有传出来一丝的声音，良久，她转过头，眼瞳空洞地说：

“晓萤，帮帮我……”

“你说！”

“帮我打听，若白师兄的病情……”百草冰凉的手指紧紧抓住她。

苏醒过来后的若白做的第一件事，就是将打算整晚陪床的百草赶回了松柏道馆，也不许她再来医院。在道馆里，百草每天魂不守舍。为了百草，晓萤打点出全身的本事，终于在这两天查清了若白师兄的病情。

可是……

晓萤愁眉苦脸地呆坐在小树林的路旁，她真的要将若白师兄的病情如实地告诉百草吗？

***　***

“不要告诉她。”

病房里，输液的液体一点一点淌进静脉，若白苍白着面孔，静静地对站在床前的初原说。

“她迟早会知道的。”初原皱眉。

“能拖多久，就拖多久。”虚弱地咳嗽了一阵，若白又说，“初原，拜托你，如果她去问你，你就说，我只要静养一段时间，就可以痊愈。”

“这次，必须做手术了。”初原没有回答他。

若白沉默半晌，说：

“好，我同意手术。只有一个要求，不能把我的病情告诉她。”

病房里寂静无声。

终于，初原摇头说：

“手术具有一定的危险性，我认为，应该让她知道。若白，你很清楚你在她心中的地位，这么重要的事情如果瞒着她……”

“我只是她的师兄。”若白淡淡地说，“道馆里那么多弟子，少她一个人知道，没有关系。”

“若白！”

看着若白淡然疏离的神情，初原怔了片刻，然后，唇角渐渐染上一抹苦涩，低声说：

“也许，她是喜欢你的。”

若白身体一僵。

他紧盯着初原，像是完全听不懂初原说的是什么。

“虽然这些话不该由我来说，”心底的苦涩让他几乎无法再说下去，初原笑了笑，“百草一直都是个傻丫头，因为最初的时候我照顾过她，她就把对我的感激，错以为是特别的感情。若白，我能看出来，在她的心里，你是非常重要的人。”

“你误会了。”若白哑声说，“那次热汤洒下来的时候她护住我，是因为她认为我是病人，没有自保的能力。”

“那是她下意识的行为。当发生危险的那一刻，人们会下意识地去保护对自己而言最宝贵的东西。”初原摇头淡笑，“你放心，我并没有指责的意思在里面。

“事实上，是我做错了。明知道她还懵懵懂懂，根本不知道感情是什么，就将我的心意告诉她，请她接受。”初原静静地说，“明知道，她是个一根筋的傻丫头，我逼她接受了我，即使再喜欢哪个男孩子，她也不会再给自己机会，可我还是那样做了。”

苦笑着，初原说：

“你看，我是多么自私。”

“初原，”闭上眼睛，若白说，“你确实误会了，她并没有喜欢我。她对我只是师兄的感情。或许是因为训练的关系，我和她在一起的时间长。但那种感情，只是师兄妹之间的感情。”

“你喜欢她，不是吗？”初原凝视着他。

“我是否喜欢她，并不重要。”低声咳嗽着，若白唇色苍白地说，“我性格刻板，对她又凶。而你温柔细致，能够更好地照顾她，让她每天开心快乐。”

“若白……”

“初原，我想请求你一件事。”打断他，若白正色说。

“什么事？”

“如果，”眉心微皱，若白哑声说，“如果我在手术中发生什么意外……请你看住她，在腿伤痊愈之前，不要让她参加任何比赛。”

初原默然听着。

“而假如，她的右腿恢复得很好，她自己又很想继续比赛，可以请你做她的教练或是陪练吗？” 凝望着初原，若白的语速缓慢，像是要确保每一个字都被初原听到，“她是最出色的跆拳道选手，她可以到达最辉煌的顶峰。拜托你，初原，如果我不在了，请你帮助她。”

爱之名

CHAPTER 13

中午。

国家队的宿舍里。

又审查了一遍参赛申请表中的各项内容，确认无误后，婷宜仔细地将它收好。正准备去食堂打饭，她忽然听到门口经过的两个队友谈论着说：

“听说了吗？岸阳的戚百草不能参加这次的全国锦标赛了。”

“咦，为什么？”

“她的腿受伤了，好像是右腿，据说都没办法下地走路，肯定是不能参加比赛了。”

“好可惜。我看过她几场比赛的录像，打法是少见的勇猛，原本打算这次锦标赛好好在现场观摩一下……”

两位队友渐渐走远。

错愕片刻，婷宜的心情很是复杂，她低头看向自己的双腿。为了增加力量，她现在连平时都穿着宽松的长裤，在脚腕绑着重重的沙袋，除了睡觉的时候，从不摘掉。

想了想，她拿出手机，拨通梅玲的号码。

***　***

小树林中。

阳光透过树叶的间隙洒照下来。

"……75、76、77……"

扶着树干，百草缓缓地蹲下去，又缓缓地站起来。这段日子，若白师兄依然拒绝她去医院探视，让初原师兄接手了她的复健。经过她一次次的恳求，初原师兄终于同意她开始初步的恢复性训练。

每天，她坐在床边，初原师兄为她在脚踝绑上沙袋，看着她慢慢地将小腿从屈曲变成伸直，一直让她做到一百次。每当她想再多做几次，初原师兄却总是阻止她，将沙袋拿走。

每天，她可以在初原师兄的看护下，扶住树木做简单的下蹲动作。这组动作，每次初原师兄也只允许她做一百下。

"……82、83、84……"

若白师兄住院以来，亦枫师兄每天陪护在病房，却是初原师兄越来越多地出现在道馆中，甚至接手了弟子们日常的训练。而她也从最初的慌乱惊恐，渐渐镇定下来。

"……99、100，结束。"

初原走过来，将她扶到树林里的长石凳上坐下。用毛巾帮她擦了擦脸上的汗水，又让她喝了几口温开水，他卷起她右腿的裤管，在伤口处为她敷上熬好的药膏。

"看着好些了。"

见红肿已经完全褪掉，初原微笑着说。当初为了这个药膏的药方，若白跑遍了所有的医院，不仅跟他一起研究，还找了很多外科、骨科、神经科的大夫去看。现在看来，这个药方确实是很有效的。

“嗯！基本已经完全不疼了！”

百草连忙点头。

“不疼是不可能的，”初原笑了笑，用纱布把她膝盖处的药膏裹好，“要想完全不疼，至少要一个月以后。古语说，伤筋动骨一百天，你还是打消了参加比赛的念头吧。”

“…………”

眼睛一黯，百草正准备对初原说她的计划，手机音乐突然响起！

“喂，我是沈柠。”

手机里居然传来的是沈柠教练的声音，百草一呆，还没来得及说话，就听见沈柠教练紧接着说：

“你来一趟办公室。”

*** ***

看到敲门进来的百草，虽然努力走得平稳，但步履间还是有难以掩饰的一瘸一拐，沈柠的神色变得凝重。

“是这样，”让百草在椅子里坐下，沈柠开门见山地说，“关于全国锦标赛暨世锦赛选拔赛，若白给我来过电话，他说你伤势严重，不能参加比赛。他也希望，我不要告诉你报名参赛的事情，使你直接失去参赛的机会。但是，我还是想听听你自己的想法。”

“我要参赛。”

毫不犹豫地，百草回答说。

“就猜你会这样说，”沈柠似笑非笑地看她一眼，“但是我必须告诉你，以你目前腿伤的情况，即使参加比赛，也未必能够拿到好的成绩。

而且，如果在比赛中再次受伤，你的伤势有可能会严重到今后都再也无法进行跆拳道运动。这种先例不是没有的。你考虑清楚了吗？”

“……是。”

咬了咬嘴唇，百草点头说：

“我考虑清楚了。”

站在窗边，看着百草伏在办公桌上填写参赛的申请表格，沈柠的眼底有些自嘲和落寞。世事的发展真是出人意料。当她终于承认，百草的实力在婷宜之上，更应该被推荐参加世锦赛，甚至因此惹得婷宜大怒，要她的父亲同她断绝关系之后——

百草居然十字韧带受伤。

望着窗外的景色，沈柠心中一叹。

“沈柠教练，”身后传来百草有些犹豫的声音，“报名的事情，可不可以请您……先不要告诉若白师兄……”

“他还没出院吗？”

“……没有。”

“嗯，知道了。”沈柠说。

***　***

然而，就在参赛的申请表格交上去的第三天，所有关于跆拳道全国锦标赛暨世锦赛选拔赛的新闻报道里，都出现了百草的名字！百草受伤的消息也登上了各大体育报纸的头版！

“戚百草负伤出战，争夺世锦赛参赛资格！”

“旋风百草能否再展神威！”

“方婷宜&戚百草即将上演终极王者之战！”

“…………”

目瞪口呆地看着这些报纸，晓萤真难以相信，记者们是怎么把百草腿部伤势的细节都了解得这么清楚，简直就像是拿到了百草的病历本。不，不过这不是重点，重点是，万一若白师兄看到这些报道，不是会气疯了吗?!

“你不是说，请沈柠教练替你保密了吗?”转头看向同样呆傻住的百草，晓萤着急地问，“怎么这么快消息就传出来了啊!”

“……是、是啊，”醒转过来的百草急得在屋里团团转，后知后觉地拿出手机来，“我问问沈柠教练。”

“哎呀！不能问啦!”晓萤扑过去抢下来手机，“万一是沈柠教练自己放出去的消息呢？啊，不是不可能！沈柠教练蛮喜欢利用媒体造势的，她的原则不就是，越多媒体和公众关注，就能越推动选手训练和比赛时的情绪吗?”

“…………”

百草抿紧嘴唇。

“也未必啦!”晓萤赶忙又打圆场，“现在的记者都超厉害的，也许是在锦标赛的组委会埋伏有眼线，所以你一报名就立刻知道了。而且你的受伤，整个松柏道馆包括常胜道馆全都知道，也不算是什么秘密啦！唉，现在就希望若白师兄看不到这些消息……”

晓萤急得抓耳挠腮，说：

“有了！我跟亦枫打个电话，让他从现在开始把所有报纸都收起来，也不开电视，大家全都对好口风，瞒住若白师兄!”

“好!”

像抓住了救命稻草，百草立刻把晓萤的手机从桌面上拿过来，眼巴巴地递给她。晓萤刚接过手机，还没来得及按下号码，突然手机屏幕自己亮了起来，然后铃声大作!

一看到来电显示上是“亦枫”的名字，不祥的预感瞬间笼罩在晓萤和百草头上，两人惊惶地对视一眼，晓萤战战兢兢地接通电话。

“喂?”

才说出第一个字，晓萤就被电话那端劈头盖脸传来的亦枫的怒骂声吼得离开手机一尺远!

百草紧张地看着她。

似乎是被亦枫狂风暴雨般地骂着，晓萤的脸色由白转红，由红转黑，由黑转青，最后像被霜打蔫的茄子一样，瑟缩着挂掉电话。

“亦枫说，”咽了咽，晓萤悲凉地望着紧张万分的百草，“若白师兄已经知道了，让你去一趟医院的病房。”

*** ***

医院长长的走廊。

额头有紧张的薄汗，百草拄着拐杖，晓萤在身旁扶着她，同样是紧张的神情。走到529病房门口，百草不安地看看晓萤，心脏跳得异常惶恐，晓萤干笑着安慰她：

“别、别怕，若白师兄就是纸老虎……你多哀求哀求，或者哭一哭，就、就没事了……”

“呀——”

亦枫阴沉着脸打开病房房门。

从亦枫的身侧，百草看到了若白。

在看到若白的那一刻，她的耳膜仿佛有幻听般的嗡嗡声，四周在渐渐淡去，雪白的病床上，那个淡淡的身影，她竟已记不得自己有多久没有看到过他。

那淡如青松般的身影。

几日未见，竟已瘦削得令她心惊。心脏紧紧缩成一团，她想要出声唤他，却发现病床上的他无比冷漠，只是看着墙壁上的电视。

电视屏幕中。

身穿雪白的道服，训练中的婷宜正在接受记者采访。

记者问：“据说你以前的同门师妹戚百草，将会带伤参加比赛，你有什么话想对她说吗?”

婷宜笑容温柔地说：“祝愿她的伤势可以早日恢复，不要影响在比赛中的发挥。”

记者问：“听说，戚百草曾经在队内赛中打败过你?”

婷宜笑容依旧：“是的，我和她在同一支队伍里有三年的时间，她曾经打败过我一次。”

记者问：“戚百草崛起的速度非常快，被誉为‘KO之王’，被公众视为最有潜力的跆拳道新星，也被认为是你最大的对手。在即将开始的全国锦标赛当中，你将会遇到她，你怎么看待同她的交手?”

婷宜微笑说：“在赛场中，最终是要靠实力来说话。再多的称号，也不如真正的金牌。”

晓萤心里哼了一声，但是碍于病房里凝固般的气氛，她到底还是不敢出声。

按下遥控器的开关，病床上的若白将电视关掉，他沉默了片刻，视线缓缓望向僵立着的百草，说：

“你报名参赛了，是吗?”

咬了咬嘴唇，百草硬着头皮说：

“……是。”

“好，很好。”望着她，若白的眼底渐渐凝出了一片冰，“既然我说的话，你并不想听，那么，就请你离开松柏道馆吧。”

晓萤大惊失色，亦枫也震惊住了！

“不!”

面色瞬时雪白，百草的嘴唇不受控制地颤抖着：

“我听你的话，我没有再训练了！若白师兄，你相信我，除了在初原师兄的看护下，我全都听你的话，一丁点没有再自己偷偷训练了!”

深吸口气，若白淡漠地说：

“你知道我说的是什么。”

“在比赛开始之前，我的腿一定可以痊愈的，”心中害怕极了，泪水冲破她的眼眶，“现在我每天下蹲可以做到三百个，膝盖的屈伸可以做到一千个，到比赛的那一天，我的腿一定可以恢复得好好的，不会有事情的。”

“那是不可能的!”

气得唇色发白，若白的声音也变得沙哑：

“膝盖的十字韧带受伤，至少要三个月的恢复期！你以为你的腿是什么，是钢筋做的吗?！我告诉过你，忘记跆拳道，忘记比赛！我所说的话，你根本就不听，对不对?!”

“不会有事的……不会有事的……”百草慌乱地摇着头。

“如果就是有事了呢?!”右手握紧，若白哑声说，“因为一场比赛，赌上你的腿，你还能更蠢不能!”

“不会的……”

百草哀求着，只会说这一句话。

“你走吧。”

见她除了哀求并没有其他的话说，若白的脸色越发冷凝，说：

“今晚就从松柏道馆搬出去。想必常胜道馆和沈柠教练那里都会欢迎你，你想去哪里就去哪里。”

“若白师兄!”

晓萤急了，上前就想为百草求情，亦枫用眼神阻止住她。

"……别赶我走……"踉着脚冲到若白的病床前，泪水冲出百草的眼眶，"……我哪里也不去……若白师兄，你别赶我走……别赶我走……"

心底害怕慌乱得如同裂开了一个黑洞。

这种恐惧甚至超过当年被赶出常胜道馆，那时候更多的是茫然无措，而现在……

这种恐惧……

像要将她整个人一寸寸吞噬了一般！

"百草，你退赛吧。"

看了眼冷如冰雕的若白，亦枫叹息说。他能看出来，这次若白是真的很生气百草的偷偷报名。他也赞成若白，比赛什么时候不能比呢？如果百草退赛，若白就不会这么生气了吧。

退赛……

泪水在脸上缓缓流淌着，听到亦枫说出的这两个字，百草呆了几秒钟。看着神情漠然冰冷的若白，她明白，这也许是唯一可以请他原谅的办法。可是，默默地流着眼泪，百草摇头说：

"……我不退赛。"

这句一出口，连晓萤都能看出来若白的神色更加沉怒，她心中哀叹，天哪，这个死脑筋的百草！

"对不起……"

心底有濒临崩溃般的恐惧，然而，指甲死死掐进手心，百草努力克制着奔流的泪水，颤声说：

“可是，我想参赛。”

泪水漫延在脸庞上，百草对若白说：

“我知道，健康的腿对我很重要，但是比赛，对我也同样重要。许多跆拳道选手都曾经受过伤，都曾经带伤参加过比赛，他们可以，我也可以。训练了这么长时间，准备了这么久，终于有了这样的机会，我不想错过它，师兄，我真的不想错过它。

“如果这一次，因为腿受伤，而放弃比赛。那么下一次，会不会又因为生病或者别的原因而放弃比赛呢？”用手背擦去脸上的泪水，百草哑声说，“很小的时候，父亲曾经说过，上天总是在最重要的时刻给人们一些考验，如果面对这些考验退缩了，就无法得到自己想要的东西。师兄，我不想那样，我不想以后日日懊悔，为什么当时我选择了退缩，错过了两年最好的时光。

“就算……就算真的在比赛中又受了伤，就算去参加了比赛也没拿到冠军，”擦掉新涌出的泪水，百草试图对若白微笑，“但我至少不会后悔。而且，就算腿跛了，我也还是可以当翻译、当老师、当职员，就算跑得比别人慢一点，又有什么关系呢？”

雪白的病床上，若白依旧沉默。

“……对不起，师兄。”

泪水从眼眶滚落，百草缓缓地弯曲下双腿的膝盖，在若白的病床前跪下。深弯着腰，她伏跪在若白的面前，头磕在地板上。

“请原谅我，请不要赶我走。你的任何话，我都记在心里，我都会听。只是这一次，我想自己做决定。”

“你——”

下意识地伸出手想去扶起她，苍白的手指又僵在半空。看着她深跪的后背，若白眼底一黯，胸腔中迸出一阵剧烈的咳嗽！

“百草……”

捂着嘴，眼泪像决堤的河流一样奔腾在脸上，晓萤心疼死了，她难过地扑向跪在地上的百草，想要将她搀起来！她无法看到百草这个样子，即使是在若白面前，她也无法忍受看到百草这么卑微的模样！

“快走！”

眼明手快地拽住晓萤，亦枫急忙想将她拉到病房外面，一抬头，却看到初原正站在门口处。

死寂的病房里。

泪水浸透膝盖处的裤管，百草俯身跪在若白的病床前，久久地，一动不动。她的身影是那样的卑微，又是那样的固执，仿佛她可以永远深跪在那里，直至得到若白的原谅。

*** ***

病房外的长椅上。

晓萤难过地说：

“我就不懂，为什么若白师兄要那么反对百草参赛呢？以前不都是他逼着百草去跟婷宜争夺世锦赛的参赛资格，眼看现在机会来了，他又坚决反对！有没有搞错啊！”

“有你这样说师兄的吗?!”

亦枫警告了她一句，见她闷声不吭地扁着嘴巴哭，叹了口气，说，“在若白的心里，百草的身体是最重要的，他宁可百草从此再也不打比赛，也不想百草的腿再受伤。”

吸吸鼻子，晓萤怀疑地看着亦枫，说：

“为什么你说的让我觉得，若白师兄好像很喜欢百草呢？而且不是普通的那种喜欢，而是……”

“啪!”

亦枫敲了她的脑门儿一下，恶狠狠地说：

“难道你希望百草的腿再受伤，跛掉，从此别说再打比赛，连正常的跑步和走路都成问题吗？我不是跟你说过，要阻止百草参赛，你是怎么阻止的?!”

“我也不希望啦，我也试图阻止过，”眼圈一红，晓萤伤心地说，“但是百草很想很想参加啊！她那么想参加，难道我能不支持她吗？”

说着说着，她又哭得满脸泪水：

“说到底，全都怨我！如果不是我带百草乱走，如果不是我拖累了百草，如果不是我连冲上去帮百草打架都不敢，百草的腿也不会受伤，现在也不会……”

被晓萤哭得心慌意乱，亦枫黑着脸一把将她箍进怀里：“你又来了，跟你说一切都是意外，你别整天祥林嫂行不行!”

这时，病房的门开了。

拄着拐杖，百草神情恍惚地从里面走出来，一直等在门口处的初原迎上她，低声同她说了几句话。晓萤急切地也想过去问她情况如何了，亦枫赶忙又拉住她。

“拜托你有点眼色好不好。”

目送着初原陪着百草向医生休息室走去，亦枫无奈地对晓萤说。

“哼，你才没有眼色，”翻个白眼，晓萤声音中还残留着一点抽泣音，忽然发现自己的手居然被亦枫拉着，她气鼓鼓地说，“你干吗拉我的手，我跟你已经分手了，拜托你记住好不好?!”

***　***

医生休息室。

初原打来一盆温水，端到百草的手边，看着她洗净满是泪痕的脸，将毛巾递给她。把脸埋在温热洁净的毛巾里，百草的心神渐渐回来，放下毛巾，不安地握在手中。

“好点了吗?”

初原温和地笑了笑，又倒了杯水给她，然后才坐在她身旁的椅子上。

“嗯。”

局促地低下头，百草心知在病房门外的他刚才一定什么都看到了。她不知道该怎样解释，也不知道该说些什么。而初原也只是宁静地陪着她，什么都没有问。

“你是不是……”嗫嚅了一下，百草怔怔地说，“……也觉得我不应该去参加比赛。”

初原静静地望着她，问：

“为什么你会这样坚持参加比赛?”

在他看来，她从未把争夺冠军看得那么重要。而这次，她不惜违逆若白的命令，也一定要参加，应该是有其他的理由。

“…………”

睫毛颤动着，百草的嘴唇动了动。初原安静地等着她，似乎如果她不想说，他就不再问。

窗外是秋天的景色。

有些树叶已经悄悄地变黄了。

"若白师兄的病情，我都知道了……"

握紧手中的毛巾，百草低低地说。虽然若白师兄不让医生和其他任何人将他的病情告诉她，可是，晓萤帮她打听了出来。

"是必须做手术吗?"

心中还抱着一丝侥幸，她紧紧地盯着初原。

"是的。"

初原静默。

"不是说静养也可以吗？手术是有风险的，不是吗?"她担心地继续问。

"起初我也是希望若白能够静养，将身体养好。但是日本那次发病之后，他的身体情况就开始恶化。后来……"初原顿了顿，"情况就更加恶化，必须做手术了。"

百草呆呆地听着。

她明白为什么初原会顿了一下。自从她的腿受伤，若白就把全部精力都放在了她的身上，白天盯着她吃药、换药，为她按摩，跑各家医院为她寻求更好的药方，晚上则熬夜研究中西医各种医书，不仅找出了那剂对她很有效的药膏配方，还自学了很多连按摩医师都赞叹的按摩理疗手法。虽然她无数次求若白好好休息，调养他自己的身体。

但若白……

从来只是淡淡地应一声，便依然如故。

"手术的风险有多大?"

她紧张地问。

"因为涉及很多的神经系统，手术比较复杂，"犹豫了一下，初原说，"发生危险的概率大约是60%。"

心脏重重地沉下去。

60%……

当晓萤告诉她这个危险概率的时候，她还抱着一丝希冀，希望是晓萤听错了，是6%，而不是60%。百草呆呆地攥紧手中的毛巾，里面的水分渐渐洇湿她膝盖处的裤管，跟方才的泪痕叠在一起。

把毛巾从她手里抽走，又用纸巾去擦拭她膝盖上的水，直到确认她的伤口没有被泡到，初原才摇摇头，看着她说：

"你是为了若白，才坚决要参加这次比赛，是吗？"

百草静默半晌。

"……是。"

"即使现在若白反对你参赛，你也一定要去吗？"

"……是。"

希望她在世锦赛拿到冠军，一直都是若白最大的心愿。百草默默地回忆着，最早好像是还在夜市的大排档打工的时候。

…………

"你所要做的，是取得参加世界跆拳道锦标赛的资格。"胖周大排档，若白抱起被她擦干净的那高如小山的盘子，走到放碗筷的高柜前。

"这一次，我要你战胜婷宜。"

将所有的碗筷都放进柜子里摆好，在初夏的夜风中，若白对她说。

…………

而就在婷宜因为世锦赛而归队训练的第一天。

…………

"沈教练，我想继续和百草搭档。"

仿佛没有听到身旁队友们倒抽一口冷气的声音，也没有注意到婷宜忽然皱了皱眉，若白淡淡地说：

“百草也需要备战世界跆拳道锦标赛。”

…………

为了使她具有一定的知名度，从而去跟婷宜竞争。

…………

“是我替她报的名。”

肃凝的声音响起，阳光从走廊两旁的玻璃窗洒照进来，若白身穿道服，头发上有微湿的汗水，他面色淡然地走过来。

“因为怕她会拒绝，所以我私下替她报了名。”

…………

为了证明她也有打正式国际比赛的实力，若白又带她去日本、英国和美国。

那时，她不懂为什么若白师兄那样急切地期待看到她在世锦赛中的表现，甚至不惜让她去和婷宜进行激烈的竞争。

现在，她懂了。

应该就是在那时候，若白师兄就已经知道了他自己的病情。

…………

“百草，你——”

闭了闭眼睛，若白凝神看向她，缓慢凝重地说：

“——你是我所有的希望。”

…………

“我将我所有的希望都放在你的身上，”伸出手，握住她的肩膀，若白定定地凝视着她，沉声说，“我希望你能代替我——比赛下去，拿到

冠军，拿到全国冠军，拿到世锦赛冠军！”

…………

“……我要代替若白师兄，参加这次比赛，”百草缓缓地说，“我要代替他，拿到全国冠军，拿到世锦赛冠军。”将来，她还要继续拿到奥运会冠军，她要把所有的冠军都为他而拿到！

初原久久地望着她。

“若白……同意了吗？”

低下头，百草局促地盯着自己的脚尖，低低地“嗯”了一声。那样是很卑劣的吧，她用那样的行为逼得若白同意。可是，她不想离开松柏道馆，不想再也看不到他，又不想改变自己的决定。

所以，她用那样恶劣的方式逼迫了他。

手指紧紧攥着裤管，她失神地呆坐着，回想着若白终于同意了她参赛，却又将她赶出病房时冰冷的神色。

秋日的阳光柔和地从窗户洒照进来。

初原默默地望着始终失神的她，他看到她眼底的恍惚，紧握的手指，和在她发间的那枚红晶晶的草莓发夹。很久没有看到她用他送给她的草莓发圈，见到的总是这只草莓发夹。

那应该是若白送她的。

虽然一度她似乎误以为那是他送的。

当跟随着主任医师一起去巡房的时候，初原的脑海中依然闪动着那枚红红可爱的草莓发夹。或许，当年他不该远去美国。因为在那整整三年的岁月里，一直是若白陪在她的身旁。

淡漠清冷的若白。

总是话语很少，却又总是默默将所有责任都承担起来的若白。

若白为她所付出的，若白对她的照顾和爱护，很早之前他就已经察觉。有时他甚至会觉得，同若白那沉默却如深海般的感情比起来，她更应该选择若白，而不是他。

只是……

那双小鹿般明亮兴奋的眼睛，红扑扑的脸颊，刚刚训练完毕后浑身弥漫的汗水气息，比赛时勇猛得如同破石而出的小草般的力量……

迷茫难过时，她呆呆坐在老榕树下的身影……

一同坐在树叶繁茂的枝丫上，漫天洒落的星光中，她重新变得明亮如星星般的眼睛……

小木屋的长凳上，用草莓发圈为她扎起头发，她脸红地微低下头，夏风吹过她脸畔的轻柔……

他是那样地——

喜欢她。

每当看到她，心中就仿佛被温暖的情绪填满着。

所以，他竟不敢让她知道，还有另一个男孩子在沉默如海地爱着她。对于感情，她是那么懵懂，他宁愿她就始终那么懵懂下去。他了解她，她是一根筋的傻丫头，只要知道他还喜欢她，她就绝不会允许她自己去喜欢别的男孩子。

哪怕……

长长的走廊。

初原渐渐停下脚步，默默地望着坐在529病房门口的长椅上，她那依旧呆呆的身影。

哪怕……

在她心底最重要的位置，是属于那个始终沉默的少年。

***　***

夜晚。

无论晓萤怎么死拉活拽，百草都不肯离开医院。夜越来越沉，晓萤歪倒睡着在病房外的长椅上。在亦枫俯身抱起晓萤，将她抱到隔壁病房的空病床去睡时，百草拄着拐杖，很轻很轻地来到若白的病床前。

雪白的枕头上。

沉睡中的若白睡得并不安稳，他的嘴唇紧抿在一起，眉心也紧皱着。怔怔地望着他，百草伸出手，用手指轻轻抚平他的眉心。

终于，他睡得好了些。

坐在病床边，她眼睛不舍得眨地呆呆望着他。墙壁上的时钟一分一秒地过去，回来后的亦枫没有赶她走，他拉了把椅子靠在墙边，脑袋一点一点地睡着了。

窗外的天色渐渐发白。

当眉心皱了皱，病床上的若白睁开眼睛时，看到趴在床边已经睡去的百草。枕在右臂上，她侧脸睡着，就像孩子一样，她的脸颊被胳膊挤得有些嘟起，睫毛上却似乎染着泪水的湿意。

趴睡在他的病床边。

她的双腿膝盖并拢弯曲着。

沉默了片刻，若白从病床上坐起，下来，吃力地将熟睡中的她横抱而起，轻轻放在他的病床上。为她盖好被子，若白将她额前那枚已经有些滑落的草莓发夹取下来，放在枕边。

听到动静，亦枫醒了过来。

若白示意他噤声。

亦枫摇摇头，只得闭上眼睛继续睡，假装看不到病床上鸠占鹊巢的百草，和为了让她睡得更好而慢慢走过去将窗帘拉上的若白。

这一觉睡得又沉又熟。

所以当百草怔忡地睡醒睁开眼睛时，竟有些不知道自己身处何处。睫毛颤了颤，她茫然地望着陌生的天花板，再望向陌生的窗户，然后是床边的若白……

“轰”的一声！

脸涨得通红，百草立时弹坐起来！

天啊，居然是她躺在若白的病床上睡觉，而生病中的若白竟然是坐在病床旁的椅子中输液。

见她醒来，正在为若白换第二瓶液体的护士小姐笑着说：“你终于醒了。为了怕吵醒你，大家全都不敢发出声音呢。”

“…………”

慌乱羞愧地从病床上下来，百草的脸颊红得要滴出血来，手忙脚乱中她的脚一绊，幸亏若白用空着的右手扶了她一把，她才没有摔在地上。

“我、我怎么会……”

百草急得结结巴巴，她完全想不出来自己怎么会居然把若白从病床上挤走了。

“你很厉害嘛，”亦枫打个哈欠，“你贪睡躺到病床上，一脚就把若白踢下来了。看来你的腿确实恢复得差不多了。”

“我、我……”

百草大惊，面色吓得煞白。

“别开玩笑，”扫了亦枫一眼，若白淡淡说，“是我在床上躺得太久，想换个地方。”

这是——

若白师兄在跟她说话吗？

呆呆地望着若白，百草傻住了般一动也不敢动。也许，若白师兄是在跟亦枫师兄说话吧。毕竟昨天若白师兄还那么生气，气到要将她赶出松柏道馆。

心又沉了下去。

百草难过地垂下头。

“哈，百草你终于醒了啊！”病房的门被推开，晓萤探头进来，手里拎着一大袋早餐，“亦枫说，昨天是若白师兄把床让给你睡的，你有没有谢过若白师兄啊？”

百草一怔。

抬起头，她屏住呼吸，望着若白，从惊怔到忐忑再到生出希望来，一双眼睛越来越明亮，渐渐亮得惊人。

“哈哈，高兴傻了对吧！”窃笑着，晓萤用胳膊肘捅了捅她，“还不快谢谢若白师兄。”

眼底泛起湿润的泪意，百草哑声说：

“若白师兄……”

“从什么时候开始恢复性训练？”若白淡声问。

“沈柠教练原本说从前天就开始，”声音微微发抖，百草赶忙回答说，“但是，还没有经过你的同意，我、我不敢就开始训练，所以现在还没……”

眼睛凝视了她片刻，若白说：

“嗯。等输完液，我去复健室看一下你腿伤的恢复状况。不过，即使开始训练，也不可以急进，不可以训练量过度。每天训练完毕，你都到我这里来一下，一旦发现训练影响到腿伤的恢复，你就立即退赛。能做到吗?"

"能！能!"

百草拼命点头。

"哇——哈哈哈!"晓萤开心地跳起来，拥抱住百草，"太好了，你们和好了！恭喜你！现在你可以放心了吧，我就说若白师兄不会真的生你气的啦!"

在晓萤的雀跃欢呼声中，百草脸红着看向若白。若白的神色依旧淡淡的，然而当他终于回望向她时，百草心情激动地傻笑起来。是的，若白师兄原谅她了！

爱之名

CHAPTER 14

就像雨过天晴了一般！

前段日子里压抑的情绪一扫而空，看到百草精神抖擞地每天到沈柠教练那里开始恢复性训练，晓萤也空前振奋起来！虽然距离比赛只剩下十几天的时间，右腿膝盖负伤的百草究竟能不能恢复到最佳状态很难讲，但毕竟有了希望不是吗？

每天，晓萤护送百草到训练基地。

她发现训练中的百草真的很遵守同若白之间的约定，尽可能地不用到右腿，只进行左腿的腿法练习。针对百草的情况，沈柠教练帮她调整了战术，以防守为主，寻找机会进行高效率的反击。

每天傍晚的训练结束后，晓萤又会护送百草到医院去见若白。

见到百草，若白做的第一件事永远是先卷起她右腿的裤管，检查膝盖处的伤势。然后，不管是否刚刚才结束完一天的输液，若白都坚持为百草复健按摩右腿的肌肉。

傍晚的霞光洒在病房里。

看着若白一边认真地为百草按摩伤腿，一边听百草讲述今天的训练内容，晓萤和亦枫偷偷溜了出去。轻轻为病房里的两人关上房门，晓萤心满意足地笑着说：

“呼，真好。”

看到若白和百草和好如初，晓萤高兴地眉开眼笑。只是，她忽然又想起另一件事，低声“啊”了一下，心里重重一坠。

“怎么?”

看到晓萤突然古怪起来的表情，亦枫打着哈欠问。

“你……”表情纠结着，晓萤瞪着并肩坐在走廊长椅中的亦枫，“你有没觉得……若白和百草之间……好像怪怪的……”

“没觉得。”

亦枫耸耸肩膀。

“怎么会没觉得啦！”晓萤大急，“你看他们两个，分明……分明……哎呀，到底是不是我想多了啊，”急得挠头，她心慌意乱地说，“其实也没有什么，但是，百草喜欢的是初原啊！”

“没觉得。”

亦枫又耸了下肩膀。

“你迟钝哪！”晓萤生气了，“百草和初原师兄交往是所有人都知道的事情啊！初原师兄对百草那么好！”

“若白对她不好吗?”

“……”张大嘴巴，晓萤大惊，后知后觉地瞪着亦枫说，“你、你是说，若白师兄对百草……”

“我什么也没说。”

“天哪！啊，天哪！”震惊得张大嘴巴，晓萤结结巴巴地说，“若白师兄对百草是很好啦……可是，他那么、那么不苟言笑，我还以为……我还以为他没有七情六欲、没有人类的感情……可是，你是说，百草对若白师兄也……”

“我什么也没说!”

亦枫板着脸纠正她。

“天哪，美国粤菜馆的那次，难道我的感觉是正确的吗？难道、难道……”傻呆呆的，如同石化了一般，晓萤茫然痴呆地自言自语地瞪着亦枫，突然猛地站起来，冲向病房，喊道，“我去问百草!”

盈满霞光的病房里。

“……据说这次参赛的选手特别多，来自全国各地各队的选手全部加起来，这个级别大约会有将近七十名参赛选手，”百草讲着从沈柠教练那里听来的信息，“所以，预赛会整整进行一天，第二天才是复赛和决赛。”

“嗯。”

应了一声，若白的手指按在她的膝盖上，微微用力，问：

“这样疼吗？”

“……有一点涨，不疼。”百草摇头说，望着他聚精会神地为她按摩穴位，她怔怔地问，“你昨晚睡得还好吗？”

“嗯。”

“手术的具体时间还没有定下来吗？”

“嗯。”

“…………”

有些怔忡，她既希望他的手术能够早些进行，她比赛的时候，顺利完成手术后的他能够在电视屏幕前看到她的表现。然而，想到那手术的危险概率高达60%……

没有听到她的声音，若白抬眼看了看她。

“不用担心，”好像明白她在害怕什么，他淡淡地说，“初原已经联系到了最好的外科医生，医生一到岸阳，就会为我做手术。所谓60%的危险概率，只是医院习惯性给患者家属做的心理准备，不必当真。”

“……是！”

咬咬嘴唇，她用力点头。

“回去洗个澡，换身衣服，”按摩完毕，若白放下她的裤管，“明天别让我再闻到你身上这么重的汗味。”

“啊。”

羞得满脸通红，百草一时间不知道手脚该往哪里摆。见她狼狈尴尬的模样，若白的眼底闪过一抹淡淡的笑意。

站在病房门口，晓萤愣愣地望着若白和百草。

那两人之间明明并没有说些什么特别的话，只是寻常得不能再寻常，没有一丁点暧昧的对话。可是，霞光温柔地洒照在若白和百草身上，恍若那是一个如此完整的世界。

并不浪漫。

平平淡淡得却如同那才是唯一的真实。

***　***

夜晚。

做完功课，晓萤和百草先后洗完澡。关了灯，躺在床上，两人各自辗转反侧，难以入睡。

百草怔怔地望着黑暗中的天花板。

还有不到十天的时间，全国锦标赛就要开幕了。这两天，越来越多的记者们来到训练基地想要拍摄她的赛前训练情况，都被沈柠教练挡在训练厅之外，说是她正在秘密集训特别腿法，赛前要严格保密。当记者们问起她右腿的伤势，沈柠教练的回答是，已经不影响比赛。

可是，她自己知道得很清楚。

虽然已经开始恢复性训练，但是右腿膝盖始终无法发力，一旦发力仍然有撕裂般的疼痛。她很想得到冠军，她一定要拿下冠军，可是，比赛究竟该怎样去打，她心中有着不安。

而且，万一比赛的日期跟若白师兄动手术的日期碰在一起，她就将无法守在手术室的门口。

害怕地闭上眼睛。

如果……如果手术的时候……有什么意外……

黑暗中，百草死死咬住嘴唇，睫毛不停地颤抖着。她不后悔去参赛，就算比赛再难打，她也要把冠军拿下来。可是，她害怕，她心中充满恐惧，如果若白师兄在手术中……

“百草……”

听到百草好像也没有睡着，晓萤愁眉不展地长叹一声，翻身坐起来。对着黑暗发了一会儿呆，晓萤狠狠心，说：

“好吧，我支持你!”

虽然在说出这句话的时候，晓萤的心底重重地痛了一下，但是，在她的天平上，百草的分量早已超过了初原师兄。虽然她还是觉得初原师兄温柔又细心，会是世界上最好的男朋友。可谁让百草这只呆头鹅喜欢的偏偏是一点浪漫气息都没有的若白师兄呢?

“……嗯?”

也坐起来，百草茫然地望着对面床铺上的晓萤。

“那么，请你在若白师兄的手术之前，表白吧。”晓萤郑重地说。即使很不想承认若白师兄手术可能的危险性，但是作为百草最好的朋友，她必须要提醒百草，她不要百草可能留下终生的遗憾。

“……啊?”

“对若白师兄表白说你喜欢他啊!”晓萤恨铁不成钢地说，“难道你要等若白师兄跟你表白？是啦，女生应该矜持，应该等男生先主动表白。但是让若白师兄先开口表白是完全不可能的事情啊!”

“…………”

呆了一下，百草的脸顿时涨得通红。

“我没有!”

“你有!”提高声音，晓萤决定彻底点醒她，“我能看出来，亦枫能看出来，初原师兄应该也能看出来！唯一看不出来的，只有你和若白自己而已！”

“我没有！若白师兄和我只是……”

“好，我问你，”懒得听她，晓萤生气地说，“在你的心目中，是同初原一起约会重要，还是同若白一起训练重要？”为了同若白一起训练，百草与初原约会的次数用五根手指都数得过来。

百草焦急地解释说：

“那是训练……”

“有危险的时候，你首先想到的是若白，还是初原？”晓萤皱眉，“好好好，我知道你要说那时候若白在生病。那么，你最怕让谁失望？”

“…………”

百草怔住。

“拿到冠军的时候，你第一眼最想看到的是谁？”

“…………”

“有了好吃的，你首先是想着拿给谁吃？”

“…………”

“有高兴的事情，你最想先跟谁说？”

“…………”

“有了难过的事情，你又最想先跟谁说？”

“…………”

“当你遇到危险的时候，当那些坏人打伤你的时候，你脑海中闪过的那个人是谁？”

“…………”

想着晓萤连珠炮般扔过来的这些问题，百草僵坐着，脸色越来越白。

“百草，我说这些，不是逼你去喜欢若白师兄。”

寂静的夜色里，晓萤坐到百草的床上，沮丧地说：“我只是害怕。

怕你笨得像块木头，傻傻地连自己喜欢谁都不知道。怕有一天你自己终于明白的时候，会不会已经太晚……”

又待了一阵，百草缓缓摇头，像是要摇掉心底的纷乱：

“不，不是的。我喜欢的是初原师兄。”

“如果初原师兄没有向你表白过呢？”晓萤追问说，“如果你不是已经知道初原师兄的心意，你喜欢的，究竟是若白还是初原呢？”

“……但我已经答应了初原师兄。”

咬了咬嘴唇，百草不让自己再想下去。

“喜欢一个人，不是这样的啊，”趴在百草的肩头，晓萤无力地说，“喜欢一个人，是因为喜欢他而喜欢，并不是因为答应了，所以而喜欢。你觉得，如果初原知道，你是因为承诺所以选择他，他会开心吗？”

“…………”

百草怔怔的。

“你必须要认清自己的心啊，百草，”叹息着，晓萤望着窗户的夜色，“否则，伤到的就不仅仅是一个人，而是三个人。”

窗外的月光皎洁如水。

躺在枕头上，晓萤已经沉沉地睡着了。坐在床边，百草的心情从未有过地混乱着，她呆呆地坐着，一遍一遍想着晓萤说的那些话。

***　***

而从第二天开始，晓萤再没跟百草讨论过那个话题，而是全心扑入到拉拉队的训练中。几乎所有松柏道馆的弟子们都报名参加了拉拉队，除了训练大家整齐划一的呐喊助威声，晓萤还带领大家制作了“百草必胜”的条幅、纸筒喇叭、闪亮花束和加油棒。

接着，负责买门票的阿茵传来好消息！

她不负众望地买到了观众席上最靠前的一块区域的观赛票，足足有一百张！

“百草加油!! 百草必胜!!”

“百草百草!! 百战百胜!!”

每天傍晚松柏道馆的草坪上，全体拉拉队的队员们集合在一起，在晓萤的率领和指挥下进行各种练习，嘹亮的加油声响彻天空，映红天际的彩霞！

若白的手术日期最后也定了下来，正如百草担心的，手术的日期恰好跟决赛的日期是同一天。而就在临行前的第三天，医院的休息室里，初原告诉她说：

“全国锦标赛，我会陪你一起去，作为队医和助教。”

“…………”

百草呆怔地望着他，脑中简直无法消化这句话，她紧张地喊：“不行！你要陪着若白师兄做手术，你不可以离开这里！”

“是若白坚持的。”

眼神有些黯然，初原勉强地微笑说：

“他太执拗了。我也同他说，比起你的比赛，他的手术要更危险，但是他坚持要我随队一起去。或者你去劝劝他吧。”

“……好！”

说着，百草夺步就往门口冲。若白手术时，她已经无法守在手术室外面，初原绝不可以再离开。万一，万一手术中出现什么意外，初原是医学院的高才生，是可以帮到若白的！

“等一下。”

初原喊住她。

“百草，给我两分钟的时间。”

手指停留在门把上，百草怔怔地回头看他，她恍惚觉得他的语气中有一种陌生的东西。

“实习结束后，我会再回到美国。”窗外的天空飘浮着一丝丝白云，初原微笑，垂下目光，“这次，我可能会像上次一样，至少三年内不再回国。”

“……为什么？”

百草呆呆地问。

“对不起，”初原的声音很轻很轻，轻得就如天际的那抹白云，“似乎是我弄错了一件事情。”

百草没有听清。

她怔怔地走回来，有些手足无措地问：

“……什么？”

“是我弄错了一件事情，”笑了一笑，初原凝起目光，看向她说，“对不起，百草。我曾经以为我喜欢你，可是，时间越久，越发现，我对你的喜欢也许只是对妹妹一样的喜欢。”

“…………”

百草呆住。

“所以，我必须逃走了。”开玩笑般地说，初原揉了揉她的头顶，温柔地说，“否则，只要看到你，我的心里就会……就会充满内疚。”

“不！不！”

心慌意乱地说着，百草拼命摇头：

“我、我没关系的！你不喜欢我也没有关系，只是像妹妹一样喜欢我也没有关系……你不用内疚……我、我并没有伤心……初原师兄，你不要走……你只要告诉我就可以了……我不会再……”

“傻丫头。”

声音哑哑地说着，初原用力揉了一下她的脑袋：

“就是因为你不会伤心，我才伤心啊。”

“呵呵，傻瓜，”看着她惊慌难过的双眼，没让她说话，初原轻吸口气，说，“并不是因为你。只是我想要去美国继续深造学业，所以想要抛下你……我这样自私又不负责任，骗你说喜欢，结果却又不是，你会很讨厌我吧。”

“…………”

拼命地摇着头，泪水从她的眼底静静涌出。

“不要因为我而哭。”

用手指轻轻擦去她脸上的泪水，初原轻声说：

“你的泪水应该只为那个深爱着你的人。虽然一直沉默着，但是始终将你视为最重要最宝贵，百草，若白喜欢你。”

泪水仿佛流不尽。

如星海般漫延在她的脸上。

“去吧，”微笑着，初原一次又一次将她的泪水拭去，“去找若白吧。傻丫头，不要再错把承诺当成喜欢，不要让深爱着你的那个人再继续孤独下去。”

指间是她的泪水。

一滴一滴将他指尖的肌肤沾湿，初原望着她，心底深处在静默地痛着，仿佛重山间的回声，也许那痛楚在今后的漫长岁月中都难以平复。

…………

松柏道馆的老榕树上，陪她坐在星光晃动的枝丫间……

昌海道馆的湖边，月光在涟漪上面如同细碎的银子般洒开，缓缓将她拥入怀中……

越升越高的摩天轮里，夜空有渐次绽放的绚烂烟花，轻轻低头吻在她的额头，透明的玻璃将世界隔成只有他和她的空间……

…………

初原静静地凝望着她。

所以，还有那么多记忆，每一片记忆都是那么美丽，在以后漫长的岁月中，每当寂静地痛楚时，都可以一小片一小片细细地回忆。只要有那些记忆，她就还在那里，永远不会离去。

***　***

走出医生休息室。

百草呆怔地站在走廊外的露台上很久很久，她的脑中仿佛被塞满了，又仿佛是空荡荡的。

傍晚的彩霞渐渐晕染在天空。

出来找她的晓萤急忙将她拉回病房，说大家还以为她失踪了呢。勉强恢复了一点神志，百草求若白让初原留在医院，不要跟队一起去全国锦标赛。

若白坚持说，喻馆主夫妇和亦枫都会在医院，即使初原留下，也只是守在手术室的外面，并帮不上什么忙。而初原同她一去锦标赛，不仅可以做她的助教，一旦比赛中她的腿再度受伤或者出现什么问题，初原都可以及时治疗和处理。

无论百草怎样保证自己绝不会受伤，说手术过程中万一有什么情况，有懂医的初原在旁边会更稳妥，若白都不为之所动。

“放心吧，若白就交给我了。”亦枫打着哈欠说。

虽然心中嘀咕，但晓萤知道若白认定了的事情绝对不可能更改，也只能去安慰百草说：

“是啊，应该没事的。”

后来，还是初原出面，找来了几个医生同事，答应说手术当日会调休同喻馆主夫妇和亦枫一起关注手术进展，晓萤也会每隔一会儿就同亦枫联系若白的手术情况。

百草才不得不妥协。

夜晚，望着床边已经基本整理好的行李包，百草又是难以入眠。她翻来覆去地想着，想了很多很多，终于在天空微微发白的时候，才恍惚地睡去。

*** ***

再过一个小时，就要在训练馆集合，乘车出发去全国跆拳道锦标赛暨世锦赛选拔赛了。秋日上午的阳光静静照进病房，亦枫和晓萤轻手轻脚地退出去，房间里只剩下若白和百草。

“拿着这个。”

拉开床头柜的抽屉，若白从里面拿出一只布袋。百草茫然地接过来，打开一看，里面竟然放了六只又大又红的石榴。

“这……”

百草怔住，心中温热。

“这些石榴你带在路上吃。”没有告诉她，这几只石榴是他特意拜托亦枫帮他出去买的，若白凝视着她，正色说，“你告诉我，在比赛中什么最重要？”

想了想，百草郑重说：

“冷静的头脑。”

“是你的腿！”若白眼神严肃，道，“答应我，无论是否拿到冠军，你都会完好无损地回来！”

“……是。”

咬了咬嘴唇，百草说：

“我答应你。”

审视着她的面容，半晌，若白才又说：“同你比赛的选手们，应该都已经知道你受伤的事情，你自己要当心。”

“是！”

“要听沈柠教练的话，听初原的话，”凝视着她，若白缓缓说，“不要逞强。”

“是！”

百草点头说。

病房里变得安静下来。

输液的液体一滴一滴流淌着。

望着病床上虽然身体坐得笔直，但面容依然难掩苍白的若白，想到昨晚整夜未眠做出的决定，百草悄悄握紧身侧的双手，深吸口气，说：“……”

心中涌动着难以克制的情绪，声音却涩在喉咙里，她的脸涨成通红，身侧的双拳紧了又松，松了又紧。

“…………”

“你想说什么？”

若白看出她的紧张。

“我、我想说……若白师兄，我可能……可能……”闭一闭眼睛，百草涨红着脸，鼓足全身的勇气说，“……我可能喜欢你！”

窗外的阳光透明如琉璃。

雪白的病床上，若白身体僵住，他定定地看着她。看着她，他的眼眸越来越漆黑，竟映得面色苍白起来，仿佛他没有听懂，仿佛听到的只是他的幻觉。

“我……我是说……”

当勇气终于冲破瓶颈，虽然还是脸涨得通红，但百草已没有刚才那么慌乱。紧紧咬了一下嘴唇，她凝重严肃地回望着若白说：

“虽然现在我还不能百分百地肯定，我对你的喜欢，是那种特别的喜欢，还是仅仅是像喜欢师兄那样的喜欢。比赛结束之后，我会认真地去思考和确定这个问题。但现在……”

深吸口气，她小鹿般的双眼异常的明亮：

“不管是哪种喜欢，若白师兄，我喜欢你！我会为了你，打好这次的比赛，不仅要拿到冠军，而且还要不受伤地拿到冠军！”

“嗯，知道了。”

漆黑的眼底渐渐升起星芒，若白的声音有些哑。

沉默着，若白依旧没有对她的表白做出任何回应，只是默默地望着她，半响之后，示意她来到自己的病床边。

缓缓伸出手。

将她发间那枚有些歪掉的草莓发夹取下，用手指顺了顺她乌黑的短发，若白的动作略有些生硬和笨拙，却全神贯注地，如同那是世上最重要的事情一样，将那枚亮晶晶闪耀着光芒般的草莓发夹认真地为她重新夹好。

“去吧，我等你回来。”

目光无法离开她那双小鹿般明亮的眼睛，若白用尽全力克制住自己心底的感情，才使自己的声音似乎淡然如常。

***　***

跆拳道全国锦标赛暨世锦赛选拔赛在松阳市举行，在沈柠率领队员们到达之前，各地记者们早已从全国各地会聚而至，许多关于比赛的消息和新闻开始源源不断地见诸各家媒体。

当沈柠带着百草等队员出现在大赛组委会提供的训练场地进行赛前热身时，等候已久的记者们立刻蜂拥过来，将她和百草包围住，提出的问题全部同百草与婷宜的比赛有关。

“沈教练，您对婷宜离开岸阳投入国家队是什么心情?”

“沈教练，婷宜和百草都是出自您门下的得意弟子，对于她们之间的比赛，您认为谁的胜算更大?”

“沈教练，百草的腿伤会对比赛造成多大的影响?”

“沈教练……”

“沈教练……”

在记者们连珠炮般地发问中，沈柠挑眉一笑，目光扫过众记者们，回答说：

“百草的腿伤已经完全康复，冠军必定是属于她的！至于她的对手，我只有四个字，那就是——谁来谁死!”

谁来谁死!

沈柠回答的这句话，顿时成为当天所有媒体的重磅新闻，在各体育新闻和报纸上出现。百草的教练居然有如此的信心，再加上百草前段时间在日本、英国和美国参加国际比赛时横扫千军KO之王的霸气，受伤的消息传出后原本有些沉寂的“戚百草”这三个字，顷刻间又散发出熠熠光芒，成为夺冠的大热门!

五星级酒店的房间中。

盯着新闻节目中百草那行走如常的步伐，婷宜紧紧抿住嘴唇，心中怀疑着。难道百草的腿伤真的全好了吗？从行走间，她竟真的看不出百草有任何一点异常。

谁来谁死……

握紧手中的遥控器，婷宜心中冷然一声。她倒要看看，一旦交手，究竟死的会是谁！

体育馆旁的宾馆中。

“哇，沈柠教练居然这么霸气啊！”

瞪着报纸上那硕大的四个字“谁来谁死”，晓萤咂舌地说，又挠挠头，不解地看向百草：

“可是，为什么沈柠教练要这么说啊，明明你的腿……”

坐在床边，百草也有些茫然。

当时沈柠教练一句话也不许她说，回答完毕记者的提问后，就带领大家进行了封闭训练，但只允许她做一些热身运动，防止被记者偷拍。

“我懂了！”

刻苦冥想之后，晓萤大呼：

“沈柠教练是为了激励你！你看，沈柠教练已经把话放出去了，如果你最后没能拿到冠军，沈柠教练岂非很没面子，所以她是为了逼一逼你，让你全力作战！”

医院的病房里。

若白和亦枫也从电视里的体育新闻看到了沈柠教练说出那四个字时的画面。

亦枫懒洋洋地打个哈欠说：

“哈，沈柠教练居然也玩心理战。”

沉默着，若白半躺在病床上，目光紧紧凝视着新闻节目中的百草。无论是行走还是被记者们偷拍的热身动作，她的举止都看不出任何异常，仿佛丝毫没有受到腿伤的影响。

而他深知——

她的右腿膝盖依旧无法发力，一旦用力，就会有撕裂的疼痛感。

这样的她，真的可以去参加比赛吗？而沈柠教练故意做出高调的姿态，应该也是在担心百草的右腿，怕百草的对手们看出弱点所在，集中攻击百草的伤腿。

当关于百草的新闻结束，电视画面转为对婷宜赛前训练情况的采访时，若白的目光落在床边的那个石榴上。

那是她执意留下的一个石榴。

是六只中最大最红的一个。

病房的灯光映着红红的石榴，映出小小的光芒，若白的手指轻轻碰触着它，脑中又一次闪过赛前离别那日，她那涨红羞涩的面容。空气中有石榴清淡的气息，窗外是深深的夜色，明天就是她预赛的日子。

***　***

松阳市体育馆。

坐在观众席中，身边有梅玲、林凤、光雅、申波、寇震，还有从松柏道馆一同赶来的足足几十人的加油拉拉队，晓萤的心却紧紧地悬着。因为参赛的人数众多，这场预赛要整整进行一天，赛程之长，强度之大，都是以前她从未见过的。

如果是以前，凭百草强悍的身体素质，就算预赛要进行两天，连打十场，晓萤都完全不怕。可是，百草现在腿伤未愈，赛程越长将会越难支撑。而且，为了争取参加世锦赛的机会，参赛的所有队员都会拼尽全力，受伤未愈的百草不会在预赛就被淘汰吧……

“要相信百草。”

看出晓萤的担心，林凤镇定地说。

“是的，”推推鼻梁上的黑框眼镜，申波说，“既然沈柠教练带百草来参加比赛，就说明沈柠教练对百草有信心。”

"嗯。"

咬咬嘴唇，晓萤努力扫去心中的阴影。当看到百草从选手准备区出来，已经准备上场，她立刻右手一挥，率领着拉拉队高声喊着：

"百草加油——百草必胜——"

"百草加油——百草必胜——"

坐在深蓝色赛垫旁的选手椅上，百草可以听到晓萤她们的加油助威声。黑压压的观众席，晓萤她们的坐席就在赛场边，近到只要她一抬头，就可以看到她们整齐划一的动作、听到她们高亢响亮的声音。

"百草加油——百草必胜——"

"百草加油——百草必胜——"

在热烈喧闹的赛场，晓萤带领的拉拉队是最显眼和最引人注目的，似乎注意到了百草望过来的目光，晓萤她们更加激动起来，齐声呐喊着：

"百草百草，百战百胜——"

"百草百草，气冲云霄——"

望着观众席上的晓萤她们，百草心中涌满滚烫的情绪，直到初原在她面前半蹲下来，仔细检查出发前为她右腿绑上的绷带是否结实，她才晃过神来。

"拿出气势来，不要让对手看出你的伤！"

这是正式上场比赛前，沈柠对她布置战术时最重要的一句话。

"喝——"

比赛开始了，出乎晓萤她们意料的是，明明在训练中针对百草的受伤情况沈柠教练着重让百草练习防守反击的战术，可是预赛的第一场，百草依旧采用了强悍的主动进攻打法！

"这……"

看到刚刚开场百草就勇猛地一个旋身飞踢向来自浙江省队的李碧胸前踢去，晓萤吓得手心淌汗，面色惨白地颤声说：

“怎么这样……”

“啊!”

光雅也惊呼失声。

“砰——”

伴随着一声沉闷的重响，在赛台璀璨的灯光下，百草的左腿已踢中李碧的前胸，将身着蓝色护具的李碧踢得连退了好几步!

2∶0。

“哇——”

震惊之后，晓萤她们激动地跳起欢呼！她们简直不敢相信自己的眼睛，受伤之后的百草竟然还是可以踢出这么强有力的旋风飞踢！难道，难道百草真的已经完全恢复了?！难道那句“谁来谁死”并不是沈柠教练在虚张声势，而是真的如此吗?!

如果这样，那么胜利除了属于百草，再不可能属于别人了！尤其这次锦标赛，采用了世锦赛新颁布的规则，凡是旋身动作击中有效部位，都会在原有的得分基础上再多加一分!

“百草威武——”

“百草必胜——”

声势浩大的呐喊声声势浩大地在体育馆内响起，松柏道馆拉拉队将这里已经俨然变成了百草的主场!

同时，站在另一块赛垫旁等候比赛的婷宜也看到了百草旋身踢出的那一脚。

瞳孔一紧。

婷宜面容冷然。

而只有距离这块赛垫最近的初原和沈柠，留意到了百草从半空中落地时，她的右腿那克制不住的微微一颤。

初原忍不住想要上前一步。

沈柠重咳一声，示意他保持冷静。

勉强站在深蓝色的赛垫上。

膝盖处，仿佛筋肉被扯断般的剧痛一波波向着全身辐射而来！百草痛得眼前发黑，右腿无法克制地阵阵颤抖，背脊也瞬间痛出一层冷汗。虽然踢出的是左腿，但作为支撑的右腿依然难以承担重负。

幸好……

踢中了。

指甲死死掐进掌心，百草努力保持面容的平静，不能被对手看出来，不能被对手发现她右腿的异常。否则，对手将会集中全力向她的右腿进攻。

观众席上的晓萤并没有想到这么多。

当第二局的两分二十六秒，百草以一个反击后踢将李碧KO时，她同梅玲、光雅一起激动地振臂欢呼！

记者席上的媒体记者们也看得激动不已，当百草受伤的消息传出后，他们一度以为百草至少将会很遗憾地错过这届世锦赛，没想到，她居然可以这么快地恢复过来！

果然是有着超强的身体素质啊！

也许，她真的可以代替婷宜，打破由韩国少女宗师李恩秀一手创造的跆拳道神话！

退场后。

离开热烈喧嚣的赛场，进入相对安静选手休息区。在最僻静的角落，刚一坐入椅子，百草的身体就如同抽搐般颤抖起来，一层一层的冷汗涌上来，她虚弱地闭上眼睛，吃力地喘着气，不让疼痛夺去她的神志。

"很痛是吗?"

初原急忙半蹲下来，将她右腿的绑带一层层解开。因为比赛，绑带已经有些松开，被冷汗浸透，而全部解下来之后，露出的是她已经开始红肿发烫的膝盖。

初原顿时眉心大皱。

一边急忙拿出冰冻缓痛喷雾喷在她的膝盖上，一边对沈柠说："不能再用这种打法了!"

看着百草的膝盖，沈柠同样皱眉，沉吟片刻，说：

"嗯。既然第一场已经拿下，后面的几场可以稍微调整一下战术。但还是那句话，百草，你不可以被看出身上有伤，否则比赛将会更难打。"

深呼吸几下，喷雾的冰凉在膝盖处散开，怕初原和沈柠教练担心，百草用力地回答说：

"是!"

这时，婷宜正在场上比赛。

似乎同以往的比赛一样，婷宜穿着雪白的道服，梳着黑亮柔顺的马尾，她亭亭玉立，身姿优美。看婷宜的比赛更像在看一场跆拳道表演，她出腿无比的精准，旋身无比的优雅。

随着婷宜一次次的得分。

体育馆内喝彩和加油声越来越热烈，气氛热烈程度居然渐渐有超过刚才百草比赛时的趋势!

"哼。"

观众席中，晓萤扁扁嘴。说她狭隘也好，自私也好，婷宜是这次百草最大的竞争对手，她才不要为婷宜加油呢。正想着，身旁的梅玲却忽然激动地高喊一声：

“好——”

晓萤吓了一跳，才发现原来是婷宜又一次踢中了对手，比分由4：1变成了5：1。

“喊什么喊！”晓萤愤愤地白梅玲一眼，“婷宜已经不是队友了，她是百草的对手！拜托你把立场站稳一点好不好！”

有点不好意思，梅玲讪讪地说：

“我……我只是觉得……刚才婷宜使出的那一记直踢，又快又漂亮……还、还蛮精彩的……”

“精彩什么呀！”晓萤再丢给她一个大白眼，“再精彩还能比百草的旋风三连踢精彩吗?！而且，为这种叛徒加油……”

“够了啊，”林凤瞪晓萤一眼，“不管怎么说，婷宜都曾经是咱们的队友。而且就算婷宜是对手，对手打得漂亮，也照样可以喝彩！”

扁了扁嘴，晓萤气哼哼地扭过头去。

光雅摇头，只觉得晓萤这人双重标准得太厉害了。当年道馆挑战赛，常胜道馆的弟子们对改投松柏道馆的百草表示不满，晓萤当时的说法可不是这样。

“婷宜进步很大。”

用圆珠笔在永远不离手的笔记本上记录着，申波忽然感叹地说。

“是的，”目不转睛地望着比赛中的婷宜，林凤思考着说，“虽然防守和进攻的方式同以前区别不大，但是……”

“力量增加了很多。”寇震插话说。

“力量?”晓萤不屑，“婷宜一贯最看不起力量型的选手了，评论人家力量型的选手是有勇无谋，殊不知她那种纯技术派的打法才是花拳绣腿。”

“砰——”

就在观众席中的他们正讨论的时候，深蓝色的赛垫上，婷宜闪过对手的进攻，身影一晃，一记反击直踢重重踢在对手的腹部！

“砰——”

那踢中的声音恍若闷雷炸响！

观众席中，晓萤错愕地张大嘴巴，看到被婷宜踢中的那位选手竟被踢得连退几步，后仰跌倒，半晌爬不起来，然后裁判开始数秒。

这——

这是婷宜吗？

从小时候开始，她看过无数次婷宜的比赛，婷宜是典型的技术流，腿法精准，但是力量并没有太强，被誉为跆拳道中的优雅派。刚才那如闷雷般爆发出来的力量，真的是由婷宜踢出的吗？

这一场，婷宜KO胜。

“婷宜——”

“婷宜——”

观众席中爆发出惊涛骇浪般的喝彩声！

前来观战的观众们基本都是跆拳道迷，身为跆拳道迷自然都会对女子跆拳道界最耀眼的明星方婷宜有所了解。习惯了婷宜优雅的进攻方式，突然看到她脱胎换骨般，在优雅中竟然能够加入强悍的力量，怎能不让满场的跆拳道迷为之精神大振！

他们曾经以为，只有黑马般出现的KO王戚百草才是终结李恩秀神话的希望，而此刻，婷宜却让他们看到了另一种可能！

媒体席上的记者们也激动起来！

“啊……”

观众席上，梅玲被震撼到眼睛无法眨动。

“没有想到，”林风吃惊地说，“婷宜也可以具备这样的力量。”

在她的心中，婷宜虽然极具跆拳道的天赋和灵气，但毕竟是千金小姐，有些娇气，训练中耐不得苦，在出腿力量上没有太多优势。而现在，婷宜是如何在短短的时间内，将力量提高到了这种程度呢？即使百草没有受伤，当遇上兼具了力量与腿法的婷宜，比赛也会很难打吧……

通过转播的电视画面。

选手休息区的沈柠也看到了刚才婷宜的比赛，然而她眸底神色复杂，看不出在想什么。

两分钟后，刚刚退场的婷宜也回到了选手休息区，她走在教练和外公的身后，目光看到了这边的沈柠、初原和百草。视线在初原身上多停留了一秒钟，婷宜唇角露出一个微微嘲弄的神情，漠然地跟随着教练走入单独为她准备的VIP休息室。

“腿还疼吗？”

重新将百草的右腿用绷带一层层裹起来，初原担心地问。他将她的腿包得结结实实，仿佛并没有在意方才婷宜的出现。

“……好多了。”

思绪还停留在屏幕中婷宜将对手KO的那一脚，百草有些恍惚地回答说。如果她的腿没有受伤，婷宜那出腿的力量她并不畏惧，就连金敏珠那火山爆发般的力量她也未曾畏惧过。

然而，就连同刚才并不算太强的对手交手，她的右腿也如同撕裂般的剧痛。虽然她要求自己一定要拿到冠军，可是——

她真的可以吗……

接下来的几场比赛，虽然在满场观众的眼中，百草仍旧是轻松取胜。但只有百草自己知道，到最后一场比赛的时候，哪怕并不出腿，只是站在赛垫上，右腿也如撕裂般地剧痛。

冷汗一层层地冒出。

道服的背心早已湿得像从水里捞出来的一般。

膝盖处滚烫滚烫，如同正在火山蒸着的滚烫的馒头，在最后一场比赛时，她痛得眼前一阵阵发晕，到后来甚至连对手的身影都看得有些模糊。

“喝——”

可百草不敢示弱！

她知道，越是如此她越必须显出声势！比分已经3：1，距离第三局结束的时间只剩下不长的时间，哪怕痛得将牙齿咬碎，她也要撑到比赛终止！

“喝——”

在疼痛的黑暗眩晕中，百草喝出全身的力气，踢出一记横踢，左腿朝着对手的胸口进攻而去！

观众席上，纵使晓萤再迟钝，也早已察觉出了百草的异常。虽然场面上看起来，百草一直保持着优势，进攻仍旧凌厉，似乎没有任何受到腿伤影响的迹象，然而——

百草踢出的始终是左腿！

无论是进攻还是防守，无论是什么腿法，百草始终用的都是左腿……

而且，就算是左腿，进攻时的力量感也比以往减少了很多。

手心握出冷汗。

连加油声都忘记去喊，晓萤的心脏紧紧悬着，当看到百草向对手踢出那记横踢后身体竟然有些摇摇欲坠，她吓得死死掐住梅玲的胳膊。梅玲也紧张得脸色发白。

“坚持！坚持住!”

身体前倾，林风凝目望向深蓝色赛垫上的百草，低声为她加油！这已经是预赛中百草的最后一位对手了，只要战胜，就能够参加明天的复赛和决赛!

体育馆顶棚照射下来的灯光，一阵阵炫目而刺眼，进攻无效而返，百草勉力站在深蓝色的赛垫上，疼痛自右腿膝盖再次剧烈地翻卷而上!

“喝——”

就在百草还没能将身体重心完全站好的时候，对手一击反击后踢向她的头部踢来！疼痛使得她无法看清那一腿踢来的方向，只是当那裂空的腿风袭来时，靠着身体本能的反应向左一闪——

“呼——”

擦着头部的红色护具，对方的腿将将踢空！然而，百草尚未来得及喘口气，对手竟又迫不及待再次发起进攻!

“啊……”

眼看第三局比赛即将结束，百草的对手竟突然变得勇猛起来，狂风暴雨般向百草发起一轮又一轮的进攻，晓萤焦虑得坐立不安，盯着一分一秒逝去时间的记分牌，祈祷着比赛能够快些结束。

“对方似乎发现了。”

看到场上的局面，申波神色凝重地说。

“百草……好像已经坚持不住了……”望着红色的头部护具下百草苍白痛楚的面容，光雅也担心得面色发白。

“她的腿毕竟还没有好，能坚持打完前几场已经很不容易，”胳膊被晓萤掐得很痛，梅玲吸着气，同林风一样喃喃念着说，“百草，坚持！坚持住!”

深蓝色的赛垫旁。

看着百草已被对手一连串的进攻逼得步步后退，沈柠的神色越来越凝重，她叱声厉喊道：

"进攻——百草，进攻——"

"喝——"

人声鼎沸的体育馆内，在对手又一次进攻而来的瞬间，百草右腿支撑旋身，强忍住膝盖处撕裂般的剧痛，高高跃起——

"砰——"

左腿灌满全身的力量，向着对手扫踢而去！

时间凝固在2分41秒。

"砰——"

被那一脚踢中，对手的身体僵立了几秒，便如石碑般重重向后仰倒！满场惊呆，又过了几秒，才爆发出惊涛骇浪的欢呼声！果然是KO之王！原来之前的退让只是为了麻痹对手，是要趁对手放松进攻之际，给对方如此致命的一击啊！

"百草——"

"百草——"

为这气势惊人的一腿所折服，体育馆内响起惊天动地的喝彩呐喊声！

在裁判宣布百草KO获胜之后，深蓝色的赛垫上，百草缓缓取下头部的红色护具，用手背擦了下满额的汗水，她的视线有些模糊，唇角却露出一个腼腆的笑容，朝着四周观众席鞠躬和挥手致意。

另一块赛垫旁。

婷宜也正要开始她的最后一场预赛，冷冷地望向对观众致意后缓缓退场的百草，她的目光久久盯着百草那条行走中似乎正常无比的右腿。

爱之名

CHAPTER 15

回到宾馆，当初原小心翼翼地一圈一圈将绷带从百草的右腿上解开，当晓萤、梅玲、林凤、光雅她们看到那又红又肿滚烫得如刚出锅肘子般的膝盖，梅玲和光雅倒吸一口凉气，晓萤的眼泪就已经吧嗒吧嗒地落下来了。

“这、这可怎么办……”

抽泣着，晓萤眼圈红红地伸出手，想碰又不敢碰百草的膝盖。

“……我就觉得不对劲，你的腿明明还没有好，怎么可能在比赛中好像没事人一样……很痛是不是……对不起……百草……”悲伤和歉疚又一次击垮了晓萤，她越想越难过，大哭起来，“……如果不是因为我，你的腿就不会受伤……如果你的腿没有受伤，今天只不过是预赛，你就不会打得这么吃力……”

“好了好了，现在不是说这些的时候！”白了晓萤一眼，林凤叹息说，“百草的腿现在这个样子，明天的比赛该怎么打啊……”

“是啊……”

梅玲眉头深锁。虽然在体育馆内，百草咬牙坚持，表现得正常无比，可以骗过在场的所有选手。可是，一上大巴车，百草就痛得浑身冷汗，再也无法支持，右腿痛得连走路都异常艰难。

“要不，”光雅低声说，“明天的比赛就弃权吧。”

“什么?!”

晓萤大惊，不可思议地盯着光雅。

“腿伤这样严重，就算明天去比赛，也很难拿到冠军，”虽然不想说泄气的话，可是，想起临行前父亲的叮嘱，光雅心中难过地说，“万一既不能拿到冠军，又在比赛中受伤，是得不偿失的。”

晓萤默然。

梅玲和林风的神情也黯然下来。

“我没事。”

忍痛摸了摸发烫的膝盖，百草挤出一个笑容，安慰大家说：

“今天……今天我是故意保持实力……今晚休息一下，明天腿伤就可以恢复了……”

听到她说的话，初原默默皱眉。

喷完缓痛喷雾后，他又将镇痛疗伤的药膏厚厚一层抹在她那红肿发烫的膝盖上。虽然今天的比赛没有造成更严重的拉伤，但是她的膝盖发炎情况已经非常严重。

在比赛的间隙，他接到了好几个若白打来的电话。

如果不是百草事先央求过他，为了若白手术时心情平静，一定要对若白报喜不报忧，他很想将真实的情况告诉若白，请若白劝阻她不要再继续比赛。

“沈柠教练怎么说?”

思忖了一下，林风问百草。回到宾馆之后，沈柠安排了一下大家的晚餐，就匆匆离开了。

“…………”

百草一怔。

我必须告诉你，你的腿伤已经不适合再进行比赛。即使坚持参加明天的比赛，你将会遇到来自国家队的董彤云和婷宜，以你目前的状况，获胜的概率十分渺茫。

最后一场预赛结束后，在选手休息区，沈柠教练正色对她说。

是继续比赛，还是弃权退赛，这个选择由你自己来定。

“沈柠教练说，我可以继续比赛。”暗暗握紧手指，百草拿定了主意，面对大家关切的目光，她深吸一口气，用力说，“不管是否最终能拿到冠军，既然已经来到这里，既然已经有了机会，我都想试一试！”

***　***

吃完晚饭，百草的右腿已经痛到无法站起来，在晓萤的帮助下，她勉强洗了一个澡。打开窗户，让夜风轻轻吹进来，望着夜空中的星星，百草调整好心情，让自己忘掉疼痛发烫的膝盖，当唇角弯出笑容时，她按下手机的按键。

夜空中闪烁着同样的星芒。

半靠在雪白的病床上，若白听着前来巡房的主治医生介绍和安排关于明天手术的事项，他认真地听着，然后只提出了一个请求。主治医生错愕地摇头拒绝，然而拗不过他的坚持，最终还是同意了。

病房里又只剩下若白和亦枫两人。

电视机中沙沙播放着体育新闻，讲述着跆拳道全国锦标赛中的两个热门夺冠人选，方婷宜和戚百草都顺利晋级，决赛将在明天举行。

“从今天的比赛情况来看，被寄予厚望的新秀戚百草的伤势似乎并没有外界传言的那样严重，她连战连胜，两次将对手KO。”站在体育馆中，镜头前的记者握着话筒侃侃而谈，“今天方婷宜的状态也非常出色，进入国家队后她的实力似乎又有了进一步的提升。明天的决赛很有可能将会在方婷宜和戚百草两人之间进行，相信届时比赛一定会十分激烈!”

紧紧盯着电视画面。

若白不放过任何一个可能出现百草的镜头。

“你看，记者都说了，百草的伤势没有那么严重。明天你就要动手术了，早点休息吧。”亦枫打了个哈欠说。因为预赛没有进行电视转播，整整一天若白都在担心赛场上的百草。即使初原在电话中说百草的比赛是顺利的，若白还是没有停止过一刻担心。

“…………”

若白沉默着没有说话。

这时病床上的黑色手机忽然响了起来。

“…………

思念是一种很玄的东西

如影随形

…………”

寂静的病房中回旋着低沉深情的男声，望着来电显示上闪烁的百草两个字，若白垂下睫毛，掩去眼底的忧色，接通了电话。

“喂。”

若白哑声说。

当手机那边传来若白的声音，百草的眼睛瞬时如窗外的星星一样明亮起来。她紧紧握着掌中的白色手机，生怕漏听掉任何一丝声音，紧张地说：

“……我，我是百草”

“嗯。”

“我进入明天的复赛了！”耳朵紧紧地贴在手机上，百草贪心地想听到更多的声音，“……我的膝盖没有再受伤，沈柠教练说我可以明天继续参加比赛。”

手机那端沉默着。

“师兄……”

百草的心紧紧地提了起来。

良久，若白似乎叹息了一声，哑声问：

“药膏敷上了吗？”

“敷上了！”她急忙说，紧接着又问了她最关心的问题，“你的手术……还是排在明天，是吗？”

“嗯。”

“那你今天好好休息，”手指紧紧握住手机，不愿意漏掉哪怕只是他的一声呼吸，她的心脏紧张颤抖，声音却努力显得放松，“明天的手术一定、一定会非常顺利的。”

寂静的病房。

亦枫已经关掉了正在播放体育新闻的电视。听着手机那端她声音中掩饰不住的紧张，若白沉默了一下，哑声说：

“别担心，手术会顺利的。”

“嗯！嗯！”

即使看不到她的动作，若白也可以想象出她正在用力地点头。眸底染上一抹雪山云顶般淡淡的笑意，他静声说：

“因为我还要等你的答案。”

窗边，百草愣了愣，傻傻地问手机那端的他：

“答案？”

手机里，隔着远远的距离，若白的声音淡如云霭：“你对我的喜欢，究竟是怎样的喜欢，你——还没有告诉我答案。”

脑中轰的一声。

百草傻傻地愣在那里。

紧紧地握住掌中的白色手机，她的脸颊越来越红，越来越红，心脏以一种脱缰的频率急速地飞撞着，扑通、扑通、扑通，手心里涌出潮热的汗水，她喉咙中亦滚烫，耳膜轰轰的，竟有些连自己的声音也听不清楚：

“我……我对你的喜欢是……”

“回来再告诉我。”

病房的窗外星光点点，如同她倔犟明亮的眼睛。打断了手机那端她的话语，望着枕边她留下的那只最大最红的石榴，若白缓慢而低哑地对她说：“等你打完比赛，没有受伤，好好地回到我的面前，再把答案告诉我。”

挂掉手机。

望着掌中同她的那只一模一样的黑色手机，若白久久地沉默着。他想要听到她的答案，但不是现在。他要她好好地没有受伤地进行完比赛，他也要自己能够撑过手术，能够具备照顾和保护她的能力。

红红的石榴散发着清淡的香气，就像她对他说喜欢时涨红着脸颊的可爱模样。手指轻轻碰触着那只石榴，若白的眼中有着淡淡的温柔。

***　***

第二天，一起床晓萤就忧心忡忡。

虽然百草的膝盖看起来没有前一天那么红肿，但下地行走时百草那强忍痛楚却假装无事的表情却被她看得清清楚楚。连走路都这么困难，今天的比赛究竟该怎么打呢?

她也不懂，沈柠教练为什么还同意百草继续比赛。难道沈柠教练真的觉得，以百草这种状况能拿到冠军？或者……

啊!

会不会是沈柠教练故意借机除掉百草，为婷宜以后的征战扫清障碍！打个寒战，晓萤赶快让自己忘掉这个可怕的想法!

不管怎样，既然百草已经下定决心，作为她最好的朋友和害她受伤的罪魁祸首，晓萤都决定挺百草到底!

可是当晓萤雄赳赳气昂昂地带着拉拉队来到体育馆时，赫然发现体育馆内的气氛和昨天迥然不同。可恶，明明昨天只有她们一个拉拉队，怎么今天突然有一支声势浩大的为婷宜加油的拉拉队冒出来!

那支拉拉队的人数简直有她们的两倍。

而且居然就坐在她们旁边！居然还统一着装，胸前和背后都印着“婷宜加油”的醒目标语！居然来得比她们还早，已经在体育馆内声势浩大地喊着：

“婷宜加油——”

“婷宜加油——”

气氛热烈无比，搞得好像这是婷宜的主场一样。

有没有搞错!

瞪着那支凭空冒出的婷宜拉拉队，晓萤气得鼻子都歪了，不带这样的，要出现昨天就出现好不好！突然这么多人，让她毫无防备放松了警惕，这不是偷袭是什么!

“如果预赛都需要加油才能赢，实力究竟是有多弱呢?”

似乎听到了晓萤愤怒的声音，隔壁的婷宜加油团的美女团长横她一眼，轻飘飘地说。

晓萤气得要爆炸了，冷笑着横一眼还回去：

“实力强大的选手，即使预赛也能够将每场打成经典之战，作为粉丝自然不能错过。比赛重要的是过程，而不是结果，我们可没有你们那么功利！”

在婷宜的美女团长脸僵住的时刻。

晓萤右手一挥，昂头挺胸地带领着松柏拉拉队高声呐喊着：“百草百草——加油加油——”“百草百草——必胜必胜——”顿时将体育馆又扳回百草的主场。

切，想跟她斗嘴，再修炼几年吧！

选手休息区。

没有让百草进行赛前的热身，沈柠让她坐着休息，初原又仔细检查了一次她腿上的绷带，直到确认已经裹得结结实实。

“保存体力。”

看了百草一眼，沈柠神色复杂地说：

“虽然四分之一决赛和半决赛都不好打，但你必须把最好的状态调整到最后的决赛。”

“是。”

努力忘记膝盖处传来的疼痛，百草回答说。她知道，今天的比赛非常难打，她已经做好了迎接恶战的心理准备。但此刻——

她望向墙壁上的时钟。

8点50分。

若白的手术快要开始了吗？

***　***

岸阳，医院。

长长的走廊，护士推着病床向手术室走去，床脚的轱辘在地面发出寂静的回响，亦枫、喻馆主夫妇紧紧陪在旁边。雪白的病床微微颠簸，若白的面容苍白消瘦，却并没有紧张的神色，只是默默地想着——

她的比赛应该已经开始了吧。

***　***

灯火通明的体育馆。

“百草加油——”

“百草加油——”

这边的加油声刚起，那边的加油声也较劲般的呐喊起来：

“婷宜加油——”

“婷宜加油——”

当婷宜在四分之一决赛中率先出场时，婷宜加油团的呐喊声更是空前高昂。而婷宜的表现也没有辜负加油团的期望，在第二局的时候就已经以6：2的大比分领先！

“…………”

胸口堵着一口闷气，坐在观众席上，越是看到婷宜表现出色，晓萤越是郁闷。当第三局一开始，婷宜一个反击前踢，将比分又拉大到7：2时，晓萤撇了撇嘴，说：

“哼，也没什么了不起！踢中了对手这么多下都没有将对手KO，我还以为她真的力量大增了呢，如果换成是百草，早就KO获胜了！”

“也许她是在保存实力。”

抬起头，申波研究着比赛中的婷宜。

“是的，打到现在婷宜似乎都还没有流汗。”林凤皱眉说，虽然不想承认，但是自从婷宜改投入国家队，她更希望百草获胜，“原本百草和婷宜之间的胜负就很难讲，现在百草受伤，婷宜又将全部的注意力都放到百草身上，绝对不会轻敌……”

“希望百草能够骗过婷宜，希望婷宜发现不了百草的腿伤还没好。”光雅喃喃说。

梅玲的脸色变了变。

看到婷宜顺利拿下第三局，最终将比分定格为9∶3，在满场震耳欲聋的欢呼声中优雅含笑退场，晓萤的胸口郁闷得都开始发疼了。

隔了一场之后，百草的四分之一决赛开始了。

“百草百草——必胜必胜——”

“百草百草——百战百胜——”

化郁闷为力量，晓萤高声带领着拉拉队奋力呐喊着，将体育馆内掀起一阵阵的热浪！

然而，百草的这一战却赢得并不精彩。她基本舍弃了主动进攻的打法，全面采用防守反击，场面一度十分沉闷，除了始终高喊着加油的松柏加油队外，有些观众甚至开始走动。

最终，百草仅仅以3∶2险胜。

***　***

“从刚刚结束的这场比赛来看，戚百草似乎不在状态，”手术室内一台收音机以最低的音量沙沙地直播着正在进行着的跆拳道全国锦标赛，躺在冰冷的手术台上，若白凝神静听，“很多次机会，戚百草都没有抓住，不知道是临场战术出了问题，还是她的体能出了问题。而反观前面结束的比赛，方婷宜的表现则非常突出……”

手术台旁，医生们已经开始准备手术中的器械。

麻醉师将药液灌入针管，他还是第一次见到有病人要求在手术室听广播，并且签下了承担相应后果的文件。

***　***

“还能支持得住吗?”

一进入选手休息区，初原就扶住已然痛得浑身是汗的百草，扶她在僻静的角落坐下。

“可以。”

痛得嘴唇微微哆嗦，百草吃力地向他挤出笑容。经过了前一日整整一天的比赛，膝盖竟已痛到完全无法受力。现在的她很庆幸若白没能来现场，否则在他面前打得这么窝囊，她会觉得很丢人。

“打得很好。”沈柠安慰她说，“再拿下一场，就可以进入决赛了。”

接下来的半决赛，婷宜依旧打得优雅迷人，光芒夺目，以4：2的比分顺利地率先进入决赛。而百草的半决赛仍然打得磕磕绊绊，几度让晓萤的心都悬了起来，比分一直交替上升，而百草移动的步伐变得越来越缓慢和吃力，到了第三局——

“杀——”

来自国家队的董彤云奋声大喝，全力跃身而起，左腿踢出，用一个下劈朝着百草的头部击去!

这一击的速度并不算快。

而且在董彤云刚刚出腿的那一刻，百草的身体就已经下意识地向右闪出，只要闪开，然后旋身后踢——

然而……

右腿刚刚受力，只是一个简单的挪步，膝盖处竟骤然如筋肉扯裂了一般，巨大的疼痛如飓风般席卷全身，百草痛得眼前发黑，腿一折，整个人向赛垫扑去!

“啊——”

观众席上，晓萤失声尖叫！

冰冷的手术台旁，收音机里也沙沙地传出解说员惊讶的声音：“……戚百草的身体没有站稳……”

麻醉中的若白睫毛微微一颤。

明亮的无影灯下，外科大夫拿起手术刀，手术开始了。

体育馆的灯光明亮得刺眼。

踉跄了一步，痛出的冷汗已经模糊掉百草的视线，她死命咬紧牙关，撑起右腿，没让自己跌倒在赛垫上，肩膀却已躲闪不及——

“砰——”

董彤云的那一脚重重踢中她的左肩！

3：3平。

虽然在最后的加时赛，百草以一个旋身后踢最终还是战胜董彤云进入了决赛，虽然她看起来似乎还是行走如常。

但是观众席中。

晓萤她们的心早已沉沉地沉到了谷底。

别人或许看不出来，但是她们怎么会看不出，百草的腿伤已经严重到步伐比平时慢了许多许多，而红色护具下，百草的面容苍白得仿佛被雨水淋湿的白纸。

呆呆地坐在观众席，晓萤眼圈发红，心情复杂极了。

她既想继续为百草加油，希望百草能够拿到冠军。可是，可是此时的她又无比希望百草能够不要再进行比赛了。

百草的腿……

第三局时的那次险些跌倒，是不是又受伤了。

这一刻，她突然无比地理解若白，她突然懂了为什么若白那么强烈地想要阻止百草来参赛。同百草的身体和伤势比起来，能否拿到冠军真的有那么重要吗？

而且，即将开始的与婷宜的决赛势必是一场恶战。

百草……

百草该怎么去打，会不会又再一次受伤……

选手休息区。

外面的赛场已经在开始进行复活赛和铜牌争夺战，观众们热烈的加油声一阵阵地传进来。冷汗一层层地冒出，闭着眼睛，百草的嘴唇痛得哆嗦，却一声也不敢吭，她用力地深呼吸，希望在决赛开始之前能将身体的状态调整过来。

加时赛中的旋身后踢，使得右腿膝盖的伤处又被拉伤，疼痛得完全无法站立，退场时的每一步都痛如刮骨。

所以，她不敢让初原解开她腿上的绷带。

她怕他会阻止她。

只剩下一场，只要再打完这一场，只要战胜婷宜，她就可以拿到冠军，就可以取得参加世锦赛的资格，就可以……

完成若白的心愿。

“她不可以再继续比赛！”

即使百草不让他解开绷带查看伤势，但是她痛得面容苍白，痛得额头都发起了低烧，初原如何能不清楚她的伤处的严重情况？而正在他想要强行解开她的绷带时，沈柠却拉住他，将他拉到旁边。

看着沈柠教练，初原坚持地说：

“请您阻止百草，如果您不阻止，身为队医我可以直接向组委会提出让她退赛的请求。”

“她可以。”

似乎并没有生气，沈柠回答他。

“您难道看不出来，她的膝盖已经难以站立、难以移动、难以施展任何腿法了吗？”眼中有着不赞同，初原克制地说，“而您带了婷宜那么长的时间，对婷宜的实力应该很了解。百草目前这种状况，即使参加决赛，也很难战胜婷宜，却可能让她膝盖的伤势严重到今后也难以挽回！”

沈柠若有所思地望着初原，说：

“是的，我很了解婷宜的实力。但你是否了解百草的实力？如果是若白在这里，他绝不会认为百草会很难战胜婷宜。”

初原一怔。

“如果只有在一切状态良好的情况下才能战胜婷宜，如果膝盖受了一点伤就无法战胜婷宜，”沈柠挑眉说，“如果百草的实力只有如此，我为什么要舍弃婷宜，而选择她呢？”

沈柠抬手打断他：

“我知道，你担心她的伤。但就像百草自己所说，世上并没有那么多顺利的事情，这次因为腿伤，下次就可能因为生病，如果每次都选择放弃，怎么可能拿到冠军？既然参赛是她自己的决定，作为教练，我不会去阻止她。”

初原沉默下来。

望着角落里紧闭双眼，努力调整呼吸，试图将身体状态恢复得好一些的百草，是的，他知道她不会放弃。

呼吸一下一下地调匀。

闭着眼睛，百草尽力让自己什么都不去想，忘记正在进行中的若白的手术，忘记腿伤，忘记刚才险些落败的半决赛。她让自己的脑中安静下来，就如同一个睡眠，不知道过了多久，右腿的疼痛渐渐被她忘却，不知过了多久，似乎是VIP休息室的门打开，有一行人的脚步声经过她的身前。

其中有一人的脚步声很是熟悉。

那人的脚步声在她的面前停了下来，百草心中一怔，当她睁开眼睛时，看到那果然是婷宜。

雪白的道服，婷宜傲然地站在那里。

冷冷地高昂着头，她的视线并没有落在百草身上，而是冰冷地望着初原。眸底有着复杂的神色，婷宜抿紧了嘴唇，冰冷地盯着站在百草身旁的初原。

初原对她颔首。

婷宜只是嘲弄地冷哼了一声，又冷冷地看了一眼沈柠，跟在国家队黄教练和外公的身后，走出了选手休息区。

百草呆呆地望着婷宜消失的方向。

从始至终，婷宜都没有看过她，仿佛她是一个毫不起眼的存在。而从婷宜的神情中，她能感受到婷宜冰冷的敌意。

是的。

敌意。

不是即将开始比赛的对手，而是敌人。

“走吧!”

默叹一声，沈柠将头转回来，看向百草，正色说：

“如果想拿到冠军，如果想参加世锦赛，那就去将婷宜打败!”

***　***

手术室。

无影灯下，手术正在紧张而有条不紊地进行，一旁收音机的音量已被拧到最小，沙沙地从里面传出解说员的声音：

"……决赛即将开始，从前面结束的比赛来看，似乎是方婷宜的状态更好，而戚百草的表现并不如前段时间在国外参加比赛的时候……"

"滴——滴——滴——"

心电监护仪发出规律的声响，麻醉昏迷中的若白静静地躺在手术台上，似乎不再能够听到任何声音。

***　***

体育馆内，激烈的加油声使现场如同沸腾的海浪！两支拉拉队较足了劲，都在竭尽全力地呐喊：

"婷宜加油——"

"百草加油——"

"婷宜加油——"

"百草加油——"

挥舞着手臂，晓萤的喉咙已经开始冒烟，身后的阿茵、萍萍她们也喊得涨红了脸，奋声呐喊着，誓死要将声势压过人多势众的婷宜加油团！

深蓝色的赛垫。

耀眼的灯光。

在满场沸腾般的气氛中，身戴蓝色护具的婷宜和身戴红色护具的百草分别从赛垫的两边走向赛垫的中央。

看着踏上同一块赛垫的百草，婷宜心中是冷冷一片。

旧得发黄的道服，倔犟野性的双眼，眼前的这个戚百草跟几年前初见的时候几乎没有什么改变。

她从没有喜欢过戚百草。

还只是刚刚投入松柏道馆门下的新弟子，戚百草居然就敢当众怒声质疑若白，丝毫没有谦卑与尊敬。于是她出手教训了戚百草。然而，戚百草的骨血中就流淌着掠夺的脾性，在最后时刻，依旧夺走了原本属于秀琴的道馆挑战赛的比赛资格。

而后。

戚百草又来掠夺那些属于她的东西。

只是在队内赛中侥幸战胜了她一次，居然就想要夺走她占据了多年的地位，夺走队友们对她的崇拜和喜爱。

盯着一步步走过来的戚百草，眼角的余光可以看到留在戚百草教练席上的沈柠和初原，婷宜心中充满冰冷的恨意。

夺走她的初原。

夺走她的教练。

夺走那些原本属于她的掌声和荣耀。

此刻的戚百草，又想来夺走属于她的冠军和世锦赛参赛资格。

那么——

她就要让戚百草亲眼看着。

她将会怎样打败她！

她将会怎样将那些被夺走的，一件一件，从戚百草的手中再夺回来！

婷宜那冰冷敌视的目光，刺得百草心中一紧。

她慢慢走向赛垫中央，望着面前这个有些陌生的婷宜。她还记得，第一次见到婷宜是在松柏道馆，那个温婉优雅的女孩子，身上的光芒犹如柔和的月光。

是不是因为自己的缘故，婷宜才变得越来越冷硬尖锐，百草怔忡地想着，心底有彷徨和不安。

可是。

她真的很想拿下这场比赛。

她想战胜婷宜，想拿到冠军，想如若白所希望的那样，取得参加世锦赛的资格。

赛垫中央。

在主裁判的喝令下。

身戴蓝色护具的婷宜，身戴红色护具的百草，彼此鞠躬行礼，向观众鞠躬行礼。

决赛正式开始了！

"喝——"

"喝——"

在深蓝色的赛垫中央，婷宜双目紧盯百草，调整着步伐，不急不慌地试探着。百草全神贯注地观察着婷宜，宁心静气，调整步伐节奏，也没有急于进攻。

一时间，场面竟有些沉寂。

观众席中，晓萤却松了口气，目不转睛地说：

"百草的步伐轻快灵活了不少，比半决赛那场强多了，也许并没有受伤。"

"嗯嗯，"梅玲附和说，"可能是初原前辈为百草上了药，又休息了一会儿，看起来好多了！"

"也可能百草前两场都是在保存实力，或者麻痹对手，"祈祷着，光雅想得更加乐观，“然后这一场，才把全部体力都拿出来！”

“对对对！”

从未觉得光雅如此可爱，晓萤开心地连连点头。但是看到林凤和申波仍旧一脸严肃，晓萤的心忍不住又坠了一下，问：

“怎么，难道你们不这么觉得吗？”

“你看沈柠教练和初原前辈的表情，”林凤皱眉说，“如果百草的腿伤并不严重，他们的表情怎么会这么紧张。”

赛垫旁的教练席上。

沈柠眉心微颦，紧紧望着局面上略显被动的百草。初原的视线也是紧紧胶着在百草的身上，以往温和的目光，此刻却有着难以掩饰的紧张和担忧。

“喝——”

抓住婷宜虚晃进攻收腿未稳的时机，深蓝色的赛垫上，百草厉喝一声，右腿支撑，左腿朝着婷宜追踢而去！

这一腿快如闪电！

虽然婷宜敏捷地闪过，但场面的僵局被百草凌厉出腿的气势打破，满场观众响起喝彩之声！

“百草百草——”

“百战百胜——”

观众席上的百草拉拉队整齐地呐喊起来，每个人都精神大振！谁说百草的腿伤没好，谁说百草很难拿到冠军，就凭百草这一腿的威势，就已经完全具备冠军之相！

耀目的灯光中。

忽略掉右腿膝盖处剧烈的疼痛，百草站回赛垫，调整步伐节奏，凝神屏气等待下一回合的进攻机会。回视着她，婷宜的唇角却勾起一抹冷冷的嘲弄：

“这么好的旋风三连踢的机会，你居然放过了。”

目光冷漠地落在百草的右腿膝盖上，婷宜一边防守着，一边声音低低地说：

“用这条废腿，你也敢来跟我争冠军？”

心中一惊，百草还没来得及反应。

“呀——”

婷宜已腾身清叱，从百草的右侧，一记旋身后踢，高高仰腿，向着百草的头部猛踢而去！

向旁一闪！

膝盖处如同滚红的烙铁，痛得百草的右腿又是一折，她咬牙强忍住，但毕竟已慢了一拍，握紧双拳，她硬是右脚用力点地，也腾身旋起！

“喝——”

在痛至眩晕的黑暗中，百草旋身踢出左腿，在半空中——

“砰——”

重重迎上了婷宜的右腿！

交叠在一起的腿影，那重重的声响，如同惊雷在体育馆内炸开！看到这精彩的一幕，满场观众们越发激动起来，呐喊着：

“加油——加油——”

这才是期待之中的决赛，这才是王者之间的对抗！

看到深蓝色的赛垫上，婷宜身姿轻盈地落下，而百草却面色苍白地踉跄着连退了好几步才勉强站住，婷宜加油团兴奋不已，一遍遍地齐声呐喊：

"婷宜加油——"

"婷宜必胜——"

教练席上，万老馆主满意地望着赛垫上的婷宜，知道真正的比赛从这一刻才正式开始。

"呀——"

没给百草丝毫喘息的机会，一记直踢，婷宜再次从百草的右侧发起进攻！

"呀——"

又一记后踢！

"呀——"

再一记双飞踢！

"呀——"

如狂风暴雨般，几乎每一次进攻婷宜都是从百草的身体右侧发出，看惯了婷宜优雅的防守反击式打法，骤然看到婷宜如此勇猛犀利的进攻，体育馆内的观众们看得目瞪口呆起来，连婷宜加油团的成员们都看傻了。

"砰——"

在躲过了婷宜一次次的进攻之后，这一次，面对婷宜的旋身后踢，膝盖痛得眼前发黑，百草右腿一软，终于没能来得及闪过，胸口处被重重踢到！

那一腿的力量！

如同被巨锤砸中，百草勉强退了几步没有跌倒，胸口处闷痛得欲炸开一般，而连连受力的右腿也痛软得无法站立！

因为采用世锦赛的新规则，婷宜的旋身进攻直接拿到两分！

0：2。

“婷宜婷宜——”

“天下第一——”

观众席中，婷宜加油团激动地呐喊着！果然，冠军的宝座只属于婷宜！无论是黑马还是新秀，在婷宜面前全都不堪一击！

婷宜才是真正的王者！

“婷宜看出来了。”林风喃喃地说，“虽然百草在前面的那些比赛中尽力掩饰，但婷宜仍然看出来了。所以，她所有的进攻都从右侧发起，百草的右腿无法出击……”

“怎么会，”晓萤颤抖地说，“百草明明掩饰得很好，怎么会一开场，就被婷宜看出来了呢?!”

“……我……婷宜曾经给我打过电话，问百草受伤的情况，”梅玲面容惨白，“……我……我当时以为百草不会参赛了，就把百草的伤势……”

“什么——”

不敢置信地瞪着她，晓萤怒声说：

“竟然是你出卖了百草！”

“……对不起，我真的没有想到，当时百草受伤那么严重，我以为肯定不会参赛了，”眼圈一红，梅玲内疚极了，“如果知道，我肯定不会说的……”

“现在说对不起还有什么用！”晓萤怒不可遏，“把这么大的弱点暴露给婷宜，百草还怎么打比赛！我知道，你跟婷宜要好，可是你也不能这么出卖百草！”

梅玲难过地哭起来。

“够了，婷宜又不傻。”林风皱眉说，“从昨天的预赛开始，别说最拿手的旋风三连踢了，百草连简单的旋身动作都很少，进攻也全部用的是左腿。婷宜只要留心，就能发现百草的异常，梅玲说不说都是一样的。”

“第一局刚开始百草的进攻就是婷宜有意诱导的，”翻了下手中的笔记本，申波沉吟说，“如果百草没有受伤，最佳的进攻方法应该是旋风三连踢。但百草采用的是左腿前踢……”

“砰——”

体育馆耀目的灯光下，依旧是从百草的右侧进攻，婷宜的推踢快如闪电！拖着剧痛的右腿，还来不及避闪，那一腿已重重踢在百草的胸口！

0：3！

“十字韧带受伤，你还敢来参加比赛，”第一局结束前，看着面前痛到嘴唇苍白的百草，婷宜冷冷地说，“我倒要看看，只有一条腿，这场比赛你要怎么打！”

局间休息。

观众席上，晓萤、梅玲、光雅都呆呆地坐着，这场比赛到底该怎样打。婷宜已经完全看穿了百草的腿伤，避开百草的左腿，只从右侧进攻，这样的比赛究竟该怎样打。

见晓萤情绪低落，拉拉队的副队长阿茵将领导权夺了过去，带领着拉拉队奋声呐喊加油：

“百草百草——百折不挠——”

“百草百草——气冲云霄——”

虽然没有晓萤她们懂得那么多，但是阿茵相信百草！从来没有让松柏道馆的弟子们失望过的百草，这次也绝对不会就这么轻易地输掉！

“滴、滴、滴、滴！”

医院的手术室，心电监护仪突然异常地鸣叫起来，监看血压的医生急声说："病人血压不稳!"

冰冷的手术台上。

麻醉昏迷中的若白面色苍白如纸，睫毛轻轻颤动。旁边的收音机在沙沙地轻响：

"……第一局比赛结束，方婷宜以3：0领先，占据局面的优势。似乎戚百草的腿伤尚未痊愈，方婷宜的进攻全部从右侧发起……"

痛出的冷汗浸透右腿上的绑带。

半蹲在百草的身前，将绑带一圈圈松开，看到她异常红肿触手滚烫的膝盖，初原的手指竟有些微微发抖。深吸一口气，他抬头对百草说："你……"

"我该怎么打?"没有喝水也没有擦汗，百草苍白着嘴唇，直直地盯着他，"告诉我，第二局我该怎么打?"

初原怔住。

"请你告诉我，我该怎么打?"喃喃地重复着，百草脑中空白一片，比赛中她从未有这样的茫然和混乱。

哪怕是最初的比赛，不懂得战术和技巧，她并不怕。她拼足了力气进攻，就算是用莽劲，也要同对手拼到底！后来，她研究对手的起势，用旋身和腾空来增加攻击时的力量，学习着依靠身体的本能去反应，她掌握了越来越多的方法，去与不同的选手比赛。

而现在……

失去了右腿的战斗力，她所有可以凭借的竟然全都化为乌有!

她可以看出婷宜的起势!

在婷宜刚一出腿的瞬间她的身体就已做出本能的反应!

然而，她的右腿拖慢她的速度，使她无法反击、无法进攻，使她原本所有的优势都变得荡然无存!

望着她慌乱的眼神，初原的嘴唇动了动，眉心一皱，又将话咽了回去，对她说：

“等腿伤养好，你还可以争取参加奥运会和下一届的世锦赛。”

望着他，眼底涌出一抹失望，百草转过头，紧紧地望着沈柠，问：“教练，请告诉我，比赛我该怎么打?!”

看了眼初原，沈柠对百草说：

“如果你的腿没有受伤，你会打得如此被动吗?”

“不会。”

“所以，忘记你腿上的伤!”看着百草，沈柠凝声说，“把前两场保存的体力全部拿出来，像平时一样去打比赛，哪怕你的右腿从此彻底废掉!”

咬紧嘴唇，百草的胸膛起伏了一下!

可是……

她答应过若白，要在比赛中绝不受伤……

看出她心中所想，沈柠挑眉说：

“当然，这要看在你心目中，什么是最重要的。”

深蓝色赛垫的另一边，婷宜一边听着教练和外公的战术指导，一边漠然地望着半蹲在戚百草身前，为戚百草一遍遍喷着缓痛喷雾的初原。即使隔着这么远的距离，也能看出初原眉宇间对戚百草的担忧和心疼。

婷宜的心底越来越冷。

在百草尚未出现的那些岁月中，自从初原退出跆拳道，就再也没有去过任何跆拳道比赛的现场。哪怕是再重要的大赛，哪怕她一再恳求，初原也从没有出现过。

而今。

他竟为了戚百草而来……

第二局的比赛即将开始，婷宜站在赛垫中央，冷冷望着缓步走来的戚百草。曾经她愿意以世锦赛的参赛资格来交换，是戚百草自己将它拒绝。既如此，她就要戚百草同世锦赛永远无缘！

"呀——"

明亮的灯光下，如同璀璨的舞台，第二局比赛刚一开始，婷宜采用相同的战术，继续从百草的身体右侧发起进攻！

…………

"……忘记你腿上的伤！"沈柠凝声说，"把前两场保存的体力全部拿出来，像平时一样去打比赛，哪怕你的右腿从此彻底废掉！"

…………

凌厉的腿风已从右侧而起！

"喝——"

握紧双拳，百草腾身而起，是的，忘记右膝的伤势，忘记右膝的疼痛，她一记直踢，她向着婷宜正面反击而去！这是最直接也是最有力的反击！

眼神冰冷。

当看到半空中的戚百草终于开始用右腿还击，婷宜心中冷笑一声，凌空一踏，右脚尚未落地，灌满全身的力气，她的左脚朝着戚百草的右腿膝盖推踢而去——

"呀——"

这一腿，她每天绑着沉重的沙袋，苦练了足足一个月！这一腿，她灌满全身的力量！这一腿，她已经用了足足一局多的耐心来等候！

这一腿——

她要戚百草把欠她的全部还回来！

“呀——”

充满了恨意的厉喝，体育馆刺目的灯光中，婷宜凶狠地朝着百草的右腿膝盖重踢而去！

“百草——”

观众席上，晓萤失声尖叫！

“砰——”

如漫画定格般，婷宜的左脚重重踢在百草的右腿膝盖上，那一声骨碎般的巨响，异常地清晰，清晰到满场的每个观众都能听到那骨头碎裂般的——

“咯！”的一声！

教练席中，沈柠和初原面色大变，骇得惊身而起！

刺目而眩晕的光线！

痛……

仿佛身体正在缓慢地从空中跌落，那骨头一片片碎开的痛意，竟使得百草恍惚了起来，她不知自己身在何处，眼前在剧痛的白光之后，又是彻底的黑暗……

痛……

好痛好痛……

痛得她想要蜷曲，想要打滚，痛得她想要将五脏六腑都呕出来，痛得她想要昏过去！

“……怎么样，还能比赛吗？”

裁判俯下身，询问跌落在赛垫上的痛到面容雪白的百草。

婷宜冷冷地盯着此刻深蓝色赛垫上的戚百草。

看着她那副面色惨白，紧闭双眼，痛得嘴唇止不住颤抖的模样，看着她那副蜷曲着身体，死死抱着右腿膝盖，痛到浑身抽搐的模样，婷宜冷冷钩起唇角。

她一直在等这一刻。

从戚百草的右侧进攻，逼戚百草必须要用右腿还击。

然后——

她就可以踏碎戚百草的膝盖，让戚百草从此在赛场上永远消失！

她等这一刻已经等了太久。

戚百草从她这里拿走多少，她就要让戚百草还回来多少。她倒要看看，一个膝盖废掉的戚百草，还能拿怎么来跟她争！

痛得整个世界都变得混沌，泪水从紧闭的眼角沁出来，颤抖着，百草死死抱着自己的膝盖，在眩晕的黑暗中，她听到裁判在问，她想要说，可以，她可以！可是——

痛……

泪水痛得从眼角沁出。

为什么会这么痛……

喉咙痛得抽搐收紧，她挣扎着，却一个字也挤不出来。深蓝色的赛垫上，她紧闭双眼，苍白着双唇，眼角的泪水越流越急。

***　***

“……似乎是方婷宜踢中了戚百草的右腿膝盖，不知道戚百草是否已经昏迷，从现场情况来看她仍旧躺在赛垫上无法起身……”

手术室中，收音机沙沙地响着：

“……场边的医生已经开始急救，如果裁判判定戚百草无法再继续比赛，方婷宜将会获得这场比赛的胜利……”

手术台上，麻醉中的若白静默地躺着，只有睫毛在微微颤抖。

“病人血压持续下降！”

“病人血压还在继续下降！”

同其他医师们一起紧张忙碌地进行抢救，主治医师皱眉瞥了眼那台一直响的收音机，命令说：

“关掉它！”

明亮的无影灯下。

世界一片寂静，若白似乎在做一个悠长的梦。他梦到父母远去另一个城市，梦到小时候的他趴在松柏道馆的墙头，看里面的弟子们每天在练跆拳道。

然后，他梦到了她。

那个像小草一样倔犟沉默还有些木讷的女孩子。

灯光下，他一针一针为她修补那身早已旧得发黄的道服。是从什么时候开始，她成为他心目中最重要的事情。恍惚悠长的梦中，他有些无法确定。

夜市里，买下那枚她喜欢的草莓发夹……

但他一直知道。

她喜欢的是初原。

她整日戴着那枚红晶晶的草莓发夹，无论上学、训练还是比赛。虽然，她以为那是初原送她的……

昏迷中，若白的睫毛轻轻颤动。

比赛胜利后，她激动地从赛场上跑着冲过来，紧紧将他抱住。只要能够看到她眼底的高兴与明亮，能够看到她每打赢一场比赛后的兴奋，无论她是否知道，无论她喜欢的是谁，他都会永远守在她的身边。

悠长而恍惚的梦中，他又一次梦到病房中她深吸口气，用小鹿般明亮的眼睛望着他说：

"……若白师兄，我喜欢你！"

梦中的世界如此寂静，他似乎可以看到她正在灯火通明的体育馆中，而他不管怎样努力，也无法发出声音对她说：

百草，我也喜欢你。

所以请你，不要受伤。请你完好地回到这里。

***　***

体育馆。

记分牌上的时间暂停了下来，满场观众提心吊胆地望向赛场中央那块深蓝色的赛垫，受伤倒地的选手似乎正面色苍白地挣扎努力着想要爬起来，而队医已经带着医药箱冲了上去。

"百草——"

泪流满面，晓萤向观众席最前面的栏杆冲去！她看得清清楚楚，婷宜的那一脚是正正踢在百草的右腿膝盖上！那是需要有多大的恶意！她可以百分之百地确定，婷宜是故意的！

从没有这样恨过婷宜！

她不喜欢过婷宜，讨厌过婷宜，可是，她从未这样恨过婷宜！究竟是一个什么样的人，才会在比赛中故意去重创对手的膝盖！而且是在明知对手的膝盖已经有伤的情况下！

百草……

百草怎么样了……

为什么直到现在百草还是无法站起，泪水在晓萤的脸上奔流，紧紧握住观众席最前面的栏杆，她已哭得泣不成声，浑身颤抖。

如果百草的膝盖真的从此坏掉，再也无法比赛。

她发誓，她绝不会饶过方婷宜！

"……我可以……"

在初原做完紧急处理之后，强忍着剧痛的眩晕和胸口欲呕的窒闷，摇摇欲坠地从深蓝色的赛垫上站起来，百草用左腿支撑起全身的重量，疼痛使她只能模糊看清裁判的轮廓，她颤声说：

"……我可以……继续比赛……"

看着面前这个面色惨白，连站立都极其勉强的选手，裁判拒绝说："你已经不具备继续比赛的能力。"

"……我可以！"

推开扶着她的初原，百草的胸口剧烈地起伏着，虽然剧烈的疼痛使她的牙齿还在痉挛般的"咯咯"作响，她对裁判坚持着说：

"……请您……让比赛继续……我的神志清醒……我的身体虽然受伤，但是并未严重到需要放弃比赛……"

"但是你……"裁判怀疑地说。

刚才那声骨头断裂般的巨响，他听得十分清楚，他不相信有人能够在这种状况下继续比赛。但是，看着面前这个异常坚定的选手，裁判也不愿贸然使她与胜利绝缘。于是，裁判严肃地问队医初原说：

"你的看法是什么？"

"…………"

紧张地望着初原，百草的眼睛里充满了哀求。不赞同地望着她，初原的眉心紧紧锁着，他能够看得出，婷宜的那一脚给了她右腿膝盖怎样致命的严重一击，她已经完全不适合再进行比赛了。

可是，他也能看得出。

那屏息哀求的眼神，她是多么强烈地想要继续比下去……

灯火通明的体育馆。

就在满场观众惋惜地以为这场决赛将因为百草的意外受伤戛然而止时，令人吃惊的，在主裁判和几位边裁进行商议之后，竟然宣布比赛继续！

望着深蓝色的赛垫上，那拖着伤重的右腿，吃力地一瘸一拐走到婷宜的对面，面色苍白却倔犟地要坚持打下去的百草——

一位观众站了起来。

又有几位观众站了起来。

随之，几十位、上百位，然后几乎全场的观众都站了起来！

"哗——"

体育馆内响起海浪般持续热烈的掌声，几乎所有的观众都激动地起立为百草加油！

"百草……"

捂住嘴，晓萤泪流满面地望着重新开始比赛的百草，她能听到身后的阿茵已经在率领拉拉队在嘶声地呐喊：

"百草——加油——"

"百草——加油——"

胡乱抹掉脸上的泪水，站在观众席最前方的栏杆处，晓萤拼尽全身的力量，对着深蓝色赛垫上的百草，声嘶力竭地喊着：

"百草——"

"加油——"

"百草——"

"加油——"

记分牌上的时间重新开始计时。

距离第二局比赛结束还剩下1分31秒。

1分30秒。

1分29秒。

1分28秒。

而比分依旧凝固在0：3。

丝毫没有为百草的伤势所动，婷宜眼神冰冷，仍然一次次从百草的右侧发起进攻！

她的战术就是看死百草的右腿！

如果百草只用左腿，那就只能防守，没有任何反击的机会。而如果百草敢用右腿，她并不介意——

"呀——"

高声冷喝着，婷宜一记横踢，再次向百草进攻而来的右腿膝盖重重踢去！不是不佩服戚百草的，婷宜心中一片冷然，她当然知道自己之前踢中百草的那一脚有多重，居然还可以再爬起来，居然还敢来同她争……

那么——

就、去、死、吧！

"呀——"

强烈的灯光下，直直朝着百草的右腿膝盖，婷宜充满恨意地猛攻而去！

如果说上一次还有人以为婷宜并不是有意。

而这一次。

现场几乎所有的观众都惊呆了，他们看得无比清楚，婷宜的这一脚，是刻意冲着百草刚刚重伤的右腿膝盖而去的！

“…………”

观众席上，婷宜加油团也震惊地哑住了声音。

“砰——”

如出一辙的，在体育馆顶棚无数盏灯的灯光下，婷宜的脚又一次凶猛地踢在百草的右腿膝盖上，迸发出令在场所有观众和媒体记者们胆寒的声音！

紧紧闭住眼睛，初原无法再看下去。

他的指骨握得发白。

心脏紧痛得仿佛要爆开，他无法原谅自己，如果百草真的出了事，他永远也无法原谅自己！

然而——

就在婷宜踢向百草右腿膝盖的这一瞬！

“喝——”

刺眼明亮的灯光下，百草竟爆发出一声厉喝，带着地动山摇般的气势，向着婷宜踢出了第二脚！

教练席中的沈柠大吃一惊！

目光一盛。

忍不住低呼出声！

难道……

是完全的不可思议，是那么的难以置信！顷刻间，体育馆内仿佛被凝固住了一般，所有的人都目瞪口呆地看着那瞬间发生的一切！

就在婷宜踢中百草右腿膝盖的那一瞬——

强势搅动空中的气流，百草的旋身双飞第二踢，已朝着婷宜的前胸而去！

右腿膝盖已痛得如同死去。

在眩晕的灯光中，百草知道这已经是她最后的机会，她已经无法再继续缠斗下去，她已经无法再支持到第三局。而且，她也知道，只要她踢出右腿，婷宜一定会再次踢上她的膝盖。只要踢中膝盖，就会是婷宜得手后最放松的时刻。

也就是——

她唯一的机会了！

“喝——”

在几近昏厥的剧痛中，百草用右腿膝盖迎住婷宜的进攻，左腿紧跟而上，向婷宜的前胸踢去！如同慢格的镜头，婷宜愕然地缓缓抬头，震惊地看着那向自己胸口踢来的左腿……

用尽全力！

苍白着面容，百草的左腿向婷宜的胸口重重踢去！

死死握紧观众席最前方的栏杆。

胸口紧绷得像要窒息，晓萤死死望着百草向婷宜踢去的那一腿，声嘶力竭却发不出半点声音地呐喊着：

踢——中——啊——

上天却没有听到晓萤的呐喊，就在百草的脚尖离婷宜的胸口只有一寸的时候，婷宜煞白着面孔，费尽全力，竟然惊险万状地后仰闪开了！

虽然只有一寸的距离……

但这一寸。

已然是百草最后的机会。

看着距离自己胸口只有一寸的戚百草的脚尖，婷宜漠然地闪过一个念头，这应该是她最后一次在赛场看到戚百草了。

然而——

婷宜错了！

“喝——”

腾空的高度并没有下坠，百草高声大喝，踢出了她的旋风双飞第三踢！纵使右腿的膝盖剧痛得已然麻木，纵使会痛到昏死，她不在乎，是否以后再也无法行走，她不在乎！

她还有她的旋风第三踢！

如泰山压顶般，右腿向婷宜的头顶下劈而去！！

…………

“……这要看在你心目中，什么是最重要的……”

…………

最重要的，是比赛本身。

既然已经站在赛场，既然比赛已经开始，那么，就用尽所有的力量，去打好这场比赛！膝盖的伤势将会如何，她对若白的承诺是否能够做到，在这决定胜负的一刻，就让她全部忘却！

站到赛场上！

她要的就是胜利！

在体育馆明亮辉煌的灯光下。

在满场观众的震惊中。

腾身在半空，用尽体内最后的所有力量，百草厉声高喝着，用那条剧痛到麻木，剧痛到似乎已不再属于她的右腿，向婷宜的头顶下劈而去!

…………

"百草——"

闭了闭眼睛，若白凝神看向她，缓慢凝重地说：

"——你是我所有的希望。"

…………

"我希望你能代替我——比赛下去，拿到冠军，拿到全国冠军，拿到世锦赛冠军!"

…………

"这一次，我要你战胜婷宜。"

将所有的碗筷都放进柜子里摆好，在初夏的夜风中，若白对她说。

…………

"喝——"

用那条痛到麻木，痛到已不知究竟还剩多少气力的右腿，在这一刻，百草握紧双拳，厉吼着，用尽十七年来所有的力量，在这光芒万丈的赛场上——

向着眼睛惊恐得霍然睁大的婷宜——

下——劈——而——去——

尾声

七年后。

“喝——”

“嘿——”

“喝——”

“嘿——”

健身会所的宽阔场地内，岸阳市第二届幼儿跆拳道大赛正在如火如荼地进行。深蓝色的赛垫上，稚嫩的童声颇有威势地此起彼伏，三岁组决赛的双方是来自贤武道馆的瑞阳小朋友，和来自松柏道馆的芽芽小朋友。

“喝——”

穿着雪白的道服，小芽芽握紧小拳头，头部的红色护具下，小脸红扑扑的，她稚声大喝着，向小瑞阳有模有样地踢出一脚横踢！

“砰——”

虽然小瑞阳试图闪躲，但小芽芽粉嫩的小脚丫已经踢中了他腹部的护具！

5：2！

“芽芽加油——芽芽加油——”

兴奋地挥舞着手中闪亮的花束，晓萤坐在观众席的孩子家长们之间，为芽芽加油助威着！

芽芽真是太棒了！

心满意足地看着，晓萤扭头瞟一眼身旁的百草，嘟囔说："拜托，你女儿表现这么棒，你好歹也为她喊几声加加油啊！"

百草含笑说：

"芽芽说，加油声太吵，她想要安静地比赛。"

"安静？就你女儿古怪，比赛哪有安静的，气氛要越热烈越好啊！"晓萤哼了一声，"不是我说你，芽芽的性格越来越像若白了，才三岁多就沉稳淡静得跟小大人一样。"

百草眼底漾出柔和的光芒。

"能像若白师兄一样，很好啊。"

"受不了了，"晓萤不屑地盯一眼百草，"都结婚四年了，还'若白师兄'，把'师兄'两个字去掉好不好！"

脸微微一红，百草没有再说话。

第二局比赛结束了，以6：3领先的小芽芽走向场边的教练席。同样穿着雪白的道服，一位七岁的英气少年温声指导着小芽芽下一局的战术。

"不知道初原师兄什么时候回来。"

望着那位正同小芽芽说话的剑眉星目的少年，晓萤叹息一声。这少年是前年初原师兄从越南援医回来时，收养的当地华人的遗孤，叫英湛华。在松柏道馆短短两年多，这少年就展现出惊人的跆拳道天赋，让她总是忍不住想起当年的初原师兄。

"说是大约下月的十五号左右回来。"

这次初原师兄去了非洲将近两年的时间了，百草也很担心。前晚接到初原师兄的电话，她一直悬着的心才放了下来。

初原师兄……

看一眼百草，晓萤欲言又止。初原师兄告诉百草，他有了交往中的女朋友。可是，直觉告诉她，初原师兄这么说只是为了让百草安心，否则为什么从没有任何一个人见过初原师兄那所谓的“女朋友”呢？

不过，她也不打算跟百草说这些。

感情细胞迟钝的人，比起她这种聪慧的人类，少了很多烦恼啊，唉。

“下一届奥运会，你决定参加了？”换了个话题，想到这几天看到百草又开始在若白的指导下每天训练，晓萤问。

“是。”

百草回答说。

“哈哈哈，太好了！”晓萤激动地笑，“再拿到一枚奥运金牌的话，你就是国内历史上唯一蝉联奥运跆拳道金牌的选手了！松柏道馆的名号将会因为你而更加响亮！松柏道馆的分院我们也可以再多开几家！”

“嗯。”

百草点头。

这几年，晓萤一直致力于推广松柏道馆在全国的影响，在各地都办了松柏道馆的分院。虽然她不太懂这些管理和推广的工作，但是能够帮到晓萤，让晓萤开心，她心里也很高兴。

就在晓萤对美好未来的畅想和展望中，比赛已经结束，小芽芽毫无悬念地摘走冠军的头衔，甚至在第三局令人吃惊地使出了一记旋风后踢！

才三岁多的孩子啊！

在场所有的父母们都不敢相信自己的眼睛。

“哈哈哈！”走出健身会所，手捧着芽芽赢回来的冠军奖杯，晓萤得意地大笑，给了芽芽一个热烈的拥抱和亲吻，“我就知道，有我们芽芽在，这座奖杯绝对跑不了！嘿嘿，咱们松柏道馆的跆拳道幼儿班，又可以多扩充几个了！”

腼腆地一笑，芽芽轻轻回抱了晓萤一下，就从她的怀中挣脱出来，像小鸟般地朝着前方飞扑过去。若白正等在那里，柔和的霞光中，他的身姿淡静如雪山之巅的青松，只是在芽芽扑入他怀中的那一刻，他的唇角染出轻柔的暖意。

“你也去吧！”

慷慨地一挥手，晓萤将身旁的百草也放走了。

天际有温柔的彩霞。

右手牵着芽芽，若白转过身，静静凝望着向他们父女两人走过来的百草。

“妈妈！”

芽芽嫩声地喊着。

“芽芽。”

眼底有着柔和的笑意，百草正想要走到芽芽的身旁，若白却默默向她伸出左手。

将百草的手紧紧纳入他的掌心。

若白一手牵着她，一手牵着芽芽，就如同带着一大一小两个女儿，一家三口行走在彩霞满地的回家路上。

“羡慕了吧，”懒洋洋地打个哈欠，亦枫的手臂拥住晓萤的肩膀，“不如我们也要一个孩子……”

“切！才不要呢！”翘起鼻尖，晓萤横他一眼，“当初是你答应我的，结婚同百草和若白一起，但怀宝宝就由我说了算！我才二十四岁，我还要再玩两年！我才不要像百草那样，那么早就当妈妈！”

“好啦。”

没奈何地摇摇头，亦枫将手中的冰激凌递给她。

美丽的彩霞映红天际。

望着前面那一家三口的温暖背影，挽着亦枫的手臂，甜滋滋地吃着冰激凌，晓萤无比地心满意足。

虽然七年前有过一段黑暗痛苦的时期。

在那年的全国锦标赛中，百草获得了冠军，但百草那记用重伤的右腿踢出的下劈竟然将婷宜踢伤入院，使得婷宜险些终生瘫痪。后来，百草因此自责、消沉，甚至退出跆拳道，仿佛人间蒸发般消失在所有人的视线中。也因此使得若白、初原、她和整个松柏道馆都经历整整两年的悲伤岁月。

但现在都好了！

自从百草归来，在上届奥运会百草战胜恩秀之后，几年来，百草一直稳稳站在那最光芒万丈的顶峰。作为百草的教练，大病痊愈之后的若白也成为跆拳道界的著名教练之一，更是松柏道馆响当当的金字教练招牌。

而亦枫和她，把松柏道馆经营得风生水起，早已远远胜过贤武道馆，成为国内最著名和最有发展前途的跆拳道道馆！

除了芽芽是个女孩子，将来可能要跟她和亦枫的儿子姐弟恋之外……

人生啊！

还能更美满不能了！

爱之名 The Postscript 后记

写完这一部的时候，心情很是有些复杂。

在最初的构想中，旋风百草这个故事是一个非常非常长的故事。从她十四岁的小荷才露尖尖角，到锋芒毕露，到站在光芒万丈的顶峰，到光芒逐渐收敛圆润而成为真正的一代宗师。如果完全按照这个思路来，也许会写到十几、二十本呢。

汗，请原谅我，正文的最后只写到百草的下劈进攻。

因为在那之后，其实还有很曲折的一段故事，所以只能断在那里，而不可以再继续写下去。不过可以告诉大家的是，那次进攻成功了，百草将婷宜KO获胜。

只是，婷宜却……

记得很久以前看《灌篮高手》，总感觉井上雄彦老师分明已经铺垫出了樱木花道他们全国赛的最后一战，却在山王工高之后，就把故事结束了。当时我万般地不情愿，我想继续看啊，想看樱木和流川继续打下去，想看他们一场接一场的胜利。

只是，故事写那么久了，总是会累的吧。

生活在那个小说世界的人物们，樱木会继续打篮球，百草会继续练跆拳道，知道他们会那样地继续胜利就很开心了啊，然后我们可以开始新的故事了。

如果哪一天休息够了，或者哪一天又有了冲动，也许有可能会继续把百草与婷宜之战后面的故事写出来。即使没能用完整的篇幅来写，在《第一夜的蔷薇》里也会尽量把百草同恩秀之战放进去，让叶婴看到这场最终的王者之战，也让大家同叶婴一起看到。

然后，再说说旋风里的人物和感情。

从开始写文以来，旋风是本身的气场最足，完全不听命于我，而硬要我听命于它的一个故事。在前几部的后记中，我提到过这一点。有很多情节和场景，我明明是想要这样写，但是它却非要逼我那样写。

若白是如此。

初原也是如此。

在我最初的设定中，初原是第一男主角，很多情节都是围绕他展开的，很多浪漫的场景也将因为他而发生。但是，无论我怎样努力，他同百草之间总是隔了一点什么，两人似乎总是无法真正地相爱。以至于，一度凡是写到初原同百草的感情戏，我就会沮丧，就会卡文。

若白是无比强大的存在。

他同百草之间是那么的契合，他对百草的照顾和关心，每每都会让我感动。汗，大家可能会说，若白都是你写的啊，他怎么会让你感动。可是，是真的。若白为百草修补道服，若白为百草放弃选手身份，若白为百草所做的很多事情，都不是我事先的设定，而是他自己告诉我，他要那样去做。

而若白和百草，两人之间的感情是我写了这么多作品之中，最打动我的。那么朴实，没有一点点华丽的东西。在这一部的最后，我曾经想为若白和百草设计一些浪漫的告白，汗，可是这两块木头，却是怎么也都说不出深情告白的话语来。

我相信，若白和百草会相伴着走很远很远。

也许他和她之间永远无法说出“我爱你”、“你爱我”之类的情话，但是在彼此的心底，有着最牢固的感情。

总是有读者喜欢问，你最向往什么样的感情？如果是现实生活中，我最向往的就是若白和百草之间的这种感情。

除了百草、初原和若白，旋风中其他的人物也是我的大爱。哈哈，晓萤和亦枫自然不必说，而写到后来，金敏珠居然也让我很是喜欢，顺利上位成女四号了。

猜猜金敏珠将会和谁是一对呢?

没错，就是闵胜浩。

金敏珠其实也超可爱的，同闵胜浩在一起简直是绝配。哈哈，想一想就觉得场面很欢乐。

旋风里其实还有笔墨很少的一对，是姐弟恋呢，猜猜是谁和谁，哈哈，提醒一下，是林凤和谁呢?

真的很不舍得。

旋风里的每个人物都是如此鲜活地生活着，很想陪着他们，同他们一起度过每个幸福和泪水的时刻。只是，毕竟帷幕总是要缓缓落下，就让百草、若白、初原、晓萤、亦枫、梅玲、林凤、申波、光雅永远留在我的心底，也希望大家可以永远记得他们。

感谢大家一直陪伴了她们这些年。

另外，我想向我的编辑表达我深深的歉意。原本早就应该交稿的，却一直拖到现在，拖累得编辑承受了很大的压力，害得她日夜操心。

汗，对不起。

也正因为她帮我顶住了很多压力，我才可以一遍遍地修稿，将整个故事写到满意的程度。

谢谢你:)

最后，旋风的故事结束了，我会继续开始新的故事。希望新的故事能够让大家继续喜欢，希望我们可以一直相伴很久很久，久到将来你们的孙辈们会惊呼着问:“咦，奶奶（姥姥）你在看什么书?”

O（∩_∩）O

晓　溪

2011年8月1日凌晨3点